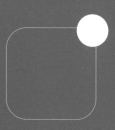

From Interest to Taste

以文藝入魂

# 菊花如何夜行軍

How the Night
Chrysanthemums
Began to March

鍾永豐

# 目次

## 第三部 民謠的世界史



## 第四部 運動中的音樂



## 第五部 人生臨暗



## 尾聲



## 附錄

# 序

上個世紀結束前的十幾年是我的大聽話時期。彷彿久被夯實的旱地翻土後喜逢甘霖，在那個解禁轉型的大運動年代，時代性的人物紛紛冒出頭，逐漸生態化了我孤僻貧乏的內在風景：聖雄與乩童同時上身的煽動者、串聯能力高強的組織者、熟諳批判理論的文藝工作者、語言滑溜如單口相聲的末代農民、表情木訥但眼神深邃的道上兄弟、總能正當化自我的基層政治人物，以及暴起暴落、狂傲且夜夜狂歡的房產掮客……。

比起免不了自我英雄化的事蹟，我更好奇他們的說話能力、思覺特徵、行事作風、世界觀與人生路徑如何形成。我像個影迷，逮到機會，就向他們提出各式各樣的問題：他們被哪本書打到？受誰啟蒙？什麼樣的挫敗讓他們產生否定的否定？他們的人生哲學為何？他們的語言表演輕易超越傳達的內容，總令我目瞪口呆。我張望著，差不多把他們當成時代劇場上的典型人物。我的社會化程度窄又薄，常不知該如何適切表示敬意，只好沿用軍中禮儀：椅面坐三分之一，上半身挺直。

彼時，菸草經濟褪消、家族社會解離、勞動青年返鄉、幾年內數百位東南亞女性嫁進美濃、中央政府計劃在平原頂端建一座大水庫；它們似乎來自某些相互關聯的動力，但我明白以前胡亂抓讀的文學不足以幫助我理解這一切。我們幾位回鄉青年成立工作隊、訪談家戶，並以農民、農村、農業為題，組織讀書會、籌辦營隊，邀請人類學者、社會學家、政治經濟學者分享研究心得。我們乃逐漸形成認識身世與處境的方法。

詩，不會再有用了吧？它們寫在筆記本，多半是同一位作者與讀者間的對話；登載副刊，頂多保鮮八小時。不知如何帶去新的現場，只好留它們在書房幫忙寫傳單、海報，替夥伴修改田野報告。但有時，在深夜，我不禁揣想，如果詩要能走到事件與運動的現場，方法會是什麼呀？

直到一九九八年，生祥答應與我合作一張以反美濃水庫的運動過程為主題的民謠／搖滾樂專輯，我才有機會具體思量方法的問題。在一九九九年自費出版的《我等就來唱山歌》專輯的內頁上，我這樣回答：一，內容上扣結運動綱領與運動的社會條件與心理現實；二，形式上呼應運動人民的音樂語言與傳統；三，美學上能與各種主流音樂形式抗衡；四，生產過程中帶出社會意義及有機、辯證的運動集體機制。延伸出的企圖是「運動的音樂」與「音樂的運動」；前者服務於我們的運動，後者乃為生祥的音樂生涯設想。

我對自己要求：不能辜負人家啊！這麼有音樂才華的年輕人。更且，他已下定決心回鄉。默契在形成，並相互激盪創作的想法，我們接著邁向第二張專輯——《菊花夜行軍》。這樣的詞曲合作，既前瞻，更回顧。我得以回顧自己那怪異地浸在美國流行音樂的童年、搖滾樂與文學的青年時期，再慢慢地抬起頭，用灌滿敬意的仰角，凝視美濃的山歌與八音傳統，以及陳達的恆春民謠。

一九九九年底，經過四、五個月的遊說、動員與抗議行動，終於使立法院刪除美濃水庫的主體工程預算。之後我受邀進高雄縣政府，為縣長余政憲負責水資源政策與文教方面的幕僚工作。原本只為還人情並鞏固地方政府對在地運動的支持，縣長任期結束後便回轉民間。隔年政黨輪替，總統陳水扁實現選舉承諾，停建美濃水庫，縣長要求我接掌水利局，處理與中央政府水資源部門間的政策對話。但水利局的工作主要是水患整治與河川管理，前者因工業區開發與沿海地下水超抽而複雜，後者因砂石盜採者橫行、河川常被偷倒廢棄物而艱難。在這些工作之上，還得面對朝小野大的縣議會。幕僚變主管，每日有挑戰，新且尖銳。

新的工作對創作形成三個挑戰。

首先是左右腦的切換障礙；下班回到宿舍，我發現要升轉至寫作境界，異常困難。

靠大量菸酒，勉強在十點後過渡到另一個精神狀況。但前一晚寫得愈順，早上回返工作狀態，愈是波折。公職日長，接著面臨寫作想像與對話的疏離；官僚系統終究會改變我與社會基層的接觸與認知方式。不禁聯想，名盛利豐之後的 Bruce Springsteen、Bob Dylan 如何維持社會想像的縱深與鮮活？

《我等就來唱山歌》與《菊花夜行軍》兩專輯的創作畢竟受益於高密度的社會接觸、情感經驗與思辨，創作時的心神狀態彷彿自流井。但到了第三張專輯《臨暗》，面對美濃以外的都市勞工議題與就業環境變化，我明白自己欠缺僱傭勞動的身體經驗，得靠創作方法的引導。借用社會學研究方法，我閱讀相關的文獻與論文，訪談服務業員工，參觀他們的職場。新的感受泌出，連帶對美濃的俗諺與臺灣工業化初期的流行音樂產生不同的理解。但創作關係的質變，是另一重挑戰。初開始設想的是互為主體的合作，但前兩張專輯的運動性質使我在創作關係上居於前鋒式的領導地位，使生祥產生對立性的情緒。我想詞與概念的角色應該退後，更讓位於音樂。

每一種創作關係與方法，皆有質量產出的最大限制。《臨暗》之後，連續兩張專輯——《種樹》（二〇〇六）、《野生》（二〇〇九）的詞作完成度偏低，我意識到關鍵乃在於長期公職身分對於社會敏感度的抑制作用，便於二〇〇九年底離開任職六年半的嘉義縣政府文化處。我們音樂的追蹤者與研究者——廣州《南方都市報》的記者宁二獲悉我閒空，邀我以出書為前提寫專欄，使我有機會回顧自己的文學、音樂與運動之路。他離開都市報前，轉介兩位主編——上海《東方早報》的胡遠行及北京《旅行家雜誌》的程婉邀我繼續寫稿，乃終有《我等就來唱山歌》（二〇一五，上海文藝出版社）及《重游我庄——踢著影子去旅行》（二〇一七，北京電子工業出版社）的出版。

有了寬鬆的時間，我得以進行主題性的閱讀、行旅、訪談與書寫。一個願念起興：我想回顧一九五〇年代以來的臺灣現代化及工業化歷程，以理解一個內山農村的本我，以及各種自我的形成。同時期，生祥也努力爬出迴盪的低谷狀態。二〇〇六年夏，他去日本沖繩隨平安隆學習三線及吉他，返臺後改造月琴、嘗試非和弦的編曲思考。回到基本，他重新起建自己的音樂方法。面對受眾的不足，他幾近挨家挨戶地舉辦校園巡迴講座，從小學培養知音。

二〇一三年，新的詞曲想法與樂團編組結晶為《我庄》專輯，以「仙人」及孩童的眼光審視我庄的異化與孤寂如何生發於現代化過程。但任何一個人的「我庄」不可能獨立圓滿，尤其是眾多既是農業生產基地又被各種高汙染工業包圍的臺灣西南部農村。受到法國小說家卡繆、波蘭詩人赫伯特（Zbigniew Herbert, 1924–1998）及巴勒斯坦詩人達爾維什（Mahmoud Darwish, 1941–2008）有關圍城主題的作品啟發，《圍庄》專輯的敘事構架因而產生。但西南沿海的農漁村以閩南語為主，因此寫作上我們嘗試把客語當作通行語，並以北管作為音樂基底，實驗龐克、搖滾樂及爵士樂的可能。

同時間，母親的食物記憶招引我重返童年。我沿著來時路回鄉，途中與拚進都市海產攤的野蓮相遇。野蓮原產於美濃中圳埤，現在它改名為水蓮，竟與我小時最害怕但母親最私密的食物——對面烏，閩南語所稱的破布子，炒在一起！就著啤酒，在食物旅行的其中一站，當對面烏的苦轉甘味在舌根暈開，我腦裡浮起母親的獨行身影，而野蓮則令我納悶，不明白它們何以出庄。持續關注十幾年後，才會知道它們訴說的，其實是全球化、氣候變遷與移工相牽連的故事。食物的記憶在開展中流動；它們在旅程中定著、相遇又重新出發，不正如村庄的本我與自我？我因以寫作《野蓮出庄》專輯。

專輯完成之際，受春山出版社莊瑞琳的持續鼓勵，我開始以寫作方法的發展歷程為經緯，修整美濃運動時期的田野書寫、二〇〇九至二〇一四年無業期間發表的論述，以及《我庄》三部曲期間寫就的幾篇文章，並決定把書名定為《菊花如何夜行軍》。寫作中有時抬起頭，閉目，我即刻回到一九八〇年代初的美濃荖濃溪畔，在一望無際的菸田邊那幾塊臨暗打燈的菊花田，以及當時我的驚悚。

# 第一部　我庄

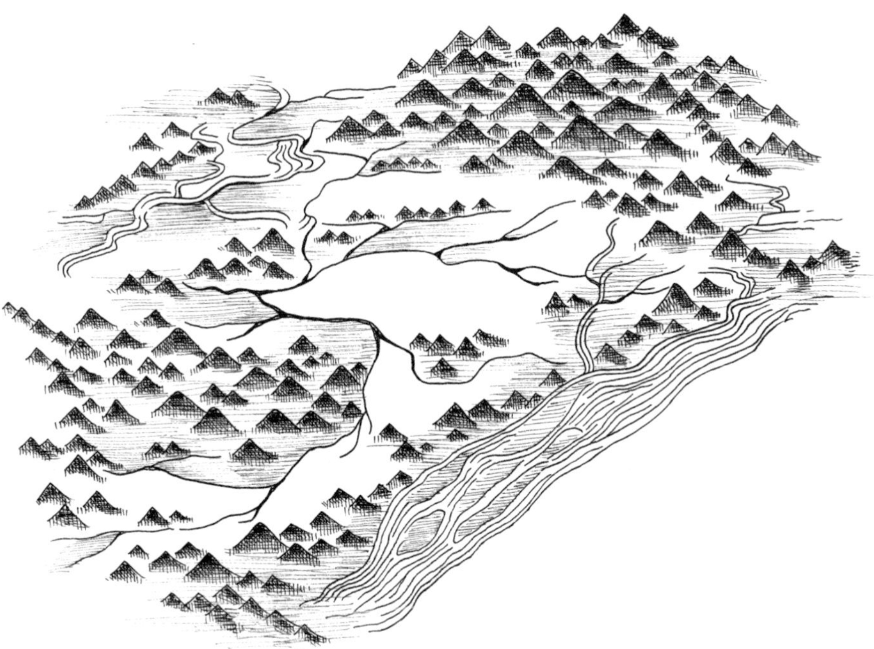

# 重遊我庄

「嫁來客家庄，妳覺得好嗎？」多年後問母親。

「會做死哦！客家人太省，什麼都要自己來。」她儼然駐村的人類學家，總結超過半世紀的參與式田野心得。

我家在美濃東邊，庄名龍肚。

如果大冠鷲從庄北的茶頂山升空，俯瞰，會看見龍肚庄其實細扁如一片荷蘭豆莢。東邊獅山，西邊龍山，兩座高度不到一百公尺的小山脈夾著狹長谷地，中間最寬處一千多公尺，往南往北收縮至六、七百公尺。中間穿過五千多公尺長的鄉道五十一號。鄉道略略蠕動，只在進、出庄及至在南邊碰到獅山大圳時，才猛轉個弓字彎。

嚴格說來，龍肚並沒有菜市場，在人口最多、經濟最旺的一九七〇年代，庄裡最熱鬧的街上只有兩個豬肉攤子與雜貨店、中藥行、理髮店、冰店、粄條店各一家，大概也就反映了我庄的市場規模。這些店家所集中的龍肚庄西側，人們稱為「西角」，以今天的都市話語，算是我庄的ＣＢＤ（Central Business District，中心商業區）了。當時以龍肚庄為中心的生活圈含括人口曾多至五、六千人之譜，商業活動卻如此不發達，實肇因於我庄特殊的人文社會性質。

我庄祖先幸運找到的應許地——龍肚，在清朝中期開墾以來，向為南部客家地區條件最優渥的稻米生產地。庄南的大份田與庄北的小份田，合有幾百甲土質肥沃的良田，庄民從南邊的茎濃溪鑿圳接引，水源終年不斷，一年可收稻兩穫，羨煞北邊的旱作墾民。

糧食自給自足，是客家小農的理想。主食充分後，我庄各夥房更有餘力布署副食的生產。蔬菜隨四季變換；屋前屋後、路側、水邊的畸零空地，鮮少逃過婦女的眼光與勤快手腳。肉類蛋白質的培育更重要；雞寮、鴨舍與豬欄是夥房空間規劃的一部分。雞仔喜歡土裡撿食蟲子，雞寮就蓋在屋後樹蔭下。鴨子喜水，好吃水裡的藻類、水蟲、小魚，鴨舍就設在半月池邊，池裡養著草魚、鯽魚、大頭鰱、南洋鯉。

豬欄與廁所併置於夥房西南側，春夏的南風及秋冬的北風均幫忙吹開臭味。果樹通常繞著屋子種，常見如芒果、龍眼、蓮霧、香蕉、木瓜、芭樂、釋迦、荔枝、楊桃等等，不僅供應各季水果，還幫忙擋煞、遮蔭、修飾屋場，並為土地公創造多子多孫的吉祥意象。

主副食自給自足的理想，及其實現，影響我庄深遠。最表層的影響是抑止了菜市場的需要。宰殺豬隻得向政府繳稅，私宰犯法，所以肉販尚能生存。七〇年代經濟好轉，庄裡出現了兩位摩托車魚販。早上他們從隔壁的福佬鎮——旗山批到海魚後，先在肉攤附近停一陣子。買肉的人減少後，他們才騎去庄外叫賣。我家夥房在更外圍，他們溜進時已近中午。祖父喜嚐海鮮，又氣魚仔轉味，總是邊買邊罵他們奸。

更深刻的影響是，夥房因此變成食物交換與人際關係更新的連結中心，每家消受不完或吃膩的蔬菜水果分送鄰居、親友，用以還人情或增強關係。連結的發動機在婦女身上，她們腦子裡永遠有一本隨時更新的記事簿：阿龍嫂前天來聊，給了幾條絲瓜，今天串門子可以回送一籃茄子；隔壁叔婆上週給了一袋芭樂，今天我們家收割香蕉，要留兩串給他們；三姑的媳婦做月子了，雞寮裡有兩隻閹雞七斤重，探視時正好抓牠們當賀禮。

小孩「消受不了或吃膩」的定義，與大人記事簿裡的交換邏輯、優先次序與急迫性，常常不對盤。池塘裡剛打上來的魚、新季的水果、釣了一個暑假青蛙養大的番鴨等等，明明就還沒吃過癮或根本不夠吃，就被拿去送人了！

媽媽們的食物交換意識，有時也會跟自己過不去。在大家族時代，年輕的婦女沒有經濟權，族長分配到的錢就這麼一點，子女一撒嬌就心酸。想存點零用金，讓子女多買幾本參考書，或添件新款式衣服，怎麼辦呢？母親曾想把園子裡盛產的青菜挑出去賣，可又怕碰到熟人，於是差遣勤快的大姊及三姊。

結果呢？一樣！連出聲都不敢，姊妹狼狽而回，一把也賣不出。

所以我庄出不了生意人。乖乖把書念好，把該考的試考好，吃公家飯或任職穩當的公司，才是正辦。整個美濃，也差不多是這般家道路數。鎮上幾個興起於日本時代的政治望族，儘管家財萬貫，權重一時，後人仍選擇一關關捱過國家考試認證，絲毫不冒險。說是「耕讀傳家」，其實是客家村落裡嚴謹的副食品交換體系，抑制了功利性的人際關係運作，使商業文化難以進展。

回到西角，我庄僅有的市集，還是有些樂趣。

每到傍晚，兩部賓士老卡車一滑進西角的小廣場，安靜的小廣場開始滾動。老卡車上滿載著番薯葉與甘蔗尾葉，這是豬與水牛的高級晚餐。卡車上的工人一攬攬地丟下來，司機在下面負責收錢。買番薯葉的清一色是婦人，買甘蔗葉的大抵是少年，說明了豬與水牛的家務分工。二十分鐘內，不囉唆，卡車上的食草就清光了。卡車一走，小孩子一擁而上，撿拾掉落在廣場上的番薯葉。他們不見得是窮小孩，那幅景象無非是我庄物盡其用、人盡其才的時代精神表現啊！

小廣場邊，一東一西兩對面，是我庄僅有的風騷了。東向的是冰果室，賣著香蕉油清冰。那種冰我不太喜歡，吃幾口，前額就開始微暈。然在壓抑年代，那冰店可是我庄唯一的夢幻出口。掌店的老闆女兒有多美？我記不住了，但她的姿影足可剪入我庄的現代時裝史。

她身材高眺，不多話，彩帶束著髮，身裝不離素白短袖上衣加淡雅花裙子的組合。她傾身掐冰，轉身，花裙微揚，輕盈走步，放下冰盤，嘴角微笑絲絲，再轉身離去，不知主演了我庄多少有志青年的性幻想場景。

西向的是理髮店，重點不在髮姐，而在老闆兼師傅的老婆。她是我庄的中人，專為福佬豬販穿針引線，仲介豬隻買賣。她是本庄唯一可用「婀娜多姿」形容的女性：油亮側梳的髮髻上一定有朵塑膠花，花布上衣、黑長褲合宜地包覆她的修長體形，走路是蓮花碎步，腳踏繡花鞋。她側坐豬販的機車，右腳架在左膝蓋上，右手扳住豬販右肩，左手放右膝，高傲地讓沿路的良家婦女翻白眼。

那些福佬豬販不知利用她賺了多少錢：養豬的農民一見著她，就像發春的豬公，神智不清，任人說價。難怪每次他們來買豬，母親定把父親支開，親自上陣。外曾祖父是福佬豬販，母親洞悉他們的伎倆。母親直接用福佬話跟豬販較量，惹得那妖嬌中人乾瞪眼。

上個世紀結束後我再次離開美濃。當我在困頓、漂泊的午夜中神遊我庄、回顧自我，慢慢發現，其實我庄植長在我身體之中，有時甚至就坐在額頭，左右了我人生的轉彎。而且，它是我理解世界的第一個版本，往後的無數次增修，都將依之據之。

# 紅毛泥的辯證史

十九歲以後，每當目睹長而直而僵的混凝土塊向後推擠長草的河岸，像是兩排鎮暴警察堵住高舉手臂的邊緣不幸者，常常我就恍惚回到祖父咧著缺牙耙的笑嘴，脹著圓裸的肚皮，在泌涼爽平的新鋪紅毛泥地上翻滾著入睡的那些個夏日午後。在紅毛泥之前是我討厭的泥土地面。每年一到梅雨季或颱風季，客廳的泥地吸飽水分，裡面我們稱為沙蟲的某種真菌就被喚醒，活蹦亂跳地等待全家人赤腳踩過。晚餐後睡覺前是紅藥水時間；人人舉起被沙蟲咬得坑坑洞洞又奇癢難耐的腳掌，等待那瓶小小的紅藥水。

一九六九年，我能講的話還不多，世界的範圍由祖父帶著我牽牛踏過的地域模模糊糊地構成。世界——在我五歲的心靈裡，展開為一張沒有時間軸的地圖。尤其是在濛霧的冬日，太陽像被糖霜裹住，午後醒來，分不清上下午。我一個人坐在祖堂的門檻上，向南望著，呆著，浸著。

父親決定鋪紅毛泥，徹底消滅沙蟲。從第二天早上開始，我的記憶突然變得多彩，並且出現了清晰的形狀。我在空蕩的木板眠床上醒來，發現客廳的家具全被移到禾埕。我走近客廳一看，一幅景象比閃電還令我吃驚：屋後的大土芒果樹穿過後門與後窗，竟然倒影在新鋪的溼嫩紅毛泥地板上！

恭敬而充滿期待的，全家在屋簷下吃了兩天飯。祖父一雙粗裂的手掌在紅毛泥地上煞有介事地摸了又摸、壓了又壓，而後請來識字較多的阿定叔公和識見較廣的長有伯公斟酌意見，確定水泥乾了，實了，才敢把家具搬回原位。

「啊，恁涼！恁平！恁厲害！」突然間，我全身的竅門張開，顫抖著，小心翼翼地呵護、再製著那種感覺。我想像新的鋪面向下伸出長長的紅毛，把藏在泥土中的沙蟲殺得屍骨無存。

祖父滑稽但幸福的身形身影，像農地重劃紀念碑立於被整肅的田野，標誌著我們這一家現代化的重要歷程。晴時凹凸、雨天黏答的滑溜泥土地板被紅毛泥——哦不！學校老師糾正，應該叫水泥——被水泥蓋住了耶！

因為這種幸福的衝擊，以及想保有並擴大這種滋味的渴望，我學會了測量。兩期稻子後，水泥由客廳向外鋪展，依照合院家族內的空間倫理，先是延伸至祖父母的臥室，繼而入侵父母與我及小妹合睡的房間，立刻就把床下嘰嘰仔蟲的繁殖領域給封鎖住了。

我牢牢記住了水泥的進程，並在時間軸上劃下記號。

又是另一種微笑的幸福，房間也從此換了表情。少了嘰嘰仔蟲的作祟，夜晚與鬼怪的關係就淡了。即使大人仍留在菸樓趕工，我也敢一個人進房就寢了。

上了國小，以同學關係作為橋梁，我開始有機會到別的夥房玩耍。從測量水泥地的面積，我學會了比較。

「哈，阿燈牯家連廳下都沒有打上紅毛泥！」

「哦，阿富哥他家實在好，從夥房禾埕走到菸樓，腳底都是白的！」

「要是門樓前能打上紅毛泥，這樣我從家裡走到學校就不必踏到泥土了！」

每當抽離出遊戲，我就會總結剛剛的觀察。我仍是會發愣，但多了內容。

從這種比較，我建立了關於我們家這一帶地方最早的認識，這種初級的社會知識始終是被栓在蔑視或豔羨的情緒柱上。但這種方法論很快就撞上了盲點；一般的農家經濟很快就追過了水泥的成本，水泥面積相仿的夥房愈來愈多，剛建立的階級地圖很快就過時了。但不用愁，我速速打造了另外一樣測量與比較的標準：水泥鋪面的細滑程度。

檢驗細滑程度的最佳時節在雨天：雨水灑滿禾埕後，表面愈細密，愈能反映周遭景物。在這種方法論的基礎上，我發現了柏油，因而養成了雨後蹓躂的樂趣。

「啊，恁涼！恁平！」

新奇事物紛紛出現，水泥與柏油的比較樂趣消失殆盡。國小畢業前兩年，首先是電視，接著是更搶光的洋房、冰箱與磁磚，顯然鋪面材料的質與量不足以作為分化我們家與鄰舍的判準。可是，每每看到夥房的禾埕重新翻鋪水泥，或雨後赤足踩踏在倒映天空的柏油路面上，那股原始的樂趣仍會在我心底興起。

十九歲那年，村裡的農人突然放閒，原本應該布滿田疇的鐵牛、水牛、牛車、拼裝車、農民、農具與土地的撞擊聲，還有人的吆喝聲，換成十幾部聲響猙獰的怪手、推土機。倉皇問父親究竟，他笑笑，冷冷地回說，這就是農地重劃呀！沒說的是，這有什麼好大驚失色的。

那年傍晚，一位沒見過的朋友出現在附近國中的球場打籃球。看起來三十出頭，工業專科學校畢業，一派正經認真的樣子。他把球傳過來向我打招呼，我跳起投籃，問他為何來我們村子。他說他是工地主任，負責這一帶的農地重劃工程。我臉面硬化，激動地問他，為什麼要把農地弄成這個樣子？原來的風景線起落有致，像人的心電圖，現在被你們剷平，脈動停了。

「停了！你知道嗎？」我愈說愈傷心。

「這就是現代化建設，社會的發展方向！你沒辦法理解嗎？」他收起和善的臉色。

我肅穆地看著他滿臉的正義感，想不出任何回應的話。

幾秒後我的視線軟了，他可能覺得我被鎮住，他放鬆語氣，接著申論。大意是農地重劃既為了解決耕地面積代代相傳所導致的零碎化、生產規模過小的問題，也為了普及水利設施，擴大灌溉面積，以及鋪設運輸道路，方便農作物的運輸與農業機械的進出。總之，他結辯，經過農地重劃，產量才能大幅提高，農民收益才會增加。

我想回應什麼，但喉嚨卡住，發不出字詞，只能不住地搖頭。我把球回傳給他，轉身離開。那場辯論未曾結束，從此跟著我，變成我的第二個影子。

不出一年，村裡的風景線全改了。開庄兩百年來形成的地景被開膛破肚、夷平，然後田園被整得方方正正、平平坦坦。風景的歷史都被剷除，不再有蜿蜒的田埂，田裡多了好多垂直交會的重劃路。最令我驚駭的是，消水溝——我與童黨玩水中捉迷藏兼牽牛游泳的小河，被剃光了頭，兩岸連綿的灌木叢、蘆葦、竹林及溼地，無影無跡！

夜晚是恐怖的寂靜；茂盛的季節裡應該嘈雜的蟲嘰蛙鳴，全都消音。水泥緊接著氾濫，田埂、土崁、河岸及圳床……，凡是不種作物的空地幾乎無一倖免。「青蛙跳得過嗎？農人放水翻土時，蚯蚓有地方鑽洞嗎？蛇有地方躲嗎？我們還能去哪兒游泳，逃離大人的眼界呢？」我開始覺得遺憾、惆悵。

重劃後第一年，田地產量降得厲害，謠言說是田裡動了胎氣。村人拚命撒農藥、化肥，隔年產量不僅平復，甚至超越重劃前的水準。

農地重劃像是一帖強效的鎮定劑，整個村子突然都安靜了，長我十歲左右的種田人紛紛不見了。少我七、八歲的堂姪不斷問我，田裡的蛙、水裡的魚都到哪兒去了？他們釣青蛙的口哨學到家了，怎麼到處下釣，田坵都呆呆的？

「我也毋知哩！」我覺得此時再向他們吹誇豪爽的兒時場面，不僅殘酷，且也徒增傷感。兩代人的聯誼淡了，漸漸的。

我與水泥的緣分以一種反諷的方式延續著。

重劃這一年，我考上成功大學土木工程系。新生座談會上學長們驕傲地宣明，這是全國師資、設備最好的土木系。新生訓練後，我在系館內的一根磚柱上看到一張油印海報，上面密密麻麻的控訴文字，確切的標題忘了，大意是土木工程是大地的殺手云云。當天晚上那張海報像一輛失控的推土機，在我腦裡肆意摧殘，弄得我意識蕭條，好些事情胡亂聯串。

那張海報隔天不見了，此後我也沒聽過任何人討論。我想，寫海報的人大概也歷經某種「現代化的失落」吧！他考上國立大學的工程科系，家人興高采烈，不久發現他所要攻讀的技術與理論，正好是現代化過程的重要工具，而這工具所助以實現的現代化，將以他所珍視的原初為代價，他自身因而陷入工具性與主體性的無解矛盾。「但他至少勇於反擊，」我心裡暗暗佩服。

開學後未久，在工程材料這堂課上我很快明白：土木系也者，水泥是主角，鋼筋、柏油是配角。這因西方人的使力而發揚光大的東西，一直在改變世界的地景。系裡的教授每每讓我聯想自誇武功的殖民者。常常，我從有關水泥製品成分與力道的教科書頁上抬起頭來，腦門立即就成了螢幕，一景又一景地放映著被鎮壓的土地。它們靈魂不死，成了鄉愁。

心眼一陣又一陣陰霾，厭惡感一層又一層加深。

農地重劃後，村子的表情迴異、地氣浮躁，冒出了一些令村人惶惑的情事。第一批徵狀是村裡各家族幾乎都為了分產，鬧上法院。分家析產不可免，但過去村子裡處理這種代間必然產生的事情，先是家長依據各房對家庭的貢獻、對土地的依賴程度，分配田地的面積與位置，再由族長或地方耆老公證與背書下，各房之間形成共識。況且，所謂分家，並非把所有的家產都分掉，部分的土地會以共同持分或宗族嘗會[1]的名義，保有家族共有的性質，以作為某種獎勵或救助之用。現在，國家的私有化法律強行介入，不承認相傳已久的分享機制，村子裡的信任機制立即土崩瓦解。

回到實際的生產，人工是省了，產量是增加了，可價格更慘。同時為了適應機械化的要求，耕種者得投資一大筆錢購買各式設備，農家經濟更顯窘迫。這些後果總合，加劇了青壯人口的外移。他們一走，孩童也大量減少。我國小畢業的時候，全校有學童近千，短短六年內剩不到四分之一。

寂寞刺痛。

要等到將近十年後，我接觸工農運動，參加政治經濟學的讀書會，才逐漸理解農地重劃在臺灣戰後發展主義歷程中的作用；它在農業擠壓政策中屬於第二階段。第一個階段是資金擠壓，亦即通過賦稅（田賦及水租）及肥料換穀等政策手段，把農民的生產剩餘大幅移轉至工業部門，以進行初期投資。工業茁壯了，需要大量廉價勞動力，便得把人從土地上解開。要把人從農村支開，光是壓抑農產品的價格還不夠，還必須在不影響產量的前提下，降低農業生產的勞動力需求。

所以那位工地主任講得沒錯，農地方正了（最小面積並不得少於一千平方公尺），農路、水路才易於規劃，機械化程度才能提高，不僅用以減縮人力需求，還提高耕作效率。主任可能不知的是，以農民在現代化過程中的邊緣位置，所有剝削性的農業政策都打著造福農民的口號。

農村的社會經濟體系瀕臨崩潰，還不是農地重劃後的唯一椎心景象。為了增加可耕地，野生動植物的棲息地——溼地、河灘地、河岸、灌木樹林等等，不是大量消失，就是巨幅縮減。又為了穩定農、水路品質，及避免非耕土地長草，滋養蟲害，柏油、水泥被廣泛鋪設在田埂、水圳及田間道路上。農村的生態多樣性、地景歷史，從此一去不復返，幾代人的野性童年記憶行將流離失所。

讀大學的意義快速流失。夜裡，鄉愁易形為夢魘。農地重劃前的那十幾段夏日時光明滅交錯，像彌留之際的浮光掠影。水泥否定了我的童年，現在我則將否定水泥，而且決定要為這否定的否定付出代價。二年級上學期，我逃避所有關於水泥科目的考試，等著被退學。

多年後，每當我在環保抗爭的現場望見整排鎮暴警察堵住高舉手臂的邊緣不幸者，就會想起那被長而直而僵的混凝土塊向後推擠的長草河岸，以及祖父咧著缺牙耙的笑嘴、脹著圓裸的肚皮，在泌涼爽平的新鋪水泥地上翻滾著入睡的那個遙遠，遙遠的夏日午後。

## 注釋

1 嘗會，為祭祀祖先所成立的共同土地與家族性組織，由男性後代共同持有，並指派管理人。

# 縣道一八四之歌

## 一

省道二十八號的前身——縣道一八四，起於嘉南平原南端的半農半工鄉鎮——路竹，向東穿越丘陵地，抵達閩南人的旗山鎮，再進入美濃，把我鎮平分成北南兩大片。北片的村落拓殖於清乾隆年初，南邊是荖濃溪的洪氾平原，日據初期築堤後，始聚耕成庄。這條東西向縣道通過我庄龍肚後再度上山，伸進南臺灣最大溪流——荖濃溪的集水區，直深入中央山脈的高山林場與原住民領域。在我家北邊四百公尺處，縣道一八四與我庄的幹道——鄉道五十一，交成十字，庄裡的大雜貨鋪、菜攤、食店與客運站盤據路口。

縣道一八四的路肩寬，四季有草，負責掌理水牛的堂哥永榮，每日必巡。永榮哥長我五歲，是我家那一帶最年輕的牛車駕手、速度最快的割草手、直線橫渡急流的能手、爬樹最高的偷果小孩、出拳最重的打手等等，不及備載，自然是我的精神領袖。上小學前最後一個夏天，永榮哥決定教我放牛。我感到傳承的神聖，像布袋戲及武俠片演的那樣，興奮又緊張。

永榮哥牽著牛，帶我上縣道一八四，路旁的鐵刀木結花，引來黃蝶，撒下樹蔭。永榮哥說新打的柏油路面比家裡的竹蔑床還平、還涼，而且車子很少。他躺在路中央，閉上眼睛。這不打緊，為表現帥氣，他還蓋上斗笠。

「永榮哥真好膽！」我打心底佩服。

真的，久久才會有一部老賓士卡車，客語諧音的「摒屎」牌，載著深山裡合法兼非法砍下的原木，嘰哩轟隆地從東邊輾過來。永榮哥叫我學他把左耳貼緊路面，他說，美國西部牛仔和紅番都是這麼聽火車的。其實每次都是眼睛先看到，等到左耳感覺路面震動時，卡車離不到五十公尺。

在縣道一八四，永榮哥教我對牛下口令。

「嗷！」再短促些，是叫牛開步走。

「好——」拖長音，就是要牠停。

「腳！」同樣急促音，是請牠老人家高抬貴腳，好把踩住的牛索拉出來。

我學他的樣，可牠動也不動。

「牛會欺負細人仔，你再大一點就不會了。」

「哦，原來畜生也會識人，知道我還小！」我很不服氣。

放牛的重點在後頭——水牛的食性。永榮哥說，春天的時候牛喜歡兩耳草，入秋之後有牛筋草牠就安靜了。跟人一樣，牛也挑嘴。芒草食得但堅韌，葉緣又利，牠會閃開，找更嫩的吃。但到了草枯的冬下，把芒草割回家，放在乾稻稈旁，這時牠會識時務地吃前者。如果連芒草都沒了，河邊有一種矮灌木叫銀合歡，甜甜的，你把樹枝勾下來，連葉帶花牠都喜歡吃。

「但這些都還不是牛最好吃的！」

「怎有？」我仰頭呆望著永榮哥；交春時田埂上那些青蔥的草油嫩得連我都想咬一把，還有贏過它的嗎？

「禾仔，還沒抽穗的稻禾。」永榮哥瞇眼，嘛嘴，故作神祕，彷彿是牛偷偷告訴他的。這我早知道了。上個月大房的三堂哥阿明貪玩，他們家的牛牯躍下土坎，吃了半坵田的青禾。後果呢，一天內傳遍庄頭庄尾：人是吊起來打，牛是架起來揍，外加大伯賠人家一大疊鈔票。很奇怪，牛跟人一樣，做不得的，牠硬要。

永榮哥看我露出世故的表情，知道得用別的事情嚇我。他說要交代祖父傳下的禁忌。

「哦！那是什麼？」著迷於歌仔戲的永榮哥說過很多次，如果我家是朝廷，那麼祖父就是皇帝。

「結籽的草千萬，千萬使不得讓牛吃！」

「為什麼？」我很認真對待這道從家族權威中心頒下的命令。

「牛吃了這種草，拉出來的屎挑進田裡，不就會長出雜草來？」

我馬上想到水田裡那些萬惡不赦的雜草，都是它們害爸媽沒日沒夜。我發誓不給牛吃那種草！

「還有，一定，一定不要給牛吃到竹節蟲，阿興伯公的牛就是這樣斃掉的！」

「斷真！」我一臉驚怖，那麼微弱的東西竟然這麼要命，這不就布袋戲裡面演的，武林大俠有時會給無名小卒打得落花流水。

永榮哥小心剝開一隻竹節蟲。

「看到沒？」

「哇，裡面有一隻小蟲。」

「對！這東西一旦進牛胃，馬上叫牠滿地打滾，嘴吐白沫。」

「赫！」

永榮哥簡直什麼都懂，也是他教我開始認識「禮拜日」的。上學後的第五天早上，他追到縣道一八四把我叫住。

「阿豐，今天不用去學校！」他喘著不耐煩的口氣，一臉子弟不可教的失望。

「為什麼？」

「今天是禮拜日。」

我望望天，太陽剛攀過東邊的山頭，路上有兩部牛車向西走來，後面一部停下來，拉了一堆糞，冒著蒸騰的熱氣。「嗷」的一聲，牛真的啟動了。

「沒什麼不相同啊！」我真的看不出「禮拜日」跟「昨彼日」（昨天）還有「前日」（前天），有什麼差別。

「憨牯！這麼喜歡上課，那去吧，反正學校裡不會有人。」

我這時發現，「禮拜日」跟「昨彼日」還有「前日」唯一的不同，是路上除了我，根本沒半個背書包的人。但我還是不明白，一樣的天，一樣的日頭從東邊上來，一樣是大人準備下田，偏偏今天就叫「禮拜日」，而且還不用去學校？

我不敢再追問，只好硬著頭皮想像：每隔六天，天空就會印上「禮拜日」，這一天莫去學校就對了。

永榮哥的眼神突然晶亮，「阿豐！你走過去站在那條田埂上等我，我回去拿禾鐮和布袋！」他手一指，馬上跑回家。

多年後牛已被耕耘機淘汰，田埂也幾乎被水泥硬化，我也停止過問「禮拜日」的由來與作用，但每當不經意發現一叢青草，我就有股衝動，想守在那裡，等永榮哥拿禾鐮和布袋，一根不剩地收拾那叢青草，讓我們家的水牛開心。

牛終於聽我使喚的時候，補了一年高中聯考還是慘敗的永榮哥只剩下五專可念。他騎自轉車載我到縣道一八四上的客運巴士站，我背著他的行李。三、四個他那個年次上下的高中生，背著「省立雄中」、「省鳳高中」的明星高中書包，直挺挺地站在站牌下，彼此並不交談。另外兩、三個沒背書包的，也只跟永榮哥對看一眼，便把臉別開。

奇怪，在河裡捉迷藏、在稻田裡打棒球的時候，這些人不是與永榮哥共陣的嗎？怎麼換上校服，站到巴士站下，就都變成一臉冷漠？

「阿豐，牛交給你了。」永榮哥打好車單，頭犁犁地接過行李。

我心底彆扭，送不出話。

寬寬的縣道一八四路肩，芒草已疏疏稀稀地抽出花穗，一群我們叫作「嗶嗶噹」的小鳥，從尚未收割的稻田升空，乘著波浪型的弧線，朝河邊的竹林叢飛去。縣道一八四也換了另一副臉；畢竟它不是做來放牛的。現在它是長又直的溜滑梯，永榮哥坐上客運巴士，就要滑到很遠很遠的地方。

## 二

永榮哥放假回來，我們仍一同放牛、割草。但他不再講牛經了，說來說去都是他在城裡帶領外省眷村子弟跟閩南學生打群架的自豪事蹟。

「永榮哥，外省人是誰？」我不想讓他失望，隨便問問。

「外省人跟我們一樣，是客家人的一種，只是他們講國語。」

真好！他們不用擔心忘了講國語被罰；我們班上每天都有人脖子上掛狗牌。

「那你講方言他們罰你錢嗎？」

「哈，我現在國語講得比他們還標準，還有人問我是哪一省人？」

「那你怎麼說？」

「我說我是廣東省人。」永榮哥非常得意。

我掉了興趣；不懂眷村跟我們庄頭的共通處，也討厭打架。唯一引我興趣的，是他說校慶參加吃西瓜比賽，得了冠軍。這我有信心；我在學校吃營養午餐，從沒慢過任何人。

第一個暑假之後，永榮哥回來的頻率漸稀，庄裡跟他同年次的後生也一樣；外面的都市化與工業化如火如荼，他們之中的大部分我再也沒見過。他們為人憶起或談論的方式因人而異；離鄉後在考試戰場上過關斬將的，傳頌為模範，敗考後混跡江湖的，也被用以教示後代。都逃不掉。

「阿進伯的兒子考上研究所了，真好樣勢！」

「阿乾叔的女兒考過高考了，有橫桌好坐了。」

「橫桌」即辦公桌，是脫離農業的最高象徵。每當庄裡有人考上第一志願學校，大概就知道晚餐時大人準要唸這些「好樣勢」給我們這些後生小人聽，讓滿桌飯菜立即變得沒鹹沒甜。

「阿豐，再讀冊識書，你就當人腳猴了！」母親的廚藝是族中最厲害的，可一旦她開口教勉，滿桌菜餚頓然失味。

在社會上被人踩在腳底的，稱「人腳猴」。家族中有幾位「讀得識書」的同輩人，一路第一名，最後都如願進了公家。看到他們，耳邊就會響起母親的話。我反倒關心跟永榮哥一樣，「讀毋識書」的人；我的遊耍功夫畢竟是他們傳授給我的。照布袋戲裡的武林規矩，他們便是我師父了。

庄裡的人很少聊到他們，偶而談到也都帶著酸度很高的口水，或預報壞天氣般的口吻。他們的消息若在一、兩天之內傳開，那動力一定來自於巨大的不幸。

阿宏的消息與身體就是這樣沿著縣道一八四送回來的。

永榮哥出庄念專校前兩年，菸苗剛種完的一個週六下午，他喚我去找阿宏。我在坡面上的中藥店門口找到阿宏。他閒著，用橡皮筋打蒼蠅，旁邊有兩批人馬正在玩橡皮筋。我想，憑阿宏的武功，這些人一定是不敢讓他下場。

「阿宏哥，我堂哥要尋你單劈。」我故作莊重地傳令，立刻就引起了不小的騷動，正如我意。

「在哪兒？」阿宏目珠晶亮，像貓在夜裡。

「土地公後面的菸樓。」

「隨到！」阿宏的答話冷又短，真不愧是高手。

我趕緊回家通報。永榮哥叫我把牛牽到芒果樹下釘樁綁住，免得大人發現牛沒人照料。一般的比賽規矩是在牆角下劃一個十五公分見方的正方形框，並在一公尺外劃條直線，平行於牆面。雙方把議定的橡皮筋置於框內，然後站在線外朝框內的橡皮筋輪流發射。只要把一條橡皮筋打出框外，就贏了。準度不好的人要不是無用地打出一大堆，便是射進橡皮筋堆裡，變成賭注。

比賽人數通常是三至五人，每人五十條橡皮筋算是很大的賭注了。那天永榮哥把整季的戰利品一千多條橡皮筋全帶上；十條橡皮筋一塊錢，以本庄孩子的口袋衡量，算是富豪了。在電視布袋戲的年代裡我們沒有刀劍又不會神功，因此我很果斷地認為，永榮哥跟他進行的是一場真正的武林決鬥；永榮哥代表白道，阿宏代表西域魔道。

「阿宏，三百條好嗎？」

「赫，三百條！」圍觀的人群抖了一下，立即肅靜。

「嗯！」又是冷短的回答。

永榮哥從牆邊向外跨了四大步，然後欺身用碎瓦片在水泥地上劃條直線。哇，兩公尺半，這可是神射手的距離！

「這樣好嗎？」

「嗯！」

六百條橡皮筋堆起來足足有一個掌幅高。他們還加上一個新的規定，沒打到橡皮筋的就算輸了。這更拉緊了氣氛。

雙方猜拳，永榮哥先打。

他彎身，右膝跪地，橡皮筋拉長，吸氣，瞄準，閉氣，射出。

真準！永榮哥把面頂的兩條打了出來，照規定必須擺回去，而且不能觸及其他橡皮筋。阿宏走上前，右腳踩線緣，左腳向後跨半步，簡單瞄了一下就出手。

「阿母喲！」幾個跟我同年的小孩發出驚嘆。

阿宏射中擺回去的兩條橡皮筋，那兩條橡皮筋彈起來撞牆，一條彈入框內，另一條跳了出來。阿宏贏了第一盤。

第二盤阿宏先射。他很精明，只在面頂擦了一下。永榮哥瞄準面頂出露一小段的一條橡皮筋，結果射偏了一點，直陷進橡皮筋堆裡，面頂那一條下垂，一半露出框外，等於宣判死刑。

「阿宏，最後一盤五百條！」永榮哥黑了臉，賭性發作，掉了耐性。

「好！」阿宏嘴角得意地斜了一下。

阿宏從地上畫的框裡數出一百條，永榮哥則把剩下的橡皮筋全放了進去。我覺得不妙，想勸開永榮哥，但看看周圍，菸樓下少說也擠了二、三十個武林群俠。我想永榮哥決心輸得徹底，此時決不會罷戰。

一千條橡皮筋堆起來的氣勢把眾人唬住，誰也沒見過這般場面。這盤永榮哥一點機會也沒有，阿宏先射，一出手就把最上面一條打了出來。大家都呆了。

我永遠忘不了永榮哥走到芒果樹下牽牛的樣子：落寞，悲壯，又帶點灑脫。我那被布袋戲浸透的腦筋馬上把他的身影轉化成悲劇英雄：他在決戰中被西域魔魁藏鏡人廢掉武功，走上奈何橋，從此退出江湖。

我陪他牽牛到魚塘洗浴，在路上他把僅存的兩條橡皮筋從左手腕上剝下，「阿豐，這給你，不要特迷，大人講得沒錯，橡皮筋在手上掛久了會吸血，腦筋變憨，讀毋識書。」我莊敬地接住，幻想有一天打敗阿宏，為他報仇。

再沒人敢同阿宏玩。他的考功與準度對反，國中畢業後去念半工半讀的職校，一方面想為轉做生意失敗的木匠父親省錢，二方面——我猜，他耐不住學校的平庸，想及早進江湖試他的「武功」。

阿宏的新武器是拼裝車。

七〇年代，經過土地改革與農地重劃，農業生產力一翻再翻。為解決暴增的運輸需求，農民便組合耕耘機與拖車。拼裝的鐵牛車流行農村，造成新的地景與聲景。阿宏的拼裝功夫不亞於射橡皮筋，興起了黑手當老闆的夢想，後來乾脆輟學。每當拼裝完成，他總要騎著摩托車，陪農民試駕鐵牛車。

阿宏最後一次回家，夏日尋常的午後雷陣雨剛結束，祖堂裡一群大人正在爭吵。阿宏的伯公很嚴厲地告誡進春嫂，壽終才能進祖堂，在外橫死者抬回來，會剋煞生者。阿宏的母親搗著臉，蹲在地上無助地哭喊：「阿宏還存一口氣，念著要歸祖堂。」

幾年後我才問出來。阿宏的改裝功夫厲害，農民邊開著他弄好的車，邊對阿宏大聲讚佩。縣道一八四正在拓寬，得意揚揚的阿宏騎著新買的野狼一二五機車，與鐵牛拼裝車並排。他撞上路肩的砂石堆，正好就摔進他的傑作裡。

## 三

縣道一八四，更多，是與我父母那一輩農民的關係。

一九四九年始，國民黨政府先是壓低租佃率至千分之三七五，接著用價值高估的國營企業股票強制徵收地主的土地，讓無地的佃農以及生產面積仄狹的小農得以分期承購，解放了農民的生產積極度。但產量的提升需要水利與肥料的支持，於是政府開辦農田水利會，廣建灌溉系統，並透過農會下放化肥。

放到歷史上來看，土地改革的真正意義，是讓政府成為支配農民生產剩餘的唯一地主。當時的做法是一方面高估水利與肥料的成本，一方面壓抑稻穀的價格，再把水費與肥料換算為農民上繳的稻穀量。

於是滿載穀包的牛車、鐵牛車擠滿仲秋的縣道一八四。我是童工，父親讓我爬上穀包堆，增加一點點壓重，隨他前往農會。從慢緩移動的穀包堆頂頭，三米五的高度，我凝視著一幅沉默不安的鄉土。

以低廉的糧食供養龐大的軍隊與市民，只是將局面穩住，重頭戲在後面——發展工業。重點在於低廉的勞工；農村進行全面農地重劃，促成機械化耕作與運輸，大幅降低農地的勞動力需求。七〇年代，臺灣踏入出口經濟，在美濃西南邊的高雄港，成衣及電子的加工出口區、石化工業區，片片鋪開。一推一拉，短短幾年間，美濃的青壯人口幾乎被縣道一八四吸光。

若美濃的現代化過程是一部大河小說或史詩什麼的，我想，卷首詩應該就是〈縣道一八四〉：

縣道一八四，初開始

像一尾蚯蚓
從日頭落山、話糸又不通的地方
鑽到我們這個庄頭

每次阿爸車穀包去農會換肥料
就會把我丟到牛車上面壓重心

從那兒看出去
縣道一八四像一道老鼠洞
路兩旁的鐵刀木野野搭搭
孵出麻雀、蝴蝶與樹影子

從那兒看出去
縣道一八四像一尾蝻蛇
久久才會有一臺掮屎牌（賓士）卡車

滿滿疊著粗巨的檜木
攻天攻地，從山裡頭闖出來

重劃後田埂改轉直角
柏油路鋪得密密麻麻
耕田是愈來愈省工
但卻是愈來愈難攢食

縣道一八四，這時候
像一尾水蛭
吸附我們這個庄頭
愈吸愈肥，愈吸愈光亮
整庄的後生
被它
吸光光

但縣道一八四並非歷史的單行道，進城的農村孩子也不見得能忘卻農業破敗、家族潰散的傷痛。八〇年代，我就是畢不了業，高中、大學均枉然，最後分發到外島當兵，被海關起來。一九八六年夏，入伍後第一次放假回鄉，走出美濃的客運總站，被強烈的陌生感擊倒。

大街上進行拓寬工程，沿路的老房子被拆成廢墟一堆堆，原本附著在建築上的空間感及時間感頓然頹靡。我站在街上，一時不知如何指揮腳步，又沒有臉打電話請父親來接。我決定走五公里回家。

走到一段上坡路，落日餘暉已盡。菸癮來犯，摸不著打火機，我拐至路旁的土地公廟借火。廟裡香煙裊裊，我向土地公頷首行禮，再借香爐旁的打火機點菸。吐一口煙，看出廟外，路燈接手，迤邐回家的路。我心生羞愧，竟想請土地公關掉路燈。

失敗者回鄉的路上，我不孤單。其時，工業化似乎到頂了：泡沫經濟鼓漲，製造業外移，勞資衝突，房價陡升……紛至沓來。幾年後，在都市裡失業的大量農村青年被迫回鄉。

他們其中之一也許小名叫阿成，母親對他的期許總以「成仔」開頭。但一九九〇年前後，全球化的都市對外鄉年輕人分泌著敵意，阿成決定回鄉。他騎著不再風光的「風神一二五」摩托車，母親當年的叮囑在心裡響著，漸成嗚嗚，終至吶喊。

〈風神一二五〉

（母親口白）：
成仔，耕田是耕不出油水
你又沒讀到什麼書
不如出去學點技術
人說，百番頭路百番難
就算乞食也不清閒
成仔，要努力認做
別人家如果開輛BMW
我們就鐵牛車勉強拖
湊合湊合一定會有
高進的日子

送我出庄妳講過的話
我一刻也沒忘
但是母親這十年日子
我像無主遊魂
工作幹過一樣又一樣
哀哉！沒半樣有希望
女孩交過一個又一個
一概都難以成雙
經濟起泡我人生幻滅
離農離土真奔波
不如歸鄉不如歸鄉
母親原諒我要歸鄉
我要捨死回到山寮下
重新做人

就是這樣
我騎著風神一二五
辭別這個哮喘的都市
菜鳥仔、目鏡仔、雞屎洪
我真的很不好意思
就是這樣
我騎著風神一二五
老舊鬆脫呼天搶地
屌它景氣，什麼前途啊
我不在乎

土地公土地公，子弟向您點頭
拜託拜託，把路燈全部都關掉
不必問您的子弟為何要跑回來呀
土地公土地公，子弟向您點頭

拜託拜託，左鄰右舍去睡覺吧
不要讓他們問這子弟為什麼要跑回來呀
不要讓他們這麼多問

就是這樣
我騎著風神一二五
夜色起乩星兒抽筋
椰子樹檳榔樹電火杵
全全著驚
就是這樣
我騎著風神一二五
接上這條縣道一八四
阿豐牯、生仔擺、裕牯膦
我也回來也了喲

# 失敗者歸鄉

一九九二年，我與大學文憑的糾纏，終於結束了。整整十年！從八二年高中退學進補習班開始，歷經第一間大學捱五學期，送外島東引當兵，被海關二十個月，退伍插班淡江大學二年級，又多讀半年。倦且厭，只想回鄉。

妹妹秀梅早已回到南方。她應徵上中央研究院的研究助理，領著兩位同事——允斐與曉鵑，在美濃及屏東做農戶訪調。我加入他們，幫忙打雜，到處聽人講故事、批評時局，開心地當這班研究助理的研究助理。但沒薪水又沒身分，不易打發鄉人的疑問，只好拜託遠房親戚介紹，在美濃某國中謀個代課教職，一學期也好。代課教員通常發配邊疆，派給那些父母不愛、校長討厭、社會又嫌棄，人稱牛頭班的三年級後段班。

我上他們的國文課，只有四、五個女學生靜得下，其他的不是趴成一片，就是玩成一團。知道他們經歷的社會過程，覺得沒有足夠的正當性要求他們乖乖聽課，我只是請他們放低音量，體諒前面有興趣的同學。但幾行文言文很快就使她們眼神迷航了，我明瞭她們安靜聽課，是出於禮貌。我不忍再為難她們。

「我們聊天好嗎？」我輕聲地問，不想驚動後面的吵嚷。

「好啊！老師你要聊什樣。」她們好像也沒有太多期待。

「妳們最常有的心情是什麼？」聊心情夠貼近生活了吧！我想。

「無聊！」「不知道要幹嘛！」「好想趕快畢業！」她們漫散地回答。

我認真地點頭，心裡也跟著漫散了。

「寂寞——」靠邊窗的座位上傳出一個有點不屑又略帶挑釁的拉長音。

那位女孩叫秀惠，上課不太跟旁人交談，也不抬頭看黑板或講者。她低頭，垂髮，自顧自娛地寫自己的東西，有時望出窗外，心事重重。

我靈機一動，反問她：「那妳知道寂寞和孤獨的差別嗎？」

「孤獨是一個人，寂寞是沒有人。」她瞧了我一眼，冷冷把話頭丟回來。

她的話像兩個子彈射出，一中心窩，二中額頭；我愣在講臺上。那是我從小最熟悉的兩種情緒；早上醒來時，比我大的不是下田上工就是上學，有時覺得滿好，發呆也不錯，有時又覺得內心被抽到真空，快窒息暴斃。學到表徵這種狀態的兩個字眼後，我一直琢磨它們名下的區分，後來擬出一個存在主義式的解釋：孤獨時自我的輪廓完整，寂寞時自我則開始模糊。

秀惠的語法免掉借屍還魂的套裝哲學，精準、詩意多了！愣住的那瞬間，我心裡酸緊，想她的處境必定有我所沒體會過的複雜深刻，而且一定浸得比我久。

「說得真好！這是我聽過最厲害的定義。」我回過神，真想用力為她鼓掌。

秀惠抬起頭，轉臉三分之二對著我，卸除一些武裝。

「而且其他同學也對自己的心情很有想法，那我們這週的作文題目就叫『我的心情』，好不好？」我興奮地環視大家。

下課出了校門，我匆匆趕赴秀梅他們的行程。那時有關美濃水庫計畫的正反面議論已在地方上暈開，老人家在樹下、農民在茶桌上、民意代表在議事堂上，常常起爭執。我們幾個回鄉的年輕人被曾文忠老師——一位退休回鄉的美術教員，邀去商討此事。秀梅提議，這麼大的事，鎮公所應該召開公聽會，讓政府說明計畫內容，並邀請各方專家學者發表評估意見。曾老師認為這意見「蓋做得」，因為鎮長是他學生，便安排我們前往拜會。

鎮長年近四十，叫添富，跟我同姓。人如其名，事業有成，發家致富。他被派系拱出來當農會理事，繼又高票選上鎮長，創下歷屆最年輕紀錄。公聽會三兩下談完。地點？

沒問題，我弄個大禮堂給你們。人？沒問題，我叫里長、鄰長通通出來，十九里，每里二十鄰，加上全鎮的校長、社團理事長，場面夠看了吧？

好個地方諸侯的霸氣！我們猛點頭，折服。

剩下來的時間，鎮長講故事。在農村進行訪談或拜會，我最喜歡聽地方人說故事，因為裡面有太豐富的社會學辯證、文學性歷程與人類學知識。我們幾個讀書人從外面回來，凡事新鮮，又一副與世無爭、凡事好奇的樣子，而且——我們的情緒沸點低，隨便一個轉折就能引發爆笑。面對這種社會菜鳥，說故事的人很容易有成就感。但地方人說故事的意願與能耐，存有明顯的世代差異。

拜訪六、七十歲從沒離鄉的老農民，你得想辦法把有點學術味的問題轉成地方語彙，並嵌入他們的生活脈絡，才勉強不會答非所問。一旦他們講順了，便是一部完整的戰後臺灣農業史。他們大多是長子長媳，在經濟現代化初期撐住整個農業家族；上承父母的權力意志，下對弟妹提供資助，讓他們多念書，以進軍非農業部門，反饋農戶經濟。更重要的，他們接手上輩的祭祀責任與文化慣習，操練不輟，所以是一部精采的農村生活史。

三十歲左右剛從都市回來的年輕農民，身上則有太多未癒的創傷，以及面對未來的惶恐。他們的都市開基夢中挫於九〇年代初的泡沫經濟與資本外移，工作、情感及家庭關係上，皆處於困難的調適階段，同時還得忍受鄉人在問候中有意無意露出的訕笑與奚落。他們剛去了印尼、柬埔寨或越南娶親，得熬過一年以上的程序折磨，妻子方能取得來臺簽證。面對訪談，他們眼神飄忽，閃爍其詞。

添富這一代人，最能說故事。他們八〇年代中回鄉時正值壯年，正好接上幾個政治經濟契機。首先是臺灣歷經二十年的快速工業發展，積累雄厚，加上臺幣不斷升值，資本的投機化傾向愈形囂張，房地產、股票常一日數市。在地方政壇，老一輩的仕紳紛紛凋零，現代化教育培養出來的知識分子又一批批被抽離農村，鄉鎮級政府的領導階層遂成真空。而在遠方的臺北，危機重重的國民黨正拉攏地方派系，以應付黨外運動的挑戰，並活化凋零的統治合理性。添富這一夥人返鄉，炒房地產，玩股票，或搞選舉，皆能左右逢源。

更早，七〇年代末，添富在都市打拚，也碰上「黑手變頭家」的好時機。其時，消費市場蓬勃發展，服務業產值急起直追。士官退伍的添富在善做生意的妻子協助下，經營豬內臟生意。他們看好上升的人均肉類蛋白質消耗量，以及蓬勃的小吃經濟，趁勢大賺。

添富的事業不在美濃，可他賺的錢卻堅持存農會。在低調省儉的美濃，每月用麻袋裝幾百萬現金，用賓士三〇〇載到農會信用部存，黑白兩道怎麼可能不注意？加上他作風海派，樂善好施，又勤於排解糾紛，風聲變傳奇，一下子在地方上炸開。頭人都在探聽，這小子到底什麼來路？錢用布袋裝！添富當上鎮長後，炒地皮的、玩股票的、瘋酒家的，還有混黑道的，前呼後擁，夜夜都是資本助興，人生狂歡。

時代儘管在變，三個主題——學歷、離鄉與階級爬升，倒是歷久彌新。添富講發跡史，眉飛色舞，提到考試失利便黯然神傷。添富是國中第一屆，畢業那年，他考不上體面學校，被押去念免試又免費的陸軍士官學校。「那有多丟臉你知道嗎？」添富說他每次放假坐巴士回家，都要算好時間，天黑後進村。下車後他脫掉軍靴，拎在手上，躡手躡腳，走田埂回家。「大路不是我們這種讀書不贏的人做得行的！」多年後添富的羞辱感仍刻骨銘心。

另一個回鄉的重要群體，是黑道兄弟。也因為水庫議題，我跟他們有了接觸。鎮公所要辦公聽會的消息傳開後，正反兩方競相動員。從側面消息，我們知道美濃有好些重要人物早被收編，在水庫預定地買了大批土地，等待坐收徵收暴利。擔心地方黑道也被官方的超大利益吸附，變成水庫計畫的禁衛軍，甚至危及我們的性命，我提議爭取他們的支持。但，怎麼說服他們？一點關係都沒有，說不定他們還討厭我們這種讀書人呢！沒辦法就打電話吧，我說。

美濃的黑道老大阿欽，當時是鎮民代表會副主席。我打電話給他，說我們是中央研究院研究助理，想拜會他，他淡淡地應好，沒多說。赴約那天晚上，我們興奮異常，彷彿是要去看什麼奇珍異寶。阿欽副主席家裡沒什麼特別，就是一般的透天厝，他人禮貌客氣，不好引動談興。建築學背景出身的允斐懂得現代美術，他注意牆上有一幅像冰塊炸開的抽象畫，便稱讚副主席好品味，懂得欣賞抽象畫。阿欽表情歉然，說那幅畫長得像泰國蝦，夜市買的。大家哄堂爆笑，才鬆開氣氛。

秀梅大膽問他是哪裡人，阿欽說是龍肚東角。啊，我們隔壁村，同一個學區。那你認識某某人嗎？認識，他是我叔叔。哦，那我祖母跟你們同夥房，你應該要叫姑婆。阿欽又露出投降的表情，笑說美濃人牽來牽去都是親戚。祖母娘家算是重門風的家族，出了好幾位嚴格出名的老師、校長，但怎麼會迸出一個大黑道呢？我與妹妹心裡納悶，但誰敢問？怎麼問？

其實聊天聊順了，答案都在裡面。連上血緣線後，地緣線就不難了。我們從某幾位親戚的故事開始，交換家族記憶，連結地方情感。從小就叛逆的妹妹似乎從阿欽的家族背景中嗅到某種連接，突然單刀切入，直接問他：「副主席，在一個老師這麼多的夥房成長，是種什麼樣的經驗？」阿欽臉上閃過一陣輕微的扭曲。他說小學直到中年級他的成績都在前幾名，可是有一次貪玩後發燒，名次掉到後半段，其他房的長輩趁機取笑他，也不知道怎麼搞得，體內的反骨就彈開了。從此不僅丟掉書本，還開始找人打架。阿欽愈講愈快，從牛車增速至摩托車。

「那你後來為什麼要回來？」我也好奇了。

「雲飄久了，不下雨不實在；人飄久了，不回來也不實在。」阿欽的聲音變淡變慢，似乎要把情緒收回來。

「聊這麼久，還沒請教有什麼事情要我處理？」阿欽回復民意代表的神色。

「也沒什麼啦，就是這個月十號，我們要辦一場美濃水庫公聽會，希望副主席能來參加，聽聽各方面的意見。」我們也言歸正傳，交待了宗旨。

「這事很重要，我一定參加。你們為地方用心，很難得。」

那場發生於一九九二年十二月十日的公聽會不只開啟了美濃反水庫運動，也奠定了我與添富、阿欽的情誼，後來甚至成了他們在政治路上的諮詢對象。更重要的是，從他們的生命史，我開始對那些回鄉的失敗者產生詮釋性、脈絡化的理解，並試圖把他們寫進往後的創作裡。

那堂國文課後第二天，秀惠的作文就交了；全班第一個。最後一段，她這麼寫道：

「我們的心裡也是有自尊，但如果那些有種族歧視的老師們，傷了我們，我們也會生氣。班上同學有自己的前途；不會念書並不表示沒有前途，沒有什麼用了。在這三年來，我們心裡有很多的不平和心聲，但卻無法說出來。」

# 我的卡哨

美濃現代史上最神奇的一件事，發生於一九七〇年代。幾千人突然變賣財產，舉家遷至數千公里遠的南美洲。

約是我讀國中那幾年，移民夢蔓延如流感。夜裡放閒的大人和他們的「卡哨」聚在一起，個個眼球鼓脹，聲技誇張地交換所有關於阿根廷大草原的天方夜譚：什麼車連開幾天，一座小山都看不到；我們這邊買一分地，那邊可以買好幾甲，還有那邊的新鮮牛肉比我們的高麗菜乾還便宜云云。

「卡哨」可能借自閩南語，在美濃客家話中「夥伴」、「陣黨」的意思，貶褒比例端看說話者的語義架設。譬如老婆要她先生來接電話，喊說「爾卡哨尋汝呀」，尾音上揚，差不多是在傳遞對老公交友的不屑。

我不相信真有人付諸行動。那些個夜晚的語言競技場，到頭來還不是「上夜想到千條路，天亮本本磨豆腐」；祖先早看透了。更不用說彼七〇年代，根本沒道理出走。臺灣經濟正旺，農業產量動不動翻倍成長，工業區大片大片擴張。雙位數的GDP成長率已非話題，城市裡擠滿了各式各樣的工作機會。電視新聞報說社會一片欣欣向榮，不是嗎？

夥房裡所有的議論與渲染在第一房人移民後戛然而止，不久又一房人遷出。光說不練的，現在變成「留下來的人」，內心總有那麼一點不長進的反照，同時幽微地感覺被離棄。而如果他們稍稍設身處地，又會為前途艱險的親人感到憂心不安。後頭遷出的是一位堂嫂，丈夫車禍，三十未到守寡，人言如刺，養三個小孩並不容易。她攜子，帶著僅有的撫卹金與賠償金，跟著自家大哥移民，孤注一擲。我為她的決定感到欣慰，並祝福。但前頭率先搬出的堂叔就令我費解了。

他手捧鐵飯碗，業已幹到地方郵局的主任，三個孩子中，長女剛考上醫學系，長子讀高中名校，頂多再過五、六年，就可悠哉享清福。又何苦自斷後路，去到人生地不熟的異鄉，一切從頭來過？族裡沒人知道原因，擱著，久而久之，也就成了某種神祕。後來我逐漸讀懂祖堂內的文字，那個高掛在牌位上頭的祖訓——「燕翼詒謀」，難道是某種移民基因？它的爆發是生物性的，非關社會局勢！

二十幾年後，堂叔回來掃墓，同感好奇的妹妹拉他到家裡吃飯。他一抹語焉不詳的微笑，一挾又一挾地稱讚母親做的菜，並學祖父的樣子，伸出空碗，要我們添飯。妹妹陪他緬懷封建年代，耐心等他說故事。可他好像不存在掙扎與奮鬥之類的記憶。我們約略聽聞堂叔到了阿根廷後，很快看破該國政治的無能，實際上也苦於超高的通貨膨脹，便帶妻小移轉至巴西。九〇年代中期巴西經濟漸趨穩定，這時他嚮往政治更安定的美國，又再度變賣家產，北遷至德州休士頓。堂叔一口一口扒飯，反芻記憶；他的毅然決然從何而來，我們仍不得而知。

那時我們在地方上組織反水庫運動，找到一棟沒人住的老合院，租了右側。辦公室建置好，經費問題接踵而來。募款總是不順利，我們嘗試各種自我養活的辦法，包括為報社寫稿、接研究案、當研究助理及代課老師等等，類似低等哺乳類動物，活著的時間裡，大部分得用在覓食。有一天，我們收到一筆捐款，來自巴西美濃同鄉會。巴西耶！又遠又久的地方。報上不是說美國向外太空行星發射的探測火箭，幾十年後才有可能收到回傳的探測訊息嗎？我們看著捐款資料，揚起的正是這種奇異的興奮感。地方的社區報《月光山雜誌》登了巴西同鄉會的會訊，引動幾位年輕人前往採訪、報導，七〇年代的那樁神祕，才慢慢釋疑。

一九六一年始，臺灣向非洲各國派出農耕隊，協助發展鄉村建設。半為冒險，半因公家頭路有保障，美濃好些農校畢業生真跑去了。之後，從他們的口述、帶回的紀念品、相片，以及幾隻小鱷魚中，美濃開始長出非洲想像。七〇年代初，一位待過南非與查德兩個國家的黃姓農耕隊員結束任務。他回到故鄉後仍對充滿各種機會的第三世界念念不忘。他的隊長同樣念茲在茲，指派他考察阿根廷的農業發展。他在臺北找到一位阿根廷籍的天主教神父，協助他申請旅遊證件，並為他介紹重要人脈。半年後他回到家鄉，激動地向圍繞的親戚們描述阿根廷的壯闊、便宜與可能，很快召集到十多位「卡哨」，每人投資二萬五千臺幣，成立共同開發基金。他們把家具、農具裝上輪船，開啟了美濃人的南美夢。

一九七一年臺灣退出聯合國，七七年與美國斷交，國際局勢的不安多少推升了移民潮。一九八三年，阿根廷結束軍事統治後，經濟陷入困境，青壯的技術性人口大量移民歐美。為平衡勞動力結構，阿根廷政府鬆綁移民政策，接納周圍的玻利維亞、智利、巴拉圭及烏拉圭等國移工，並對亞洲開放，企圖吸納韓、日、臺等新興經濟體的資本和人才。數百名非法入境的華人因而受到特赦，並授予居留權、就業權和營業權。一推一拉，臺灣移民阿根廷者，達數萬之眾。

但貢祥哥在這股阿根廷移民潮中，逆流而回！

九〇年代中他回鄉，二十年間，試養過四、五種漁、畜，屢敗屢戰，最後在野蓮種植上獲得突破。野蓮是睡菜科莕菜屬的多年生草本植物，葉面浮於水，餘在水中，食用的部分是長長的細莖。野蓮為人採食，歷史悠久，據說《詩經》關雎篇的「參差荇菜，左右流之」指的就是野蓮，或它的姊妹。野蓮是南方水鄉常客，美濃人善於採食。當外界把它歸成美濃特產，我們才知道別處早消失了。

貢祥哥的毅力與智慧驚人，善與局勢纏鬥，成功後成了農民楷模，屢獲媒體報導。我看過幾篇，開頭不脫他二十出頭闖蕩阿根廷，六年後在鄉愁驅使與親情召喚下回到美濃。貢祥哥絕對是念舊顧情之人，但以他的絕佳口才及桀驁個性，我偷偷相信他在阿根廷定是三兩下把自己弄成了華人版唐璜，最後被愈滾愈慘烈的桃色風暴逼走。或者，以他後來在農民權益問題上的清晰思考與果敢行動，往回推判，他可能忿忿於同鄉在異國被欺侮，又看不慣他們一團散沙。又或者，他只是不喜歡異鄉移民的邊緣感。

堂叔的經驗歷歷在目，我對貢祥哥為何去阿根廷，失了追根究柢的興趣，只問他到底會不會講當地話？他不耐煩地嘮叨了一長段西班牙文，讓我確定他混得夠深。可能安土重遷與逃離故鄉的渴望共存於一個人體內，它們怎麼攪和，最終哪個勝出？也許永遠有難以交待清楚的例外。

我想起一部評價不高的好萊塢電影《搖滾樂明星》（*Rock Star*, 2001），結束前的兩幕情節。一幕是重金屬搖滾樂團的新任主唱想貢獻創作想法，被樂團拒絕，錄音後樂團經理陪他在酒吧聊天，主唱好奇經理為何踏上這途。經理說他老婆非常甜美，他們大學畢業前就結婚。有一天他們在酒吧喝酒，他上廁所尿尿時看著牆，想人生不應該是這個樣子，接著推門而出，不再回頭。另一幕是主唱唱到高潮，拉了一位聲音尖拔的樂迷替他的位置。他步出舞臺，在後臺碰到經理，經理明瞭他疲累，要他休息一晚。主唱說不了，他現在需要尿尿。

我與貢祥哥熟識於九〇年代末，當時他的養殖事業由豬轉蝦，財務狀況被口蹄疫炸出大窟窿。熬了幾年，好不容易才填平。他的樣子還真像是重金屬搖滾樂團的主唱：帶刀的眉宇、藏劍的眼神、粗獷的顴骨與身材，發聲打招呼是一吼定江山。但那是嚇小偷與混混專用的；對我們這種空有正義感的無用書生，貢祥哥是宅心仁厚的俠義漢子，帶些「小賭怡情、小酌宜身」之類的無傷雅習。《菊花夜行軍》專輯中主人翁阿成的形象有一大半來自於他：

譬如說話，阿成的農民語言黑又厚又土又快又精準又善用各種擬喻與俚俗，酒氣與人氣對味時乾脆兩句兩句押韻，害我們的語言人類學朋友捶胸頓足，說怎會忘了帶錄音機。但錄音機擺上時阿成又收山了，說他討厭講給機器聽。說一個地名與姓氏吧，阿成在五秒鐘內就把一條最近的親戚關係線揪出來。阿成說植物學沒什麼用，他們農民的植物學不用拉丁文，他們根據水牛的口感。更不用說儀式了，哪種死亡合適哪種過程，多少親等的人跪什麼位置、穿什麼顏色的喪服，阿成清清楚楚。

貢祥哥天生的領袖魅力，他討厭被重複或無聊的事情纏住，責任感與性好自由同時在他身上作用。每天晚飯後，他家前庭的圓桌邊迅速被他的「卡哨」坐滿，有來探究養蝦技術的——嚴肅起來直逼研討會，有來求助的——從借錢到調解夫妻打架皆有，更多是單純找人抱怨、訴苦。看他忙不迭的，一下子沖茶，一下子拋菸，一下子斟酒，剛分析完市場趨勢，大罵人傻沒藥醫，接著又苦言相勸。好幾套即興劇本交叉搬演；我安靜坐看，津津有味。接近子夜，卡哨陸續散去，貢祥哥用他拿手的炒蝦按住我，又從冰箱起出一瓶紅酒，下令喝完才能走。我追問他們的來歷，他搖頭苦笑，說這些仙人看來欠扁欠揍的，可是本性逍遙，生命力超強，像雜草，一丁點水土就能快活。

貢祥哥及他的卡哨，讓我串聯起許多在中年之際，選擇回鄉務農的朋友。他們不一定適應不了都市，也不一定不專精於現代社會的分工。他們流浪夠多的工作，愈發厭惡勞資關係的綑綁以及機械時間的統治。讀書人也知道這些，但他們瞭悟並勇於追隨自由的召喚，恰好是我們最無能之處。

向他們致敬，寫了一首〈我的卡哨〉：

我的夥伴個個天兵
命歪運衰斬不斷根
講他們精專也不明顯
講他們堅耐也不全然
我想他們像雜草走路
就有本事尋到水土

我的夥伴喜好自由
四方遊歷四方不留
薪水一綁他們會尷尬
時間一趕他們就勁軟
他們甘願當自家頭家

當自家手下

西邊一暗碗筷一推
我的夥伴無帖自來
有安靜的獨孤狗
有使蹺的滑溜猴
雞婆的就只引人罵
電不直[1]
三不時倒牽馬[2]

飲酒食茶各人自領
得意失志聊過爽平
我的夥伴鼠牛虎兔
隔發財是幾萬步
我的夥伴猴雞犬豬

快活樣子是上百副

注釋

1 說不聽。

2 老是反其道而行。

## 粄與芋

一位資深編輯行旅臺灣各地，總感覺客家庄的女性特別愛乾淨，問我原因。受過社會學與人類學的粗淺訓練，知道這種跨族群的印象式結論常掉入主觀的陷阱，更何況光是「乾淨」就難以定出標準，但我心裡立刻跳出母親與姊姊們的身影。她們愛乾淨，做事俐落，是家族公認楷模。客家社會裡，這種做事風格受到高度肯定。在美濃，我這樣回覆那位編輯，我們頌讚這種「乾淨、俐落」的作風為「慶手慶腳（慶是輕盈、敏捷之意）」；北部客家人則更進一步上升為一種文化風格，他們稱之為「淨俐」。

但——不無諷刺的，無論標舉「慶手慶腳」或「淨俐」，其實都隱含對男性的否定或貶抑，因為它們主要用以鼓勵協做農事之餘，仍須操持家務的婦女。美濃在WTO之前的兩稻一菸（一年兩季稻作一季菸作）年代，能配享如此讚譽的婦女，必須在緊張的時間縫裡滿足各種內外在要求。在大的時間縫，譬如割稻子時節，剛把七、八個工人導入田裡作業，馬上衝回廚房做點心，然後在割完八成面積前挑到田邊等著，前後不到一個半小時。上午的點心通常是米篩粄（米苔目）、仙人粄（仙草）之類的甜點，下午則可能是鹹粥配各式小菜。點心不僅量要夠，滋味更要令勞動者胃口歡暢。工人只要皺眉頭，酸話隨即傳開。

大的時間縫，還表現在下午農事結束後與傍晚廚事開始前。她們趕回家，把房裡的尿桶挑進菜園，摘菜後除草，再澆以稀釋的尿液。小時間縫的應用，就有如特技表演了。最精采是在年節廚房，母親像個一人樂團兼指揮。她先穩住屋外大封鍋、屋內湯鍋的水滾大節奏，接著調校煎魚或炸小封的油滾小節奏，然後快手細切姊姊們洗好的青菜與佐料。煎炸一結束，她馬上如吉他手刷和弦般，連續炒菜，由慢而快。合上鍋蓋的燜燒空檔，她衝出屋外，查看大封鍋內的進展，翻動灶內枝條，調整火的調性。這時，姊姊們擺好桌上的碗筷，趕緊清洗廚具，再把碗盤擺上流理檯，等待母親配菜。

除夕及年初一是兩桌二十幾人份，初二加倍。每次上桌後回望，廚房淨淨亮亮、整整齊齊。過年回家，每個成年女性都有幫廚的壓力。但要能稱職，必須手腳快，並能與母親心領神會，不然兩三下就會被離心力轉出。作為男丁，我是外圍的外圍，乖乖坐在大封鍋前的矮凳上，把火顧好。

一九九六年秋我回到美濃愛鄉協進會工作，最大的挑戰是社會化自己的孤僻與疏離。辦公室租在夥房三合院，裡面有大大的廚灶。動念補償兒時的缺席，每天中午我煮飯做菜，請夥伴留下共餐。漸漸我發現，餐桌上的情感交流不僅彌補工作會議的溝通不足，且更能讓工作夥伴立體而深刻地相互理解。受到鼓勵，我揣摩母親的菜單，慢慢領會。原來她的本事是複雜的食物過程，綜合著技藝琢磨、時間運用、流程安排、材料選搭、品味調理以及人際對應等等。

母親的廚房與廚房裡的母親，成為我的學習對象與田野研究主題，而我愈想「慶手慶腳」，愈是明白：食物過程在高超的技藝背後，是何等的農業、文化、組織學與社會人類學寶庫，且它們的意義——如同醃製中的食物，正因著時間與距離而變化。食物可以是眾人的慶典，也可以是個人的抒情。

譬如粄，美濃客家農民順應節慶節氣做不同的粄，像是動用各種形式表達他們對米食從一而終的摯愛。除了做法各異，每種粄的社會過程也有別。用於重大祭祀活動的紅粄，其動員程度之大，可擴及整個家族。媳婦擀皮、包餡、印模，老人家把香蕉葉剪得規規矩矩，阿姐們擺粄於葉，男人則在廚房掌大灶；一床床紅粄入蒸出蒸。門板被拆下、擦拭乾淨，安躺於兩張長板凳上，阿哥們一一排上蒸好的紅粄。工作線由廚房、客廳外延到簷下、天井，笑話、趣談流轉，監製的祖父則挑出品相不佳的紅粄，哄稚齡的孫子吃。氣氛是如此熱烈，鄰庄的姑婆、阿姑經常就提前轉妹家（回娘家）了。

獨獨芋仔粄，過程巧靜，從植苗到做粄，鮮少分工，像一縷母親莫想與人分享的抒情思緒。每年都是灶下爆出混合著油蔥、蝦米、香菇的勾魂莰香，繼而芋香幽幽探出，才意識芋仔粄的七月半又臨近了。端上祖堂供桌，母親的作品總引來各房媳婦的驚呼，無不讚嘆用料之精實、蒸功之準恰，而她也總是微笑，不自誇。我能幫上的，頂多是祭祖後端回廚房。接著母親大卸芋仔粄，邊切邊輕聲喚出分贈的對象：姑、嬸、舅、婆等重要親戚及她的朋友，無一掛漏。最後，留兩小塊放冰箱，過陣子才會拿出來切片、油煎。小時我總納悶，為什麼母親的芋仔粄用料比他人家厚這麼多？為什麼做得這麼好吃，自家留這麼少？看父親沒二話，疑問就擱著，沒想到從此跟著我長大。

母親的檳榔心芋種在崁腳下竹叢邊的狹長零碎地上，五坪不到，三、四行，有水自流；芋仔採了又種，長年不斷。芋群安靜、安分地抽長，善解人意，要求的照料從不超過基本，像母親的一生。喜好電魚的堂哥最知道那裡生態豐富，電杆隨便往行間一插，虎皮蛙、澤蛙、湖鰍、鱔魚紛紛翻白。還有成天漫飛的揚尾仔（蜻蜓）、聞聲不見影的白腹秧雞，以及隱蔽在竹葉間永保戒備狀態的赤尾青竹絲。

一九六〇、七〇年代是美濃一菸二稻農業經濟的全盛時期，有點格局的田地均被徵調支援生產前線，副食品自給自足的小農理想只好指望等而下之再等而次之的畸零地。面積當然不夠，於是圳邊插竹笠長菜豆、圳上架竹棚爬絲瓜，礫石充斥的重劃路肩種樹豆，至於崁下長年湧水，只合宜喜水的檳榔心芋。若是溪邊於洪退後浮出高灘地或新闢馬路夾出三角窗，不出兩個月，新的蔬菜共和國鐵定秀麗出世。

菜園管理純是媽媽們的頭路：每到臨暗，忙完田事的婦女挑著糞尿衝出夥房，用最緊的速度除草、摘菜、淋肥、澆水，再趕回廚房打理饑腸轆轆的一家子農民、幫農。尿桶迴旋半徑大，味道刺鼻，路人紛紛走避，當事人既勞累、不堪，日後又覺得好笑，激得她們作諺嘲諷我庄：有妹莫嫁大崎下，一出柵門就菸頭下，暗時尿桶挑了衝上又衝下。

其他沿著荖濃溪畔開展的聚落流傳各自版本的「有妹莫嫁」，皆反映上世紀初明治末年菸草拓殖的艱辛。當時為應付暴增的勞動力需求，日本殖民政府從桃竹苗及屏東招引大量客家無地農民，周圍的閩南及平埔區域也有少數家戶聞風移入。母親的祖父看到墾殖區土地平廣、水源充沛，決定離開土僅一尺厚的大崗山丘陵區，舉家東遷至十穴庄附近的五隻寮。當地的石崗田讓墾民吃盡苦苦頭，眾嘆：有妹莫嫁十穴庄！三盤蘿蔔兩盤薑；食了幾多渾泥水，開了幾多石崗田。

母親成長於多語環境。她不識字，後來成為博聞強記的口傳文學家。家裡的閩南語、美濃的四縣客語與北客的海陸豐客語是基本款，外加長輩間的私密日語以及鄰居的平埔族語。平埔家庭來自東邊的六龜，有女與母親年齡相近，兩人情同姊妹。在姊妹淘家裡，母親見識到平等舒緩的性別與世代關係，以及更著重分享的食物文化。邊緣與更為邊緣的兩位勞苦女性抓到機會就窩在一起，難捨難分地傾吐心事、相互安慰，從孩提至終老。

所以母親把芋仔粄做得厚又香，可能非如嬸嬸及子女們所猜測，只為宣明閩南的她就有本事把客家料理做得登真（厲害）。芋仔粄之切分，也可能不只是以交換促成重要親戚關係的再生產，如我讀了牟斯（Marcel Mauss）的代表作《禮物》（*The Gift*）之後，沾沾自喜的功能論認知。

崁下那塊生態盎然的靜謐小水田或許長著母親不想漢化的童年，採芋、做粄因而是她每年最重要的內心儀式，她得以再次回到五隻寮，摸觸平埔姊妹親手贈予的芋仔粄，及其所祈願的祝福。芋的祝福是如此濃烈，母親必須趁熱分粄，好傳遞姊妹的心意，與她的感謝。人情的輪迴，正如芋。

# 第二部　音樂與詩

# 我的後殖民童年

我的後殖民童年記憶的封面，是土磚書房裡，二叔聽著美國靈魂樂歌手Otis Redding（1941–1967）的〈(Sittin'on) The Dock of the Bay〉，瞇著眼，蹙著眉，嘟著嘴，聳著肩，雙手擺胸前，搖著牛仔褲緊裹的屁股，乘著慵懶的拍浪節奏，跳著他自以為稱霸舞會的黑人舞步。

大概是為搶市場，或反映現代化經濟的飛騰，那時翻版唱片用色大膽。Redding這首歌收在一堆選歌沒什麼邏輯的暢銷曲雜燴裡。從封套裡抽出唱片，赫！是紅沉沉的顏色，端起來對窗，立刻轉成鮮跳的亮紅。封面長得奇怪，把我緊緊咬住。暑假結束，二叔要坐一整天的火車，回到遠遠的基隆，念那所被他當成舞蹈專科學校的海洋大學，書房裡的電唱機與唱片，就歸我專屬了。二叔跳舞的樣子，他吹噓的舞會，我沒有興趣，但那唱片一放，哦，立刻有種東西要衝出身體，真像雨後的香蕉園：蚯蚓、蜈蚣，還有一堆莫名其妙的蟲蟲，蠢蠢竄動！

一九七三年，小學四年級，我不會英文。沒關係！那些封面很好記，都是阿美仔（我們那一帶對美國人的稱呼）誇張、愛現、沉醉的表情。我迷上搖滾樂團The Doors的〈Light My Fire〉，放牛時哼著歌中的電風琴短旋律給九歲的童年聽，牛的踩步變鼓點，天空不再寂寞。後來又發現José Feliciano（1945–）的翻唱曲，輕靈地把原唱的狂喜塞進好幾丈深的陰鬱中，像母親拿手的芋頭粄，一口下去，味道有好幾層。我心裡按著這些新發現的喜悅祕密，無人可講，如同母親的心事，她剛醃製的醬菜，只能擱在最內層。

一個學期快得像天空只換幾片雲。二叔放假回來，順便就把聽膩、聽不喜歡或退流行的唱片帶回家。他走後我一張一張放，記住有意思的唱片。二叔時髦，有些流行歌很無聊，譬如〈Knock Three Times〉，什麼敲三下，被黃俊雄布袋戲改成醉彌勒的喝酒歌，還是無聊。有些歌會在心上踩腳印，譬如〈House of the Rising Sun〉，翻成日昇之屋。動物合唱團唱紅的那個版本，被黃俊雄改成孝女白琴的送葬歌，依然痛腸。披頭四的歌當然少不了，那首〈Yesterday〉真多人改編！最討厭波爾瑪麗亞大樂團的器樂曲版本，輕得像是鵝群趕路時掉下的碎羽毛。

二叔畢業，按學科，應該跑船，但他喜歡有阿美仔的熱鬧地方。希爾頓飯店剛落腳臺北，他跑去應徵，一試便中。二叔英文溜，人來瘋，擅長即興表演，頭髮自然捲，帶點暗紅，鬍鬚又多，初中便被叫作荷蘭人。他也真喜歡這稱號；他的自我影像一定是阿美仔，我想，是像 Tom Jones（1940–）之類的性感流行歌手，隨便幾首歌，女歌迷就把奶罩、小內褲扔上來的那種。二叔很快幹上經理級，聽說小費很多，但那時他已不買唱片。

二叔出生那年日本殖民政府退出臺灣，韓戰爆發第二年他念小學，美國在臺灣撐起保護傘。他那一輩是第一批吃美援饅頭、啃美援餅乾、穿美援麵粉袋內褲的小學生。國共進入冷戰，美軍顧問團進駐臺灣，美軍電臺成天播送美國流行音樂。到了二叔的大學時代，仿美的年輕人紛紛冒出頭。二叔在家，若看我呆在電視布袋戲或卡通裡，準罵聲沒水準，然後正義凜然地把頻道轉至余光主持的《青春旋律》，等候張艾嘉、胡茵夢、蘇芮出來美美地翻唱熱門音樂。

當然，流行樂對念大學沒幫助。能送二叔上大學，靠的是他兄嫂、我父母帶著全家老小拚死拚活地種菸草。一九七〇年代是美濃菸草經濟的頂峰，產量占全臺四分之一。冬天一到，美濃平原烏綠一片，一、兩萬人忙進忙出，幾千棟菸樓日夜熏烤。菸草的產值遠高於稻米，但勞動力需求大，工時又長，生產及銷售受政府嚴控。父母那輩的菸農稱菸業為「冤業」，無不希望孩子把書念好，將來坐橫桌辦公，拉拔全家脫開泥巴的沾黏。因此能考上大學的，最有資格享受家裡的辛苦積累，況且他們還讓家裡在地方上這麼有面子。

二叔是我家歷來第一位大學生，受父親及祖父疼愛，物質慾豁免於客家的省儉道德。想有電唱機跟上流行？好，去買。想載女同學缺摩托車？好，去牽。二叔那一輩的美濃大學生，是我鎮歷史上最緊跟現代流行的一群後生。他們瘋電影、迷美國流行文化，成群結隊遊樂。當然，家裡的農事仍得幫多幫少。於是交代完白天的分工，二叔他們弄來手提電唱機，架在秋收的曬穀場中央，大夥兒圍著跳舞。熏菸葉的寒夜，二叔絕不一人掌火，隨時都是一夥後生聚在菸樓，聽著電臺裡的流行樂，把偷來的雞、摸來的狗，煮成下酒的消夜。他們是我鎮歷史上僅有的紈袴子弟，菸草時代的寵兒。

二叔是我們這些土孩子眼中的文化英雄，他每年寒暑假回來是大事。若他興致好，會召我們進土磚書房，用電唱機為大家播放最近買的唱片，講解最新的流行觀點。「你們聽，那黑人嗓音，拉得多漂亮！」為了說明黑人音樂如何糾結靈魂，他會仰頭瞇眼、雙手抓心。「還有那節奏，碰！碰！碰！碰！」二叔講著講著，又唱又跳。我們這些土孩子眼瞪瞪，像在看特技表演。

可是，我們這種大耕作農家，怎有書房？祖堂以外的房間，吃飯睡覺、存放穀物是最高優先，哪還有什麼寫字房？若真肯讀書，飯桌上、屋簷下就行啦！這得從我出生那年，父親的朋友福慶叔從臺北帶回來一位美國人講起。這位本名為叫 Myron L. Cohen（1937–）的阿美仔是美國哥倫比亞大學的人類學博士生，想研究中國大陸的客家農村，但受冷戰阻礙，不得而入。他跑來臺北，在中央研究院探詢替代研究地點。福慶叔在那兒做行政，學術接待與他無涉，但一聽到客家，耳朵自動伸長。

套現在的文化正確論，福慶叔定被說成沙文主義者。他把 Cohen 拐下來的說辭不外乎「客家保存最多中國文化，而美濃又保存最多客家文化」。福慶叔寫信給我父親曉以大義，深受祖父耕讀儒教影響的父親收到信封印有「中央研究院箋」的信，胸中澎湃，不理母親囉唆，決定接待阿美仔。

夥房裡剛好有一房人外遷，他們答謝母親的生活接濟，讓我們使用留下的空房間。父親把搬空後的廚房轉作工具間、客廳停放自轉車與機車，安排阿美仔住臥房。我們家住夥房虎邊，便把這個位於龍邊的臥房叫作「上片間」。精通漢文的阿美仔為自己取了「孔邁隆」的中文名，我們便稱他「孔先生」，隱隱約約覺得他與孔夫子一定扯得上親戚關係。

他在村子裡穿梭，操著怪腔怪調但誠意十足的客家話進行田野工作，為勞累的農村生活添增趣妙。他研究我們村子，而村民加糖摻鹽地傳播他鬧出的各種笑料，也稱得上是人類學交換。他留傳的笑話大抵與食物有關。譬如我們用來配稀飯的豆腐乳，他夾一大塊入嘴，害我們家媳婦驚恐不已。又譬如早餐時珍貴的煎鴨蛋，他一出手便夾走完整的一塊！「那可是要分成四小塊，而且只有老人家與要下田的人才能夾來吃的呀！」幾十年後媳婦談起，仍一副心疼樣。

孔先生在我家住了兩年。讀高中的二叔發現孔先生跟他一樣崇拜甘迺迪，討厭尼克森，驕傲地四處宣揚他的眼界與國際同步。念初中的小叔溜進上片間，抓著他問剛引入臺灣的KK音標，從此對英文起了巨大的信心。孔先生離開後，房裡留下一個新式衣櫥、一個書桌與書櫥、一把大同公司與美國「西屋」（Westinghouse）技術合作的電扇，以及版本眾多的阿美仔記憶。至於他做的研究，得等到一九九〇年代初我與妹妹參加社會運動，搞田野調查，並讀了一些人類學、社會學與政治經濟學之後，才有辦法理解。

這是我們家族史上第一間具備嚴格意義的書房。愛漂亮又會念書的美女小姑第一順位占用，衣櫥門內的大面鏡子看遍她的裝扮與擺姿。她出嫁後輪到崇拜美國文化的二叔與小叔；他們央父親買收音電唱機，好讓他們追蹤美國排行榜流行音樂。然後是喜愛古典音樂、民謠與西方文史哲的大姊、二姊及三姊。輪到尾巴的妹妹秀梅和我時，族中十五歲以上的青壯人口，除各房必須留下種田、奉侍父母的長子、長媳，全都離農離土。夥房一年比一年孤靜，正好用以探索他們留在上片間的東西。

書房裡疊起兩代人的文化層：書櫥裡擠滿幾百本翻譯書籍與外文雜誌，唱片架上有上百張翻版唱片，衣櫥內掛滿前人的青春衣物，抽屜塞滿他們結夥郊遊、野餐的照片，間雜著孔先生沒帶走的田野照片，最滑稽的是他參加村裡婚慶時被新人請菸吃檳榔的景象。有時我把自己鎖在書房裡聽唱片，翻著相片裡那些來不及參加的盛會，心裡泌出又黏又沉的什麼。這種感覺既陌生又讓人溺著舒服，正合宜聽Hank Williams（1923–1953）的〈Your Cheatin' Heart〉。

到了國中，我開始注意大姊帶回家的東西。她是族裡第一位考上大學的女生，但老一輩的男尊女卑觀念讓父親高興不起來。母親不服氣，對祖母說：「我做生做死，供妳的兒子讀大學。現在我女兒考上，就算食飯配鹽，我也要繳佢讀（付錢讓她讀）！」

祖父疼這位勤奮善辦（能幹）的閩南長媳，沒有橫加阻止。父親交代他二弟，我二叔，好好照應小他四歲的姪女。二叔定期給大姊生活費，開啟了我們家出外，一個拉一個的傳統。二叔闊氣，要她儘管帶同學去希爾頓，讓他請吃飯，領他們見識真正的阿美仔舞會。可大姊的思路有點是美式現代化的逆流。她念中國歷史，有民族主義與古典文學情懷，不喜歡浮誇的阿美仔文化，更討厭裝洋賣弄。她也買唱片，但偏愛國樂、京劇、古典音樂與民謠。前三者對我沒什麼作用，但民謠則令我的品味系統打架。

大姊帶回一九七〇年代臺灣民歌運動的第一批唱片，我隱約感覺遠方有人同樣聽二叔聽的那些音樂，但耳朵長出了倒刺。我讀唱片附頁的說明，他們說要唱自己的歌，但一時間我還沒準備好聽他們的歌。我知道我的耳朵生出了美國舌頭，但我腳下踩不到新的基礎；我感到慌亂。

楊弦唱余光中的詩，胡德夫用國語唱自己族裡的歌，我心裡尊敬。但他們的唱片一放，我的兩隻耳朵就開始辯論：右耳說生澀，不好聽，簡直像藝術歌曲嘛！左耳說應該要支持，不能這樣計較。在我早期的音樂聆聽史裡，大姊帶回來的唱片既是窗口，又是疑問。

那些民歌唱片的內文提到美國民謠歌手Bob Dylan（1941–）及Joan Baez（1941–）對他們的影響，我猛然想起二叔的排行榜唱片裡有他們幾首歌。回頭重聽，果真在搖滾樂叢林裡發現一片草原風景。大姊的唱片提醒了民謠在流行音樂中的重要性；聽著聽著，慢慢領會了一些個性差異：搖滾樂——像Steppenwolf的〈Born to Be Wild〉之類的，是在用力吼情緒、慾望，而民謠——像Joan Baez的〈Donna Donna〉，則是在說故事。

二叔、大姊畢業後回歸家庭責任，進入職場，他們的流行癮褪散，變成青春年華的漬跡。我偷偷記住唱片播放程序。音樂起，蟲洞即開，我溜進另一個世界，中了毒，不僅難戒，還從中發展自己的毒物學。

多年後，跟二叔、大姊聊及那些讓我開眼的唱片，我才發現，就同一堆唱片，兩代人的興味截然不同。二叔只記得充滿性魅力的Tom Jones，或像Engelbert Humperdinck（1936–）、Andy Williams（1927–2012）之類的抒情男中音歌手；大姊仍魅於Joan Baez，Judy Collins（1939–）等民謠女歌手的幽渺美聲。我們都喜歡貓王Elvis Presley（1935–1977），但二叔愛的是他「比較白」的部分，如〈Love Me Tender〉、〈Crying in the Chapel〉、〈Are You Lonesome Tonight〉之類的，我迷的則是他早期臨摩（或竊仿）黑人節奏藍調的單曲，如〈Heartbreak Hotel〉、〈Hound Dog〉、〈Jailhouse Rock〉等。

「Bob Dylan呢？」

大姊還記得，但印象模糊。

「那個聲音鬱結的鄉村歌手Hank Williams呢？」

到底是誰買的，他們忘了。

「那盲人歌手José Feliciano呢？」他翻唱洛杉磯迷幻搖滾樂團The Doors樂團的

〈Light My Fire〉，讓人沉入光亮前的幽暗；還記得嗎？

二叔苦笑，搖頭，像是對記憶失焦感到抱歉。

大姊從臺北帶回家的，還有幾十本翻譯的心理學、文學及哲學叢書，出自志文出版社的新潮文庫。大姊把它們放在書櫥上最顯目的中央位置，長長一列，正對著電唱機上的黑膠唱片。在離家念高中之前，我好幾次拿下來跟它們對看，從沒能讀進其中任何一本。但那些書名，什麼《自卑的超越》、《悲劇的誕生》、《意志與表象的世界》等等，卻不斷地召喚。想我將來定要上大學，讀通那些東西。

二十幾年後重提這段，大姊一臉歉然，說她也一樣，從沒弄懂。

# 我的搖滾樂旅行

獻予賴碧霞女士（一九三二—二〇一五）

回顧一九六〇年代，政府宣傳都說是臺灣經濟起飛，人民生活逐漸富庶。實際情況是靠著工業區的興盛，都市繁榮起來，而工業區呢，當然依靠來自農村的廉價勞動力與糧食。到了一九七〇年，工農與城鄉關係翻轉，農民的平均家戶總收入中，非農業收入首度超越農業收入。也就是說，要平衡農家收支，家中必得有人離鄉賺錢。希望所寄的年輕一輩從都市滙回的，當然不只是錢。

臺灣進入冷戰下的國際代工體制，為美國、日本製造生活用品。都市跳躍，新的顏色、形式與聲音挑動有購買力的青春。在臺北念大學的二叔、大姊跟著流行打轉，開始看美國電影、穿牛仔褲、參加party，與影響我最大的——買翻版唱片。

早期翻版唱片多以選輯形式出現，出版商湊合十幾首熱門的美國暢銷單曲或電影主題曲，然後按個「學生之音」之類的標題。市場定位在學生，當然得便宜，省個兩包長壽菸就能買一張。也不可能精緻：封面俗聳，音質粗糙，還不能用太敏感的唱針聽，否則噪音會蓋過音樂。為增加時尚感，唱片的顏色趨向活潑，除主要的黑色外，尚有紅色、綠色、橙黃等等。在資訊不多的年代，合輯唱片具有「導聽」的作用。

那些唱片儘管粗製濫造，每張總有那麼一兩首擊中你，而且還讓你長出最初早的對話與評比，可能得花半輩子時間理解。例如，為什麼家裡沒人的時候你會害怕傍晚聽Hank William？為什麼連著聽Bob Dylan、Joan Baez，你總覺得前者像鐵、後者像竹？為什麼The Animals只爽到頭，而The Beatles讓你全身爽透？為什麼那些節奏讓身體共振？是不是原來我們的身體裡就有節奏？

那些唱片藏著一把把開啟未知感官的鑰匙，既引向音樂中的身體與身體中的音樂，也導向唱片工藝的驚奇。聲音始於振動；唱片的發聲來自於振動的複製：唱針在轉動的唱片上磨擦溝槽，產生振動，再經唱頭裡的線圈轉成電子訊號送至擴大機予以分音、放大，再送至揚聲器播出。原理很簡單，可是變數多且敏感：唱針的壓力、垂度、水平、離心力、乾淨度等等，都會影響聲音的質地。

我一個人關在房間，俯身在電唱機前。低音不夠重？好，我在唱頭蓋上黏個一分錢鎳幣。唱針會向內滑？好，那我就在唱頭提把上綁根線，繞過唱盤邊上的唱頭支架，再繫個小石子，產生向外的拉力。原來，工藝來自於人與物的私密對話，既理智，又神祕。

說誇張點，膠質唱片是一種參與式的音樂再生媒體。使用者的操作習慣、對細節的掌握程度、對機械及電子原理的理解等等，均關係到聲音的品質與性情，當然也就影響到音樂的感染能力。但稚幼之年哪能懂那麼多，不就是這邊試試、那邊調調，結果是一張張驚奇的聲音冒險。

針尖指著音槽微微跳動，童年被刻在唱片上；無可名狀的聲響在童工的腦袋裡竄流，投影著未知的內在。放牛時哼著〈Light My Fire〉的電風琴獨奏，割草時額頭響著Paul Anka（1941–）的〈You Are My Destiny〉；一個人陷在茫茫菸田裡抹除菸筍時，心情是Roy Orbison（1936–1988）高八度的〈Only the Lonely〉。我的童年，是荒謬而真實的文化殖民地。

到了一九七〇年代末、八〇年代初，臺灣的翻版唱片出版業試圖亦步亦趨地反映美國搖滾樂的演進路線。從六〇年代初的議題式新民謠、中期的白人節奏藍調、末期的迷幻搖滾，到七〇年代的融合爵士、當代爵士、重搖滾、前衛搖滾、重金屬與早期龐克等等，翻印的速度愈來愈快，跨越幾個世代的搖滾樂壓縮在幾年內大量冒出。所謂「翻印」，就是把原版唱片當音源製成母帶，母帶轉成母版，再以母版壓製黑膠唱片，或者直接以母帶拷製錄音帶，封套則是用原版進行照相印刷。以現在的智慧財產權觀點，「翻版」當然是侵權行為，可又與後來的「盜版」不完全等同。

當時的美國政府不僅知之、許之，且持續藉助駐臺美軍電臺及後來的ＩＣＲＴ電臺（International Community Radio Taipei，臺北國際社區廣播電臺）推波助瀾；冷戰時期，還有什麼比美國流行音樂更持久、穿透力更廣更強的政治戰略工具？臺灣處於冷戰對峙的前沿地帶，亟需美國軍事、經濟的護持，自也樂意受其文化全面滲透。於是搖滾樂的翻印，堂而皇之地成為文化工業；青年我等在唱片行喜孜孜地挑片，自動自願被殖民，僥倖地以三分之一的價格大量聆聽各種「先進的天外聲響」。

原版唱片在當時是奢侈品，但不必理會版權的問題。市場性強的流行音樂，出版商直接翻版發行，新聞局還煞有介事地給個「局版台音字」的核可編號。唱片行大量興起，滿滿是歐美日的廉價翻版唱片，文青大量聆聽西方音樂，沾沾自喜。跨國公司讓版權躺著睡覺，後面自有更大的文化殖民與外交戰略作用。套用當令的文創產業理論，正所謂文化先行，產業後至。在冷戰結構的國際邊緣及專制的戒嚴體制下聽搖滾樂，是一種特殊的歷史文化經驗，其所遺下的社會烙印貫穿了好幾代臺灣知識青年。

一九八〇年代，就像羅大佑〈現象七十二變〉所唱的「每天進步一點點」，翻版業也在求精。版質粗糙的唱片已不符社會需求，在世界邊緣的人們渴望更貼近西方的音樂文化。現在出場的是專輯導向的翻版唱片，從封套到音質都力求逼近原版，講究的企圖隱約其中，膠片的顏色也不再多彩，黑色一統天下，黑膠唱片這才名正言順。這時期的翻版唱片被稱為「A版」，之前的等而下之，叫「B版」。

一九八三年進臺南府城念書的第一波撞擊，是開始認識其他聽搖滾樂的大學生；兩種類型深植我心。較容易碰見的是孤傲競爭型；他們獨來獨往，永遠在搜尋當代最前衛的音樂表現形式。美國搖滾樂可能是現代流行音樂史上演化速度最快的樂種，從一九五〇年代中期的早期搖滾樂到六〇年代末的形式大發生期，只花不到十五年時間。所以這一型的樂迷可有得追了；當他們以為抓住了最頂尖的歌手、樂手或樂團，卻經常蹦出名不見經傳的傢伙，一出聲就嚇得人透不過氣。所以他們的搖滾音樂觀是演化主義式的，亦即永遠有更厲害的。這是樂趣，也是他們逃不出的陷阱。

所謂「前衛」，焦點可能在單件樂器上——尤其是電吉他與套鼓，可能在整體風格上，也可能在音樂概念上。簡單說，他們的聆聽美學是嚴格的作品論，大多不會關注作品的社會文化脈絡與對話關係。但即使他們願意試試，以彼時的資訊條件，也頂多是以管窺豹。他們碰在一起，最常炫耀自己最新、最厲害的收藏或聆聽心得，同時鄙視對方的品味與搜尋能力。由於同儕的比評壓力，他們之間難以形成討論性的音樂社群。那些在翻印工業裡負責選片的，不乏這類搖滾狂。

另一種是孤僻安靜型。他們與天文迷無異——我真覺得，常於夜間伸出靈魂的天線，接收那些超出本身社會幾萬光年的神祕聲音，暗自神遊。狂喜之處，他們閉眼、擺頭、臉部肌肉扭曲，或彈奏空氣電吉他，或手按書桌電風琴，或乘著主唱的嘶喊，幽微地呻吟。搖滾樂之於他們，像是密教。他們不太與人討論，也不大在乎音樂類型的廣度。也許在人際關係上習慣不動聲色或自我壓抑，他們尤其偏好情緒強烈、有長間奏的搖滾樂，如重搖滾、重金屬與某些前衛搖滾。他們會把唱針放在一首曲子的三分之一至二分之一處，像注射強烈藥劑那樣，直接進入電吉他或打擊樂器的獨奏暴風圈。這些出生於一九六〇年代初的學長們可能是臺灣第一批重度搖滾狂，徵狀如下：人格孤僻，偏愛硬搖滾或早期的重金屬搖滾，對樂團的歷代成員如數家珍，房間貼滿偶像海報，唱片是起乩式聽法：雙手彈著空氣電吉他，或把筆桿當鼓棒，時而吟哦，時而嘯吼。

從小學到高中，課業成績盤旋在個位數名次的同學讓我想逃離教室。進了大學，這類人都從我的眼界裡消失了，現在換成搖滾狂們令我感到困惑。我不明瞭他們的自我如何被搖滾樂置換；在他們嗑藥般的聆聽氛圍中，我感到些微的恐懼。我見識到搖滾樂的魔力，但那種自我消溶的境界始終令我不自在，總覺得某種距離是必要的。

一直要到二十年後，與自己的樂團出國去柏克萊大學表演，被策展人Andrew F. Jones教授招待，去舊金山的搖滾樂勝地Fillmore West聽來自隔壁州的獨立民謠樂團The Decemberists表演，真正在一個地域文化社群中親炙搖滾樂，那些困惑才逐漸融解。

原來搖滾樂是這麼公眾且呼應集體脈絡的事兒！而我等在國際政經結構的邊緣位置中癡迷於搖滾樂——或第一世界的其他文化產品，注定在橫而片斷的移植中成為獨孤自戀的想像臣民。我們之間成就不了任何公共性，遑論形成能與大眾溝通的文化主體。我們在自己的文化中永遠是孤高的邊緣人，既看不起自身社會的流行文化，亦無能全貌性或縱深地評論第一世界的文化進展。就算是少數菁英有此能力，對那些文化的原生社會而言他們也只是狗吠火車。我們的社會故鄉與文化故鄉是分裂的：我們生於斯長於斯，但我們有些人的心靈故鄉可能是一九六〇年代的搖滾美國，可能是某個年代的哲學或古典音樂德國、人類學或美術法國、政治學美國、藝術西班牙或文學英國等等。我們自以為獨立的磁針，個別指向遙遠星球上的磁場，彼此間無由感應。

一九八〇年代初，並非沒有機會接觸政治經濟學與文化研究，但對於青年時期身心受制但又處心積慮想頂幾句、想回幾拳的我輩，很難不從搖滾樂中聽見那些誘人的、對身心靈的解放召喚，很難不震撼於某些作品對自身政經體制的否定、批判，與對社會現實的陳述，及對弱勢者抗爭的支持。還有，我們很難不羨慕某些優秀樂人在社會性、文學性、文化性、運動性與音樂性之間所創造的精采對話。

然而——後來我逐漸意識到，在臺灣這個從政治經濟到社會文化全面受美式資本主義、現代主義與個人主義強勢貫穿的半邊陲國度，聽搖滾樂、迷搖滾樂、追蹤搖滾樂而能不變成形式主義買辦或孤絕自封的菁英主義者，且能不亢地迎接外來文化、不卑地看待在地的文化生態，是何等不容易！即使我們矢志超脫被殖民的局勢，在認識上我們往往陷入傳統與現代二分的魔障，在實踐上我們又很難不落入眼高手低的窘境。我們年輕在容易迷入搖滾樂的年代，但卻活在不易聽出搖滾樂的社會；這是我輩的幸與不幸。

但二十出頭，還沒長出思想的翅翼以衝出搖滾樂狂的深淵，我只能逆反他們的路線，向著搖滾樂的根源，向下聽、往後聽。感謝許國隆先生，順著我的興趣與問題意識，慷慨出借圍繞著一九六〇年代民謠復興運動的大量書籍與唱片。我聽了十幾張黑人藍調、靈魂與早期搖滾樂唱片，以及一些民謠與社會運動倡議者改編自白人農工民謠與黑人藍調的民謠唱片，開始模糊地認識白人搖滾樂如何從黑人音樂的節奏化與城市化中擷取形式與情緒表達的養分，民謠創作如何與傳統及社會運動對話，以及——對我而言最重要的，黑人藍調與被剝削勞動者的關聯。

從白人搖滾樂的黑色關聯，我渴望聽到其他族群的農民音樂。從許先生那裡，我知道法國國家廣播公司以人類學觀點，出版近兩百張世界各地的民族音樂唱片，我從其中找到好些「勞者歌其事」的田野錄音。從較廣的勞動音樂視野，我得能重新進入臺灣的傳統音樂場景，因而「再聽見」自己的客家山歌。我一遍又一遍地聽許常惠先生編輯的《賴碧霞的客家民謠》（請容我充滿敬意與謝意地備注：《中國民俗音樂專輯》，第十四輯，第一唱片廠有限公司）。每當賴女士唱到最「黑」的老山歌曲調，我總覺得淚腺乃溯源至心臟。雖然祖先傳下的山歌不吐嘈、不抗議，缺乏刺入骨的反諷與幽默，但不妨礙我天真地推測：凡是被壓抑的勞動者音樂皆具備藍調的某些特性，或者，「藍調」可以理解為勞動者音樂的某些普同性。

多麼希望我那十八、二十時的無聊青春是浸在嗩吶、八音、北管，或泡在某個對著時間長倒刺的村落野傳統裡。但一切晚了；現代化潮漲，搖滾樂像可口可樂，甜水裡摻癮藥。淹過下巴，我始覺不對勁。那些湧出的淚水不只關於遙遠的童年記憶，還混雜著悔悟：「幹！這不就是藍調！」正如同藍調乃關乎被壓迫的勞動黑人，老山歌之於我先是勞動者，然後才是客家。只是——勞苦的客家祖先啊，真失禮喲，不肖子弟先是聽了幾百張六、七〇年代的盜版搖滾樂唱片，又經高人指點，才知道搖滾樂的根源在藍調，再聽了一堆唱片後才翻醒：啊！原來你們也在唱藍調呀！

那已是一九八六年隆冬，距離學期末即將因三分之二學分不及格而被踢出大學，剩不到一個月。我不再進校園，整天關在賃居的透天厝三樓，夜以繼日地閱讀馬奎斯的小說《百年孤寂》，一張又一張地聽德州歌手Lightnin' Hopkins（1912–1982）的藍調唱片、陳達的恆春民謠、賴碧霞的山歌、南聲社蔡小月的南管，以及第一唱片出版的《臺灣民俗音樂專輯》。小說中，邦廸亞家族的第六代子孫在掀屋推牆的狂風暴雨中破解了吉普賽人的預言，發現家族宿命早已寫定，將隨著馬康多村一起消失。而我也知道，命運之門已向我洞開。

# 許國隆先生

## 一

我以為長大後就是當農民，像父親那樣的農民。

一九七五年秋，剛升上小學五年級，有天傍晚父親從田裡回來，要我把水牛牽到牛車旁。

「阿豐，來，我教你駕牛車。」父親叫我把牛牽到牛軛旁，讓牛站著，平行於連結牛軛的木框架。「好，現在你拍拍牠的肩膀，牠自然會走進去。」

我拍了拍，牛不動。我委曲地回看父親。

「你要使力拍，還要大聲喝！」父親明明笑筋浮現，可又忍住，猜他是顧全我的十二歲尊嚴。我大吼，牛進去了。

「現在你抬起牛軛，抬到膝蓋高。」我照做，五歲的牛牯側著頭，用右角撩起軛，熟練地讓它滑下脖子。

「很好！最後一個手續，很重要！你把牛軛左邊那條索，繞過牛頸下面，綁在牛軛右邊。」我彎身拉索，牛的右眼瞪著我。

「好，上車！」父親把牛繩遞給我，「你來駕。」

父親坐旁邊，「其他的就跟你平常放牛一樣。」我很開心，覺得正式跟父親一夥了。「轉彎最要注意，一定要等牛身過了彎，才轉！」父親指著前面即將與我們平行的大圳，要我準備轉彎過橋。

「這樣知道了吧，你讓牛順著彎走，車身就轉不過。」教練父親總結剛剛的過程，我深有領悟地點頭。

「敢一個人駕嗎？」父親說他與母親明天一大早得趕去田裡引水、修田埂，晚了圳水會被別家斷走，「等日頭爬上東邊大山，你就把牛車駕過來，好嗎？」

「好啊，我敢！」

想我長大就是要做農，像父親那樣。

第二天早上，太陽剛把山頂鑲金邊，我把牛牽到牛軛旁；父親已把牛犁及底肥放在車上。「這一車東西若沒送到，他們就沒法做田了。」明白父親的設想與這趟任務的緊要，我心中緩緩雄壯。

那個清晨是我的成年禮了。牛拉車，我緊握繩索，風景踏著牛蹄的節奏向後擺動。秋天拂面，父親在南邊，遠遠的荖濃溪畔。我眼神莊重，心情昂揚。

想我長大後就是農民，像父親。

國小畢業，我被送到鎮上升學率較高的美濃國中，從此課後見不到太陽下山，一科補過一科，三年後考上高雄中學，全家歡欣。初先農事與課業於我無差，每週末仍回家分擔農事，而只要父親交代，絕不失誤。但有種空洞像不需水土的怪植物，悄悄長大、移動，有時在胸中，有時在腦裡，到了傍晚，更蔓延至眼神。

第一年寒假，我遵循家裡的讀書人傳統，回鄉當幫農，分擔菸事。報紙、電視新聞以及午間連續劇，鎮天通緝美麗島事件中的主謀者。城裡的學生社團，尤其是高中女校的康樂隊，紛紛被動員去醫院慰勞那些號稱被暴民打傷、砸傷的軍警。學生在病床旁彈吉他，跟綁著繃帶的阿兵哥合唱愛國歌曲：一幕幕軍民同歌共泣的畫面。是啊，才一年多前，美國這無情絕義的傢伙，竟然對中共投懷送抱。值此國家風雨飄搖之際，我們怎能不團結，縱容這些壞分子？

我路過了那件事。

年前，十二月十日下午，雄中操場邊突然放滿鎮暴車。從沒見過這款場面：那些象徵國家武力的機械鐵青著臉，瞪著學生。隆冬，五點多幾分，球影已模糊，我只好騎腳踏車回宿舍。出校門不遠，尋常的路線開始折騰。以中山路與大同路交口為圓心，鐵蒺藜團團圍住一大片區域。我沿著外緣繞路，遠遠看得到裡面有人集結、演講。好比氣象新聞裡的颱風雲層圖——那發出激昂聲音的地方，應該就是颱風眼。

我的政治敏感度尚在稚幼階段，不太能理解鐵蒺藜與演講的關係。但氣氛急切傾斜，透露著不祥，引我回童年某晚，堂哥發仁在窗外壓著聲音問我，要不要跟他去北上塘。「去北上塘幹嘛？」我問他，那裡很暗，沒幾根電火杵啊。「有兇殺案，要不要去啦？」一陣驚怖，空氣通了電。大人一定反對的，但我放下鉛筆。到了現場，根本進不去。屋外，村民圍了幾圈，裡面人影幢幢。村民的神經像是連通著，裡面一有動靜，他們就如蘆葦般晃動。「發仁哥喔！我看不到哇。」他理都不理，探頭張望一陣，隨後就鑽了進去。

這次不用他帶。我回家緊快洗澡、吃飯，然後騎車趕往颱風眼。颱風圈早已擴大好幾倍，鐵蒺藜外多了警察，揮著棍子趕人，我只好折回。第二天早上，路障撤了，我騎過前一晚的颱風圈，眼前所見，像極了一九七七年，中度颱風賽洛瑪過境：安全島上的柵欄被拔起，行道樹被推倒，沿街的窗玻璃被砸破，地上有各色各樣的碎物。升旗典禮上，教官大聲譴責暴力事件，校長呼籲愛國。我呆呆地仰望，感覺他們在用力兜攏破洞的天空。

採完一季菸草，回到城裡開學，街上空氣很悶。想起貓王Elvis Presley兩年多前過世，我還沒好好聽他的歌，幾個國中同學都在瘋他呢。買了貓王的紀念精選輯，但怪了，以前聽二叔留下的排行榜唱片還會專找他的歌，怎麼現在放他早期的成名曲像〈Heartbreak Hotel〉、〈Hound Dog〉、〈Jailhouse Rock〉，老覺得做作、彆扭，像是使勁在揣摩原本不屬於他的東西？

童年被殖入了西洋音樂，唱片行是少數我能與這城有所連繫者。但逛幾下便感挫敗；唱片櫃裡的東西，遠超過二叔大學畢業後留在家裡的暢銷歌選輯。兒時養成的品味，也頂不住新東西的衝刺。我渴望更有系統的介紹，耳朵轉向電臺。午夜有個播放輕搖滾樂的節目，每晚十二點差十幾秒，一個說故事大姐的聲音就會緩緩地灑出：今——夜——星——辰，然後我便感覺天文臺的屋頂慢慢張開，滿天星星漏進來，無線電望遠鏡伸出，準備探聽外太空的密語。

那麼暢銷流行的音樂，我卻聽成密碼，用以解讀內心的私密！若干年後看到一篇故事，講一位日本著名爵士樂評在二戰期間，每晚掩在棉被裡偷聽美軍電臺的爵士樂節目。八〇年代初，我方雖不與美國交戰，但那些講述著身體衝動與靈魂渴望的輕妙絮語從壓抑的縫隙中溼溼地滲進來，隨便一道凝視的光，就可使它們化顯為彩虹。無線電送來 Simon & Garfunkel；他們屬於霧濛濛的冬天，清冷，世界閉嘴，一個人開窗張望，或獨孤踱步。他們唱〈I Am a Rock〉，我在腦子裡剪輯，把曲子配給美麗島事件翌晨的喑啞街道。

但只消一個學期便膩了那個節目；他們選放的音樂太輕、太軟，搭不上十六、七歲陡升的浮躁。這時發現，排球場最接近夥房禾埕。降旗後的雄中排球場擠滿一大堆吆喝著客家話、閩南語的農村子弟，想是受類似的空洞驅策，死田螺做一堆。起先是湊陣驅散空洞，打著打著，竟有學長稱讚我基本動作扎實，拉我進排球隊。受到有生以來的首度專業肯認，我自訂重量與彈力訓練，每日臨暗打到斷暗。高二下學期我發現，班上那些前幾名、我以為天資聰穎又對課外知識有熱忱的學生，原來晚上都在補習班加強操練考試技能。我心裡有疑像蟲叫：咦！校長不是一再誇口，雄中是一流高中，沒在補習的嗎？

我隱隱感到幻滅，原本被設定的讀書、考試、升學三步驟，變輕變薄。升上高三，知道沒畢業亦得以同等學歷考大學，更打得日月無光。隊友們所見略同，一群瘋子全週無休，下課打到暮茫，晚上窩進舉球手阿福賃居的頂樓加蓋大空間，攤開一九六八年奪得墨西哥奧運銀牌的日本男子代表隊的圖解紀念冊，下手／上手、單手／魚躍救球、攔網、扣球、防守／進攻隊形，一頁翻過一頁地演練、討論。有人聲稱連睡覺做夢都會舉雙手封網，吆喝一聲嘍走！攔死你。

離開農民之路，一度我幻想排球國手。

美濃在我小時全鎮瘋排球，年年出國手、奪錦標，三所國中與兩所高職間的友誼賽水準，直追甲級聯賽。我與堂弟發生牯，狂騎自轉車，一校轉過一校，追著仰慕的攻擊手與舉球員，緊盯他們的攻擊技巧與戰術調度。回到夥房，我們躲進菸樓模仿他們的動作、口語、眼神，甚至走路時的擺手。

初到城市，虛無如海，摸不到底、上不了岸；我心裡感謝美濃帶我打排球，讓我初具泅泳異鄉的能力。像我這樣打排球長大的美濃學生遍布高雄各校排球隊，約打友誼賽，就像邀隔壁夥房子弟出來玩。雄中是明星高中，打敗我們，爽度最高，週間經常有球隊來訪，週末要不外找強隊比賽，便去看甲組球隊比賽。城市之於我，是一張排球地圖。

唯校方不承認，即便我們活躍於校際比賽，且躋身乙組強隊。隊員渴望參加中學聯運；全隊十人皆從鄉下來，沒留級過的僅三人，幾乎把排球當作人生唯一。但沒有校方首肯，我們毫無資格。他們推派我當隊長，我斗膽去找校長，除爭取學校認可，還提出兩點請求，一派教練，二做隊服。校長慈祥地提醒，雄中不是體育專門學校，升學才是要務。我沒有反駁，只輕輕地反芻了校長在新生訓練上的自豪：雄中學生德智體群兼備，不是只會考試！

一個禮拜後體育室的林老師前來通知我們：校長答應補助隊服、報名中學聯運。那教練是哪位老師？我好不興奮地問。校長沒提耶！林老師聳聳肩。我想校長願意讓我們不必死讀書已經很了不起，至於四育兼備？哈，我們還差個幾千分吧！

我自己身兼教練，球隊一路打到決賽，最後敗給工業學校。大家對於乙組第二名的成績是否滿意，我不得而知，只記得賽程緊接著高三最後一次模擬考、期末考、大學聯考。有個傢伙竟然考上國立大學，其他考差的馬上轉向軍事院校，反正是大考當前，各奔西東。六科中我被當四科，當然領不到畢業證書。更羞愧是高三的物理化學根本沒碰，期末成績單上印著圓滿的〇。怕分數笑死人，我氣魄地跟父親說聯考甭考了，重讀高三，一次給它考好！

父親不同意，叫我用同等學歷報考，說不定有好運氣。我尷尬地低聲應說，又不是買愛國獎券哩！父親堅持，我只得乖乖報考。結果六科只考一百二十六分；當年私立女子大學的最低錄取分數折半，還比我多四分。父親這才知道我高三根本沒念書，動了氣，不准我回去念，怕我又在球場浪蕩。南一中畢業的表哥阿忠補習一年考上醫學院，父親特請他領我去臺南註冊補習班，再押我回雄中辦退學。阿忠長我一屆，身材高壯，看他走路的步伐，判斷他彈力不差。辦完手續我問阿忠要不要跟我去排球場，他說他不太會打，旁邊看就好，幫忙撿球。

最後一次與隊友練球，我們照表操課，沒什麼感傷，團隊的喧鬧熱力也不再。對球隊最忠實的舉球手阿福決定第二次留級，並負責帶學弟。我對阿福感到歉疚與心疼，覺得自己是逃兵，窩囊！但什麼話也說不上，結束後只是互拍肩膀。

走去客運站的路上，阿忠說我這樣念高中很爽，我苦笑地轉頭看他。他說他在南一中孬了三年，想練田徑，怕聯考失利被家裡罵，心裡又羨慕那些能玩善考的同學。結果三年畢業沒一樣運動精，醫學系也沒考上，還不是低頭進補習班。像你這樣多痛快，硬是把雄中打成排球學校。

我問父親，如果來年考上大學，可否給我買一套音響？像他當年買給二叔那樣。他說可以，不過私立大學不算。

# 二

在臺南補習一年如願考上醫學院的阿忠表哥，向我父親推薦他選的補習班，以及他租屋的房東。父親是他尊敬的大舅，他幾乎要把他的臺南生活全盤交接給我。怕我沒伴，還順便介紹了幾個愈補愈大洞的國中同學。第一天下課，我跑去不遠的成功大學察看排球場環境，發現校隊在練球，書包一放便下場。他們瞧我身手不錯，告訴我每週練球時間，歡迎我加入。我仍熱中排球，但沒那麼癡瘋了。答應父親的必須做到，可這承諾並不能使補習升學的意義飽滿。我想起大姊念大學時放在家裡的書本，標題正經宏偉，什麼《查拉圖斯特拉如是說》、《意志與表象的世界》等等，想說哲學或可救救我的虛空。

我跑去書店買了幾本翻譯的哲學書，狠狠地逐字逐句看了幾晚，沒有一頁能領略，最後勉強在號稱實用主義哲學家的杜威書裡看懂一句話：哲學來自生活。原來是我的生活貧乏，提煉不出哲學思維！可我關在補習班的冷氣教室，又何得體驗生活？讀小說也許是個辦法！自己活得窄，那麼讀別人的生命故事，總會有點長進吧！然而書店裡的小說那麼多，怎麼下手？我想到高中的三民主義課本盡罵蘇聯革命，那他們的小說是不是跟叛逆、革命有關？於是便專挑俄國的翻譯小說來看。

但生活費就那麼點，買一本看一本，一個月要多花好幾百！怎麼好呢？我發展出一個辦法：兩、三百頁以下的小說，像普希金、果戈里、屠格涅夫、契訶夫的中短篇，書店裡站著看就好了。長篇小說——像托爾斯泰、杜斯妥也夫斯基、索忍尼辛、巴斯特納克、蕭洛霍夫等作家的，買回去慢慢看。我為自己訂下嚴格的生活規律：中午下課立刻衝去吃飯，再去書店站看小說，傍晚打排球，晚上備考到十二點，再看長篇小說至兩點。看了十幾本後，覺得對俄國文學的歷史演進缺乏理解，胡看亂讀好像消化不良，便停下來，專心把馬克．史朗寧的《現代俄國文學史》讀完，再依著文學史的脈絡選讀小說。這樣到次年聯考前，我看了四十幾本小說，幾乎把書店裡的俄國文學掃光。

有什麼幫助嗎？不知道！但體內除了運動與性幻想外，多了寫詩的微妙衝動。所謂「微妙」，想寫時寫不出，一旦收筆，某種像是字詞碎屑的東西又會不由控制地滴漏而出，像是來自失禁的自律器官。另一個收穫是，我確信大量閱讀必須輔以歷史觀照。

聯考放榜，我考上成功大學的土木工程系，排球場上的球友立刻將我拉進校隊，從此免上體育課。父親慷慨地信守承諾，花了兩萬多塊請隔壁村的高工電子科老師組了一套音響，擺在家裡的書房，我的搖滾樂青春於焉起程。

## 三

我在一九八四年碰見許國隆先生。知識上他好高騖廣，生活上他根深蒂固，絕少離開臺南——他生長的都市。我被他的品味撞擊，又被他的慷慨分享收驚、安撫，如此反覆，為我的一九八〇年代鋪了節奏。兩年後他辭掉國中歷史老師的教職，在中正路他家二樓開設轟動武林的唱片行——惟因唱碟名店。來店的客人不分年紀，親暱地叫他「苦仔」。知道他們那一輩知識分子熬過存在主義式的疏離，我為他感到高興。但我始終稱他「許先生」：對我而言，「先生」代表著最高級的內涵與敬意。

我認識許先生，乃由於一連串帶有必然性的偶然。

讀完《現代俄國文學史》，我橫生一個企圖，欲從搖滾樂裡聽出頭緒。書店裡找不到搖滾樂專書，我轉向舊書店。尋到東門圓環陸橋下，看到一家舊書店，老闆遺世傲岸，背駝著，走路時眼神斜睨，想是在喃喃自語，或擔心旁邊堆疊如危岩的書塔。鍾阿城小說《棋王》裡的收破爛老朽高人，捷克小說家赫拉巴爾的《過於喧囂的孤獨》裡囁嚅著老子《道德經》的廢紙處理工人，後來都在我腦中顯影為那位老闆。他們是知識森林裡的食腐者，專供精煉的腐植質。

拐角處堆放了一大落過期的《音樂與音響》雜誌，我原本以為這種專為資產階級音響迷所辦的雜誌裡，只會介紹古典音樂。信手翻翻，沒想到其中還有討論搖滾樂的文章。拖了十幾本回宿舍，把裡面討論音樂的文章剪下來，貼在素描簿上。神奇的是，寫搖滾樂評論的人竟然是攝影名家張照堂。他在一九七〇年代初，為恆春傳奇民謠歌手陳達所拍攝的一系列影像紀錄，早已是國家級的文化資產，只不知他尚是搖滾樂的厲害寫手。

張照堂先生在一九七五、七六年間的三、四期《音樂與音響》雜誌裡，寫了幾篇深切影響臺灣搖滾青年的音樂評論，我有幸恭逢其盛。他的搖滾樂書寫不是泛泛的介紹，卻是有見地、品味與文字洗鍊的評論，且處處是旁徵博引的洞察。譬如他談論 Leonard Cohen（1934–2016）既深且廣的存在主義當代性，結尾精準地引了卡繆所言：「人必須生存到那種想要哭的心境」；評論 Bob Dylan 的時代性，更是大氣派地以「Dylan 作為文化現象」的廣角鏡帶入。

張照堂最吸引我的一篇文章，是他以愛爾蘭蓋略特文藝復興運動為場景，極富洞察力與說服力地詮釋愛爾蘭歌手 Van Morrison（1945–）的搖滾詩學。尤其在詮釋 Van Morrison 的專輯作品《Astral Weeks》時，他精確地溯源了愛爾蘭詩人葉慈的文學影響。為說明兩者間的連繫，文中他選譯了葉慈的短詩〈愛的憂傷〉：「於是妳來，帶著悲哀的紅唇，於是世上的一切淚水盡與妳同來，還有那顛簸之船的一切憂傷……。」其譯文節奏之跌宕，直令我以為張照堂的翻譯功力遠勝楊牧、余光中等譯過葉慈的文學名家。

在這篇文章中，張照堂還列出他心目中的搖滾樂四大情歌，分別是Bob Dylan的〈Sad-Eyed Lady of The Lowlands〉（《Blonde on Blonde》專輯，一九六六）、Van Morrison的〈Madame George〉（《Astral Weeks》專輯，一九六八）、Lou Reed的〈Sad Song〉（《Berlin》專輯，一九七三），以及Bruce Springsteen的〈New York City Serenade〉（《The Wild, the Innocent & the E Street Shuffle》專輯，一九七三）。張照堂的提法誘人以奇，我花三年蒐羅完整後，不僅見識到他品味之廣精，且由此延伸出對龐克音樂、非異性戀愛情觀及都會底層的關注，對我影響深遠。

一九七〇年代中期，臺灣已有盜版唱片公司翻印Van Morrison的專輯了，但獨不見這張《Astral Weeks》，於是在文末，張照堂嘲笑這些唱片商「只喜歡抽菸屁股」。張照堂的文章搔了癢，我卻無由入勝。逛遍臺南高雄的唱片行，找不到他認定的第一口菸。有一天，聽說臺北的進口唱片公司太孚倒閉，一大堆進口唱片折價脫售，我趕緊衝去一家叫華歌的唱片行。唱片行在縱貫線鐵道旁，挑唱片時每隔十來分鐘便要聽到轆轆滾滾的火車聲。我蹲在一堆清倉唱片前，興奮地挑著，不久旁邊也蹲了一位買客，用食指與中指，劈里啪啦地翻唱片。我用眼角瞄了一下，是中年男性，看他翻唱片的速度，應是收藏等級的行家。

突然他舉起一張唱片，問我有沒有收。哦，我說，是俄國神祕主義作曲家史克里亞賓的重要作品《狂喜之詩》，我收了。他沒接話，把唱片放回，繼續他的劈里啪啦。「那這一張呢？」他不死心，又舉起另一張。我接過唱片，端詳了好一陣子，承認自己識見不廣。「這一張啊，」他拉高調子，略帶老子終究高你一籌的語氣，「是墨西哥國民樂派的集結作品，其中這一首Carlos Chávez的《印地安交響曲》，」他翻到另一面指出曲目給我看，「是美國的大學音樂學院作曲課程的指定教材。」

哇！我心裡暗暗折服，這傢伙連拉丁美洲的國民樂派都知之甚詳。「那你聽不聽搖滾？」我問他，帶著五體投地的仰角。「聽呀！那是好東西，為什麼不！」聽古典的若也聽搖滾，一般品味保守。「那你有沒有Van Morrison的專輯《Astral Weeks》？」用這張試，標準夠高了吧。「有啊，」他冷冷地回答，口氣裡沒說出的是，你連這張都沒有，恐怕連入門都還算不上吧。我驚喜過望，衝口直問可不可以去他家聽？「可以，來呀！」

我忘記那晚有沒有請教他貴姓大名、今年貴庚、在哪高就啊等等這些俗常的客套問題，後來逐漸知道他叫許國隆，長我十一歲，老臺南，文化大學歷史系畢業，在一所國中當教員。九〇年代初認識一位社運前輩蔡建仁老師，正好是許先生的臺南一中同學。蔡老師說，許先生高中一年級便展現超齡的文學品味，陳映真先生剛在《筆匯》雜誌發表早期作品時就被他發現。他蒐羅陳映真散見各處的作品，剪輯成冊，讓全班傳閱，跟著他著迷。班上很快形成一批死忠黨羽，他讀什麼，他們跟著讀。要命的是，聯考前夕，他老兄戀上《紅樓夢》，整天悠哉地圈呀圈、點呀點，那些可憐同學東施效顰，結果不是沒考上，便是吊車尾。

他領我進音響室，正是他的臥室，床墊左側架起兩顆喇叭，右側則是唱盤與主機。他從唱片架上拉出我朝思暮想的《Astral Weeks》，「喏，就是這張！」也許是張照堂行文入木三分，加上我不知讀了幾回，音樂一出，就有種心領神會的熟悉感。聲音也調校得很好，音響的擺位極講究。器材當然不含糊：喇叭用Rogers LS6a，唱盤用Linn Sondek，都是英國的貴族品牌。

他看我聽得專注，眼神露出孺子可教也的些微喜悅，但嘴角又現出好東西還很多的不耐煩表情。他拿起唱臂，收唱片，「現在我們聽別的」。我按住內心的狂喜，他接著放幾張藍調與爵士樂唱片，闡釋它們如何影響Van Morrison。我還在努力吸收、琢磨彼此的關聯，他接著問聽不聽ECM的當代爵士樂，我一臉等待開示地搖頭。於是他又連放了幾張錄音奇好、封面特別、形式又高度實驗的唱片，把我的視覺聽覺塞到無縫可喘。

「許國隆你們是好了沒？」他老婆抱著襁褓中的孩子出現在門口。我瞄床邊的鬧鐘，哇十一點多了，難怪她沒好氣。我感到尷尬地看著許先生，但他並沒有下凡的意思。

「寫東西嗎？」他問，想是欲另闢戰場。

「寫呀，寫詩！」我說。

「好，那我們去書房。」

## 四

許先生的書房不大，大概五坪。可是天啊，書從地板往上堆，快要頂到五公尺高的天花板。中間的大書桌也不放過，從桌下堆到桌上一個人高，與周圍的書牆距離不到五十公分，最好是側著走。門邊擺了兩張椅子，那是唯一能坐的地方。門板及門後不能擺書，則貼上挑動情色神經的搖滾樂海報。

許先生從桌上拿起一本德國表現主義版畫家珂勒惠支（Käthe Kollwitz,1867–1945）的作品集，信手翻閱，隨口跟我說了珂勒惠支對魯迅及中國版畫運動的影響，接著又遞給他珍藏的魯迅小說早期版本，封面正是當時中國年輕版畫家的作品。八〇年代，珂勒惠支以工人、農民抗爭為主題的版畫作品，如〈倖存者〉、〈母親們〉、〈悼念卡爾．李卜克內西〉等，經常出現在臺灣的左派黨外雜誌裡，但我從未有機會完整地觀看她的作品，更不清楚魯迅為何對她仰之慕之。許先生的導覽讓我豁然開朗，見識到藝術的跨時空傳播，以及在社會革命中生發的巨大力量。

「你寫些什麼詩？」許先生突然問我。

「大概是現實主義之類的詩，」我答得空且慌。

「哦！都讀些什麼樣的詩集？」許先生的眼神在書牆上掃移。

「廖莫白、林華洲，還有詹澈的詩集，」我答說。這三位是臺灣一九七〇年代鄉土文學論戰後，首批在八〇年代以農民、農業困境入題的現實主義詩人，且都投身社會運動，是少數能在運動中進行創作的進步作家，令人敬崇。我在書店讀過他們的詩作，都很平鋪直敘，刻意不耍弄現代主義的意象特技。

「啊，那些不行啦，太白了，等於是散文橫排；詩是講究形式感的東西。」他伸手抽出幾本詩集，「讀這個，美國黑人民權運動詩集。」他左手拿著書，用右手食指帶讀，「在這擁擠的巴士上，黑人的座位在哪兒？」他闔上書，遞給我。「再讀這個，非洲黑人詩選，」他足蹬短梯，取下一本詩集。「感謝您上帝，創造了黑色的我，讓我是一切苦難的背負者。白，只是偶而的色彩；黑，卻是每天的顏色。」闔上書，又遞給我，「這才叫抗議詩歌。」

我渾身震顫，使盡心力閱讀他傳過來的書。第一次有人指導詩學問題，我感覺像是手腳被高人架著練武，除了揣摩招式外，一句話也答不上。我抬起眼睛，環視書庫，心想，天啊，才幾本書就把我打成這樣，那裡少說還上萬本呢！

「喏，這篇長詩你讀看看。」剛說完他又潛進書堆。他丟過來的這本，封面印著大大的英文《ＨＯＷＬ》，作者是Allen Ginsberg（1926–1997），小小一本詩集，巴掌大的面積。「找到了，這本也拿去！」他交給我一本詩人張錯的作品集，裡面有詩、散文及英詩譯作。

「這本詩集中的長詩《ＨＯＷＬ》是美國五〇年代敲打派（Beat Generation）文學的代表作品，發行的書店叫城市之光，是舊金山敲打派文人集結的地方；《ＨＯＷＬ》相當晦澀，不好懂；張錯是第一個譯此詩的人，很有膽識；兩個版本，你可以比對比對。」他把英文版拿過去，翻到詩的首頁，「你看開頭這句多有時代的氣派，I saw the best minds of my generation destroyed by madness, starving hysterical naked, dragging themselves through the negro streets at dawn looking for an angry fix. 張錯也翻得不錯。」我趕緊把中文譯本交給他，現在我慢慢抓到他談論的節奏與方式了。他接著唸，「我看見我這一代最好的頭腦為瘋狂所摧毀，挨餓抵餓、歇斯底里裸露，清晨拖著身軀通過黑人街巷，尋找憤怒的一針。」

「這首詩的節奏很重；什麼是憤怒的一針？」

「大概是施打毒品吧！毒品是美國搖滾樂文化的重要部分。」

「許先生，你有沒有搖滾樂的專書？」這時突然想起我這段日子最大的渴望，想這種書在他而言應是小兒科吧。

「啊，正好有這本搖滾樂手冊，最新的一九八四年版。」說手冊，有點名不符實，因為這本搖滾樂的歷年出版索引其實是八開大小，厚達幾百頁。他把書攤在書堆上，隨意翻。「你看，以Dr. John（1941–2019）這位怪怪的搖滾樂手來說，開頭會有他的生平介紹，再來是他的作品年表，每一張作品都有評分，滿分是十分，如果十分外還打個星星，像他的首張專輯《Gris-Gris》，那就是非聽不可！」

我跟著他的指引瀏覽，心中暗爽：有這本帶路，進唱片行就不用瞎買了。

「厲害的是這欄，叫作worth searching out！」他的語調爬坡，想是又要出驚人之語了。「意思是指這些唱片絕版了，但，嘿嘿，你若是耳朵癢，值得去二手唱片行找找看。」

「可以借我嗎？」我怯羞地問他。

「拿去啊，還有那些，」他指著我們剛剛討論過的一堆書，「都帶回去讀。」

「Van Morrison 那張《Astral Weeks》專輯可不可以也借我？」我不是貪得無厭，那張實是我遐想已久，今晚就在眼前，怎可連問都不問？

「好，等等！」他咚咚咚，跑去我們稍早聽唱片的臥室，又咚咚咚回書房。我這時發現，他手上拿的不是一張，而是一疊！「今晚聽過的都帶回去吧，我老婆在唸了，我得回房履行丈夫義務了。」

多可愛的人啊，我心裡讚嘆。這傢伙的文學、音樂品味這麼高，做人又如此大方，想我應該請他看看我寫的東西，如果真的不行，也好儘早覺悟。於是臨走前，雖然被他敲擊得有點虛累，我再次挺起精神問他，可否拿我寫的東西來請他過目？「當然可以啊！一個禮拜後來找我，」許先生豪爽地答應。

許先生家住臺南市最熱鬧的中正商圈，傍晚我跟他進來時是人聲嗡嗡，現在一手唱片一手書地走下他家那後來變得知名的陡梯，眼前的街巷一臉寂然，只聽見自己短促的狂喜呼吸。

接下來的那個星期，我幾乎沒去上課，整天窩在宿舍播那一疊黑膠唱片，尤其是夢寐已久的《Astral Weeks》，更是一聽再聽，直要通靈。邊聽邊讀詩；那些黑人抗議作品讓我見識到，社會性、文學性及音樂性如何在詩藝中統一。我沒用翻譯本讀《HOWL》，而是一遍又一遍地朗誦原詩，直到背得出前面兩頁及最後一頁。深夜，從過去兩年內的上百首詩作中，想像許先生的標準，揀出十幾首，重新改寫、謄寫，收納成冊，等待約定的日子。

那學期，大二下，一半學分不及格，我已在退學邊緣。

## 五

許先生將我的詩集攤在大腿上，悠哉悠哉連翻十幾頁，沒在任何一頁停過五秒以上。又是一個即將到臨的死亡宣判！之前的挫敗與絕望閃過腦門：土木專業科目念得搖搖欲墜，撐不完三年鐵被踢出校門；身高太短，動作再好、彈性再高，永遠當不了排球隊的主力攻擊手。幹，一無是處，連個像樣的戀愛都談不成。

啪的一聲，許先生突然拍腿，大叫一聲，好啊，這篇好！我瞄了一眼，頁面停在〈我們，致一九八四〉。那首詩寫於一九八四年初，既向喬治．歐威爾的小說《一九八四》致敬，也試圖諷刺當時國民黨高壓統治下的臺灣社會情境。他又繼續翻，「咦，這首，還有這首，也不錯，你寫景有俄國小說的空間感。」合上詩集，許先生興奮地提供投稿的建議。「一九八四那首批判性高，可以投《春風》詩刊，其他的可以試試《聯合文學》，也許瘂弦慧眼識英雄。」

哇，投稿給瘂弦主編的《聯合文學》！瘂弦是現代主義詩派的代表性詩人。現代派詩作大多過於追尋意象與句法的實驗，在現實中的投影既淺又淡，不投我意。但瘂弦是我最尊敬的現代派詩人，他與熱中進口西方各流派技巧並如法操練的同時代詩人不太一樣，他有很強的中國詩詞底子，還有，我猜，他對文學的主體性很敏感且堅持。他當然也學習西方的東西，可是讀他的作品，你知道他慢嚼細嚥，吸收的是意念而非只是形式的衝動。所以他的文字精妙典雅又有當代感，句法中內含極高的音樂性。

猜他們的現代主義路數不太可能接受我的稿子，但經許先生鼓動，不免飄飄然。我比較能期待的是《春風》詩刊；它是一九八四那年四月新創的文學月刊，我認識許先生的時候，剛發行到第四期。《春風》每一期都有主題性鮮明的專輯，譬如第二期是《美麗的稻穗——臺灣少數民族神話與傳說》，其中有原住民詩人莫那能的悲歌與抗議詩篇，沉鬱雄渾，字字帶淚帶拳，不知撼動了多少知識青年的良知。還有一期的主題是第三世界文學，介紹了多位拉丁美洲及非洲的進步作家。

投稿後兩週不到，《春風》的總編輯捎來一封信，恭喜我的作品被錄用。從筆記本撕下的紙張塗滿了字，總編輯熱情洋溢地讚揚、分析我的第三世界文學風格。他們還寫親筆信跟你討論你的文學風格！我不斷向要好的同學說這種交朋友的編輯作風，興奮欲飛。我跑去私菸攤，花兩天的生活費買一包蘇聯菸，跟許先生分享得人賞識的快感。《春風》出到第四期了，下一期就會有我的詩作，批判戒嚴體制下，萎靡噤聲的臺灣社會，多爽！

一個多月過去了，我沒有收到他們寄來的詩刊。我跑遍雜誌攤與書店，再也沒見到那本詩刊。我到處打聽，才從臺北的朋友口中聽到消息，說《春風》詩刊早被警備總部查禁了。我讀著那位總編輯的親筆信，擔心他的安危，想他現在可能被層層監視著，連封信也不敢寫。十多年後終於有機會與他認識，提起那件事，想追回那篇詩稿。他說很抱歉，那天警總派人來搜查，兵荒馬亂，他也不清楚稿件的下落。

又過了一陣子，收到《聯合文學》的回訊。信封裡面是一張印刷的便箋，行禮如儀地說明他們的感謝與遺憾。真希望他們就站在自己的文學立場，再狹隘都行，把我的東西批一頓。詩想太淺，形式太爛啦，都沒關係，至少可幫助我進步啊。學期快結束，頭髮長過了肩，沒上的課也快過半，除了每兩週去找許先生還書、借唱片，生活蕭索得像一疊舊報紙。

許先生會在扉頁蓋上他特製的藏書章，寫幾筆評語，然後簽下一個怪字。這個字是他名字的最後一個字「隆」，再罩上「病」的部首「疒」。問他何故，他笑笑，說他就是一生痿痿陰陰。「魯迅提過，」他滿正經地說，「人該像高爾基筆下的海燕，預知死亡，且縱身於狂風暴雨之中。」我看著他，知道他在鼓勵我果敢闖蕩。他側身靠著書牆，魯迅與高爾基全集好長一大排，從他眼前延伸至身後。直到最後一次去他書房，我都湊不足勇氣把那兩大套借出來。

搖滾樂聽到倒胃了，覺得白人的音樂大多做作矯情，不如黑人的藍調真實。跑去看電影，可院線片差不多死光了，戲院前的街道也奄奄一息。錄影帶店橫行，電視裡有第四臺專播盜版的各國電影，從藝術片到色情片都有。僅存的幾家電影院都靠鹹溼片維生。每次忍不住被吸進去，裡面聞起來真是那個時代的頹廢氣味：汗臭味、尿騷味、便當的霉味，以及精液的腥味。戲院裡的觀眾平均散開，一眼望去，有計程車司機、無聊老人、打短工來休息的，偶爾有情侶，還有好奇、性慾充滿又窮極無聊的孤單年輕男子。

學期結束，一天沒多待，跑回家去幫忙繁重的菸草工作，出大力、流大汗、一碗接一碗吃飯，撿回了一點實存感。可我真害怕幾個禮拜後回到大學校園，再一次徘徊圍牆外，微弱地問自己：註冊，繼續念嗎？

跑去找許先生，他說他計劃在兩年內把國中教職辭掉，開間唱片行。他放棄快要拿到的退休金，同事朋友皆感驚訝。他說他改變不了這陽痿的時代，但至少可決定怎麼過自己的日子。「許國隆的唱片行一定嚇死人！」我開心大叫。「還好啦，」他笑笑。

一年後我退學去當兵了，如我所願，被放到外島東引搬石塊、做苦工。第一封信寫給家裡報平安，第二封信寫給許先生，讓他知道我在哪兒，好寄書過來。一個月後他果真寄了一袋書給我，內附一封信，這麼開頭：「薛西弗斯還活著，幸之慶之！」

他真辭掉了！唱片行快開了，叫「惟因唱碟名店」。「一個禮拜就開四天，每天不超過五小時，其他時間就是老夫聽唱片看書寫字，」信裡他說。

看著海，憶起一九八四那頹廢、無望又跌宕的歲月，寫一首詩，獻給許先生：

〈追記一九八四——獻給一位真誠的朋友〉

沒有出路

古運河懶躺西郊臺南市
繁華消色東移
海風像一隻失夥的犬
自娛自聊追著塑膠袋
當歌舞團的招貼在殘露的古厝牆上
使勁撐起僅有的鮮豔
秀豐從鬱結的街角轉入
成人電影院

瞳孔擴張
黑暗退潮
癱塌的老人
虛脫的青年
黏稠稠的頹喪緩緩
析結成形

無奈的菸霧
爛腐的顏色
失根的父權
脫聯的記憶
抄錄著一九八四——
那個手淫的年代

書包掩護跨部小心翼翼
秀豐搓動他的哀愁
雙腿緊繃
抽搐
再抽搐
直至苦悶像一口嘆息的痰
啐自壓抑的縫隙

在這個邊緣的境地
秀豐親炙了
核心於那個時代的氛圍

長繭的手掌不再喜悅於豐收
內山農村
——他的情感基地
橫豎躺著寥寂

學院牆外
秀豐自憐不屑地小便
拒絕意志
順遂於體制

他的真誠朋友把姓名旁以病字首

化石般的手激動地
遞給他黑色文學——
「在這擁擠的公車上
黑人的座位在哪兒？」
「感謝您上帝
創造了黑色的我
讓我是一切苦難的背負者」

一度
像激進的雲被壓力差開動
秀豐穿越田疇與街巷
試圖連結——
他激楚的心神
掏空自身的鄉人
失歡的土地的臉

逕直肥碩的拓寬道路
以及空脹的都城——
這一切一切的關係

在否定的否定到臨之前
秀豐啞口無言眼靜靜
望著他的自我——
騷然支解並朝著
他陌生的方向散去

「如果啟蒙通向真實的痛楚」
「那麼——」
秀豐的朋友挺起一根食指
「我們首先得被它徹底踐踏」
「並且歡呼」

「如今我已疲憊」
他垂下頭顱像一袋散熱的睪丸
在一排魯迅全集之下
「只想葬在冷漠裡」

沒有出路

今夜
精液
竟夜滿溢
這成人電影院
活生生無人祭掃的集體墳墓
收埋生命
與靈魂

# 野狼一二五、Bruce Springsteen與茗濃溪的夏天

## 一

一九八四年夏天，阿棟迷上野狼一二五、Bruce Springsteen與茗濃溪。那年，我們幾乎成了彼此的影子。事情從好幾個線頭發展，進而交織成團。為了方便敘述，我從最遠的講起。

阿棟與我同鎮不同里，我住東邊的龍肚大崎下，他住西邊的瀰濃山下。國三時我們被編在升學班，勉強成為同學。全校最會考試的孩子被挑出，集成地方榮耀的生產中心，讓最恐怖的老師進行魔鬼教學，故而我們的友誼始於勉強。

為讓同學間產生競爭張力，導師按考試成績排座次。第一名坐中央排，前面算來第三個位置。以此為原點向外輻射，成績愈差坐愈遠，每考一次就重編一次，每次都是創傷與虛榮的起伏，以及同學關係的刺痛。這麼早讓十三、四歲的孩子體驗殘酷的社會階

級分化，是不是有助於往後的求生韌性？我到現在仍不確定。或有人懷念班導，但沒人想邀同學會，卻是全班一致。

我的排名是雙位數，阿棟是個位數。我在關外，他在關內，交通不易，除了互瞄幾眼，整年沒講過話。阿棟身上流露著倨傲的貴族氣，在土巴巴的農村孩子間相當刺眼。他的英文全班最好，每回考卷發下，老師總要叫他站起來分享讀法。有一回他站起來，左手不耐煩地把《遠東英漢辭典》舉到空中晃晃。當時我心裡還不長志地暗罵：幹！不就是那幾個單字嗎？還需要翻辭典！這隻猴仔到底是怎麼回事？

考高中時，關外的留考本區，關內的則越區，考更好的臺南一中。阿棟偏不考臺南，同我們考上高雄中學。我們好歹光宗耀祖了，於他則是降格。高一上在排球場碰過幾次，他悶悶的，話少且輕。到了下學期沒再見過他，直到暑假才知道他休學考上臺北的建國中學。我猜他熬不住貴族氣作祟，一舉跳離南部我們這些土傢伙。我心裡微酸，不想再知道他的消息。

大一寒假，他突然跑來我家，說住在我們村子，邀我去聊聊。我心裡納悶，但友誼招手，管它！就跟他走。原來是他阿姨全家移民阿根廷，留下的老夥房隨他用。三年沒見，隔著不同的高中生活，如今他的氣息疊上一層叛逆。看他一個人悠遊自娛，又像是貴族在鄉間度假。他說三餐自理，煮稀飯，配家裡做的醬菜。醬菜罐裝在農藥袋裡吊牆上，農藥袋上有醒目的「總斷根」商標；那是當時最毒、農民最常用的除草劑。桌上擺一包Dunhill的英國菸、里爾克（Rainer Maria Rilke）的詩集和維根斯坦的現象學。

「這傢伙在展什麼呀？」掃描屋內，我有點暈車。

他問我聽什麼音樂，我唸出一大串新近迷上的重搖滾和前衛搖滾樂團，倉皇應陣。他搖搖頭，說不聽這些。他伸手抽出一根Dunhill，劃一根土到不行的猴頭牌火柴，那些偉大的團名瞬間通膨百萬倍，一絲敬意都換不到。阿棟吐了兩口優雅的煙，開始說他在建中編校刊時，卡拉揚指揮的貝多芬如何讓他著迷，蕭堤的版本又如何太鹹等等。說著說著，兩隻手就舉到眼前比劃，喃喃哼起貝多芬的交響曲第七號。

「哇，編校刊、聽古典音樂！」我黯然卑怯，不禁悲憐自己高中搥三年排球，不留級就偷笑，哪能想像這麼高級的精神活動。

「你幹嘛跑來這裡住？」我掏出公賣局的長壽菸，借了一根猴頭牌。他家離我村七、八公里，住一、兩天還好，超過一星期，家裡不緊張、鄰居不懷疑才怪。我心裡這麼想，臉上大概也反映出來了。神氣的卡拉揚走下指揮臺，結構鬆散地說了他這一年的情況以及家裡的反應。原來家裡對他只考上私立的淡江大學很不滿，寒假回來，還在嘮叨重考的事。他心裡煩，索性翹家。
「當然囉，要我也不爽，建中畢業的耶！」
「本來還不想考，我爸罵、我媽求，才去報名。」阿棟漫不經心地回應。
「呵，你還不想考，哪根筋不對了？你這種程度，隨便也上臺大。」我回顧他過去的行徑，試圖串出個邏輯。
「也不知道是怎麼回事。」他笑笑，「高三下，校刊社的死黨拚命準備聯考，我突然覺得沒意思。」
我瞅著他手裡的菸，隱約理解那種介於失落與背叛之間的情緒。
「你明天幹嘛？」他壓熄菸屁股，抽換話緒。
「早上做菸活，中午可能去六龜游泳，看日頭大小。下午一定打排球。」
「這三樣我幾乎都不碰。」這時的「不」已無看輕之意。「我們家也種菸，但我爸媽不讓我碰，要我專心念書。游泳更不用說了，童年有小孩淹死在村裡的大圳。從此我一走近水，他們就打青驚（受到驚嚇）。」
真可憐，這樣不知溜掉了多少樂趣。
「那排球呢？」美濃可是有名的排球鎮，不會打就太扯了。

「只會一點點，不像你主修排球。」

我們爆笑，約了第二天去六龜。

六龜在美濃以東二十公里，是臺灣第二大河高屏溪的主流荖濃溪的上游河谷地，一派大山大川的開闊氣勢，絕非美濃的拘謹俊秀可得比擬。有了機車執照後，我與堂弟們經常往那裡閒鑽。夏日水飽，抱著充氣的卡車內胎泛溪而下，一路鬼叫，真是連篇的成年禮狂歡。冬日水斂，我們沿支流上溯，流連幽靜的瀑布、水潭。若得午時日豔，我們便在溪邊戲水、打野食，累了就躺大石曬太陽。

阿棟隨我們去一次，便戀上六龜的山河。我教他簡單的狗爬式，他雙手扶岸，練習打水，或在淺水處檢視溪石花紋，或蹲在崖邊抽菸。沒問他好不好玩，他也沒抱怨無聊。下午打球的都是村裡好賭的排球精，阿棟先在場邊觀戰，幫忙撿球、當裁判，開心又專心。我們這邊贏了幾百塊，晚上他繼續跟著我們混撞球間。我想阿棟一定鮮少享受這麼土直的野趣；他的貴族氣漸消，也習慣與我窩在一起，整夜聽搖滾樂。我特別讓他聽搖滾樂歌手 Bruce Springsteen（1949–，以下簡稱 BS）的一首情歌〈New York City Serenade〉。文謅謅的高貴味道，猜他會受吸引。

張照堂在某一期《音樂與音響》雜誌，提列搖滾樂四大情歌，分別是 Bob Dylan 的

〈Sad-Eyed Lady of The Lowlands〉、Van Morrison的〈Madame George〉、Lou Reed的〈Sad Song〉，以及BS的這首。BS這首出自一九七三年的專輯《The Wild, The Innocent & The E Street Shuffle》，是最先到手的。

寒假結束，我回臺南，他回淡水。木棉花剛謝沒多久就接到他的電話，要我騎他的野狼一二五去淡水找他。我愣住，問他是怎麼回事。他說春假他騎野狼一二五環島，到了臺東發現引擎漏油，用火車寄回美濃。現在修好了，要我回美濃幫他騎上去。我說我沒騎過長途，他說莫愁，會寄路線圖給我，讀一讀便通。

四月底的某個禮拜三，我翹課三天，照著他的路線指示，由南往北，騎了十個小時，真把他的野狼一二五送上了淡水。我從沒把這趟縱貫線摩托車之旅標定為人生壯舉，倒是到了淡水，才發現荖濃溪與BS在阿棟身上合流，沖出了一塊驚奇平原。

## 二

阿棟寄來一疊路線手冊，手繪在電腦卡片的背面。倒三角形，塗上深藍色，是省道標記，又附記：公路編號，單數是縱貫線，雙數是東西向。這些基本公路知識，現在才知道，我感到差勁！而且，我被連當兩學期的電子計算機概論課上用的讀卡紙，竟然被他這樣用，真天才！

阿棟要我按指示，每過彎轉向就丟一張卡片。先走省道十九號，北行約一百四十公里後在中部的彰化接上省道一號，再騎個兩百公里，就可到臺北。「每騎一百公里最少要休息十分鐘！」阿棟特別打電話來提醒，「不然引擎會過熱！騎車時，要注意路肩上的公路標記與里程數。」他並交代買雨衣、火星塞，路上備用。

沒等到放假，我就出發了。週三早上第一節課，老師尚在黑板上演繹流體力學的複雜算式，我偷溜出教室，在春日的陽光微風中，走向檸檬桉的校園大道。阿棟的半新舊野狼一二五摩托車停在樹影中，召喚著前所未有的旅程。

摩托車是父親教我騎的。高二暑假，某個樹影繽紛的上午，在節奏輕快的忙碌勞動之後，父親突然問我要不要學騎機車。父親的開明令我吃驚且驕傲；同輩學機車很少不經由偷偷摸摸的行徑，要麼人摔傷回家不敢講，更慘是車禍出事，派出所通知家裡。

這不是父親第一次開明。小四，夏日午後我隨夥房裡的堂兄們去游泳，晚飯時被母親罵，提醒我是家中獨子，不准再去河裡。父親當場反駁，說不會游泳算什麼男孩子。父親是我最喜歡的老師，從小他教我駕牛車、駛鐵牛，方法清楚，不帶情緒，我總是一次就開竅。所以他教我騎機車，一百公尺加一個轉彎，我就駕馭自如了。

一九八四年，像條蜘蟲鑽進臺灣地圖的高速公路業已通車六年，縱貫南北的省道退化為區間道路，車速、車量銳減，尤其少了許多殺氣騰騰的大卡車。四月下旬，公路上報春的紅色系木棉花、紫色系苦楝花均已謝去，現在路肩上的行道樹專心綠著。公路上一派閒適，可我內心有點塞車。父親放手讓我自主成長，我卻撇下最重要的專業課程，只為一句話答應朋友。但一上路，感覺真爽，遠方開始流動，不再是絕對值，不再是固體。阿棟為何樂好環島，我漸能領略；那不只是行動的自由。而且也不狂，更不野。風景向後流逝，日常的躁動、不安汽化了，心思下沉到靈魂的邊緣，記憶通透，內在變成地景，一幕一幕攤開，像母親在冬陽下曝曬高麗菜、荷蘭豆。車行車止大體遵照阿棟建議的里程數；我用幾種方式為停駐的風景下注記：長鏡頭的凝視、一根長壽菸，及一柱尿。

進到新莊，太陽早已讓位予霓虹燈，雨絲紛紛，自天空斜斜垂下，繁華的市街倒在柏油路面上，令我感到炫惑。還好沒有來這迷濛疏離的城市念書，我心裡嘀咕，一定撐不過兩年就自我了斷。但阿棟在淡水的大學生活卻是另一番景致，只消一晚我便拋開陌生感，融進他們的圈子。

剛到阿棟的宿舍不久，他的朋友、同學一一出現。不管是來瞎扯的、問事的、聊球經的、打招呼的或找麻將咖的，最後都坐到地毯上，大夥兒圍著茶盤東湊西搭。阿棟介紹我是成大排球校隊，他們看我身材不高，問我是不是舉球員？我搖頭，說是攻擊手，他們有點愣住。阿棟眼神向我示意，我起身躍跳，手觸高高的天花板。眾人哇的一聲，阿棟得意補充：他是主力攻擊手。

一群人像批發南北雜貨般地扯到半夜才漸次散去，阿棟用美濃自家的米煮了一鍋稀飯，配上他媽媽的醬菜，弄了一頓消夜，補充肚腸內被過多茶水與尼古丁沖蝕的油脂，好繼續聊我們自己的。

阿棟拿出新近寫好的一首詩讓我讀，描寫在溪裡嬉遊的一群泰雅族少女，她們與水、與陽光、與自然的天真互動，以及她們離開部落後的命運隱憂。當時臺灣的婦女運動界已開始注意人口販運與原住民雛妓的問題，好幾場直接的救援與抗議行動引起了廣泛的社會關切。阿棟說在一次環島旅行中拜訪一個泰雅族部落，看見村子口一群女孩戲水溪澗，引動他讚嘆、深思。

記得阿棟之前寫的詩非常里爾克，一下筆盡是「你們大家都別想救我」的憂鬱，或是與現實無涉的悲嘆。但現在，一旦他的描述對象由內心移向人的社會存在，場景即可呈現那麼飽滿的光線感，我暗自讚賞。「他的感觸本就細膩，文思又好，只要引起他凝視，下筆皆不含糊。」我這麼揣想，又深吸一口氣，心情是平復了。但我不解的是，怎麼才短短幾個月他的關注方向即由內轉外，跨幅這麼大？

「哦，阿棟，你的轉變相當大，去年冬天還是黏答答的現代主義，現在則是爽朗的寫實主義，為什麼呢？」我感覺胸腔升溫。在臺南，除了長我十一歲的許國隆先生外，我從沒碰到可以進行文學對談的同年。現在與阿棟的討論，竟可深刻到美學轉向的問題，不禁暗自珍惜。

「你還有點功勞呢！」阿棟點上兩根菸，遞一根給我。

「怎麼說？」我接過菸，也叭啦叭啦地抽噴。

「最先是茎濃溪，在瀑布下游泳，我第一次感覺河水流進我的身體，又是刺激又是安撫，好有趣的觸感！就好像是我爸放水進旱田，土裡紛紛冒出莫名的綠意。」壓熄前，阿棟用菸屁股又點上一根。他也變熱切了，但動作就是優雅、徐緩，真的是比我高級多了。

「哦，真的！」知道自己隨手做出了貢獻，反倒靦腆。而且我剛上小學就敢泳渡七、八公尺寬的小河，泅水跟爬樹摘芒果一樣平常，哪會有這麼複雜的身體程序！

「跟你說過，以前我的身體處在戒嚴狀態，除了洗澡，水是玩不得的。」阿棟垂下頭顱，視線指向我們之間爆滿的菸灰缸，兩眼渙渙。

「但在荖濃溪玩個水就能讓你的寫作轉向，也未免太神奇了吧！」他的落寞感倒也不深，只是一時間就把他浸住了，我趕緊將他拉起，就像那次教他狗爬式游泳，一放手他就下沉，得時時扶住他的肩膀。

「當然不只是荖濃溪，還加上Bruce Springsteen！」

「Bruce Springsteen！這又怎麼說？」介紹給他的那張BS專輯早被我聽得稀爛，沒這麼厲害呀！

「來，聽這首〈The River〉。」阿棟拿出我沒見過的BS專輯，抽出黑膠，放上唱盤，再把唱針放在那面的最後一首，蒼涼的口琴前奏急切地掙出。

## 三

阿棟傾身放唱片時，我注意到，除了我推薦的《The Wild, The Innocent & The E Street Shuffle》，唱盤前另有三張BS原版專輯，分別是《Greetings From Asbury Park, N.J.》、《The River》以及《Nebraska》。他怎麼會聽得狂熱？我感到困惑，與一些些的失落。

BS在搖滾樂史上不是前衛者的角色，剛接觸時我甚至認為他的音樂缺乏形式銳氣。若真要論及表現張力，樂評張照堂所推崇的那首曲折迴盪的情歌〈New York City Serenade〉——我過早地認為，應是他唯一上得了檯面的作品。所以——我設想，那歌中的貴族感、文藝腔，應會迷住初識搖滾樂的現代主義者阿棟。但那晚，那首情歌他提也不提。反倒是我覺得平鋪直敘、不知何處斷句吞口水、器樂形式毫無驚奇之處的其他作品，阿棟可是擁抱以生命熱情。

阿棟說他最常在傍晚，把自己悶在房間裡開大音量聽BS，跟著神哭鬼叫，讓眼淚如瀑，灌溉抽搐的顏面。像是導演面對過分誇張情緒的演員，我心想——不無鄙夷的，BS的音樂值得那麼隆重的禮敬嗎？隨便一首Deep Purple或Scorpions樂團的重搖滾電吉他間奏，都更適宜吶喊苦悶啊！一直要到兩個月後許先生給了我BS另一張專輯《Darkness on the Edge of Town》的B版翻印本，又再買到他的代表作《Born to Run》，對著歌詞一聽再聽，我才逐漸明瞭，阿棟的吶喊並非存在主義式的虛無宣洩。

BS的歌曲常在聽者的意識中投影出落魄的藍領青年景象：他們在瀕臨崩潰的夜裡，孤獨地飆車、亡命地呼喊，公路向後捲動，像磁帶，播放著不堪的記憶。歌中的敘事者大抵在一九五〇年前後出生於紐約大都會周圍的衛星工業城鎮，童年是極富庶的美國夢樂土，青春期後段碰上七〇年代美國北方製造業的大量資本外移，成年後他們面對高失業率、城鎮蕭條與陰晦的未來。雖然在創作情懷上深受Woody Guthrie（1912–1967）與早期Bob Dylan的激進作品影響，BS寫歌常以局內第一人稱記述，不同於前兩者綜觀局勢的全知性觀點。風行於六〇年代民謠／民權運動歌手的啟蒙意念，在其歌中也不常見。也因此，即使同樣是關切弱勢者，BS是直接唱給弱勢者聽，兩位前輩的聽眾則更趨近於關切弱勢者的知識分子或社會行動者。

左翼民謠在六〇年代中高蹈雲端，幾乎成了激進知識分子的專屬，後來連引領風潮的Bob Dylan也陷入內捲的歌者—聽者關係，乃至抱著電吉他逃出自己打造的牢籠，留下滿場錯愕的純民謠派聽眾。而在流行音樂愈漸工業化的七〇年代，美國藍領階級在炫技化的節奏藍調、神祕兮兮的前衛派搖滾與虛無主義化的龐克音樂中，恐怕再也難以看到自己的臉孔、聽見自己的心跳。所以當BS動用簡拙粗獷的美式搖滾與民謠，訴諸素樸的天主教式社會主義信念，講尋常工人子弟的放逐與追尋、希望與幻滅，他們就轟然聚攏了。但不管是物理、心理距離或音樂品味，美國藍領階級與阿棟都隔得很遠。BS之吸引阿棟，應還有別的原因。

或許是地景的鏈結、鄉土的隱喻。阿棟超喜歡的那首歌〈The River〉，是這麼開始的：

I come from down in the valley 我來自下面的河谷
where, mister, when you're young 在我們那兒，先生
They bring you up to do 你被拉拔長大後做的事
Like your daddy done 就跟你爹一樣
Me and Mery we met in high school 讀高中時我與瑪麗認識
When she was just seventeen 那時她年方十七
We'd drive out of this valley 我們開車出谷
Down to where the fields were green 下到有綠草的地方

接著他們在河裡潛水、歡愛，後來女方懷孕，兩人潦草結婚。之後男方滿十九歲，進入營造業工作。不久經濟低迷，工作銳減，雞毛蒜皮的事變得巨大，愛情顯得冷漠。男方想起過去的美好，記憶如鬼咒纏身，是夢是真，逐漸模糊。歌末，他們再次驅車到河邊，但河水已乾。

阿棟說這首歌令他想起我們的家鄉美濃，也是這麼傳統的父母，想起時湍時緩的荖濃溪，想起高職畢業後就在加工出口區磨掉青春歲月的大姊，想起菸業逐漸蕭條，小鎮

的失落。我的視線沉重得像一根竹竿，勉強舉到唱盤的高度，盯著唱針的波動。阿棟連放幾遍〈The River〉，到了第三遍，前奏的淒厲口琴把我的腦神經繃緊，得一直抽菸才不至於過激，而心裡的滋味還真不是羞愧與迷惘可以形容完全。搖滾樂聽到現在，原來我只在技術規格上打轉，那些東西跟我的成長、內在生命，到底有何關聯，我卻從未計較！

阿棟終於讓BS唱另一首歌了，歌名很有意思，叫〈Stolen Car〉，偷來的車。

「哈，又是車！」我笑了，好像抓住一點頭緒了。

「對呀，他好像不開車就寫不出歌。」阿棟翻開歌詞本，帶著我讀。

〈Stolen Car〉的故事調性類似〈The River〉，也是第一人稱敘述，講一個剛成年的傢伙與一位小女生的故事。他們認識後不久即結婚，在城市的邊邊住下來。這男的找不到像樣的工作，連車子都是偷來的。夜裡遊蕩，等著被抓。日復一日，愛情也變得若有似無。音樂是徐徐行進，帶著我們導讀一位時速兩、三百公里的瘋狂車手，他正經歷巨大掙扎，可在內心，記憶緩慢流動。

「Bruce Springsteen講的都是很簡單的小人物辛酸，音樂也平易近人，可他就是有辦法把他們的故事唱得像史詩，把他們的內在唱得不凡。」阿棟念的是英國文學系，作品與評論念了一堆，閱聽BS，自有他的見解。

「哦，你聽，最後一段！」阿棟傾身，把音量轉到十二點半位置。

BS聲音虛脫，唱著：

I'm driving a stolen car 我開著偷來的車
On a pitch-black night 夜暗如墨
And I'm telling myself I'm gonna be alright 我安慰自己風頭會過
But I ride by night and I travel in fear 但我趁夜駕車，在恐懼中滑行
That in this darkness, I will disappear 怕在黑暗中我會消沒

人聲結束後，喇叭泛起電風琴的送葬輓音，悲中有壯，音像中真可看見那個逐漸被黑夜吞噬的孤寂車影。音樂結束後，我倒抽一口氣！從沒聽過這麼刺痛人心的邊陲感。那種刺痛不是抽離現實脈絡的存在荒謬，像那些號稱前衛的搖滾樂團所意圖「藝術性地」表現的那樣。

BS的音樂有豐富的社會性與深刻的「當局者」氛圍，Bob Dylan當然也在乎殘酷的

社會現實，可他通常是以局外人的角色進行批判性報導，或提出某種觀照全局的分析哲學，因而使他的早期代表作具有強烈的宣示性或啟蒙性。聽了ＢＳ的音樂之後，覺得較能理解 Bob Dylan。他們兩者，正是現實主義寫作的一體兩面吧！

凌晨快三點了，阿棟毫無睡意，菸一根接一根地抽，淡青色的煙在燈下盤旋而上；好一幅靈魂的隱喻。我拿起他寫的泰雅族少女詩稿，重讀幾遍，現在——聽了ＢＳ之後，較能領略他的轉變了。高三那年他如果收起叛逆的心，回歸主流，跟著他那些菁英同學發憤圖強考進臺大，就不會掉到淡水，窩在這臺北的郊區小鎮，地理上、心理上也就不會有足夠的邊緣感，好聽入ＢＳ那在絕望中帶著一絲絲生命尊嚴與希望的呼喊了。若不是他聽入神，ＢＳ之於我也只是路過，不會對我後來的創作產生任何影響。

「對了，忘了要給你看一首很棒的詩。」他跳起身，在雜亂的書桌上撈出一本書，遞給我。

「哦，北美印地安人選集！」是本英文專書，收集了二十世紀美國、加拿大印地安各族重要的文學作品，裡面有詩、散文、短篇小說，大都是年輕一輩呼應印地安族群復興運動的創作。

「你翻到我夾書籤那頁。」

「〈When Sun Came to Riverwoman〉？」

「對，作者叫 Leslie Marmon Silko，女詩人，是印地安文藝復興運動的重要推手。她這首代表作我知道一陣子了，但一直讀不進。去過苳濃溪，再領會泰雅族人與河的關係，我才漸漸能理解！」

這首詩用字簡單，但意象層次豐富、迷人，把河與族群神話連繫得非常有現代感。讀著讀著，我不禁想起苳濃溪下游與美濃南邊聚落的關聯，想起矗立溪邊的大、小龜山，以及收工後在山下洗腳的父親。幾年後，當我嘗試用自己的母語寫詩，這首詩是標竿。

「我們把它翻出來好不好？」愈讀愈激動，不立刻做點什麼，好像會內爆。

「好啊！」阿棟抓了紙筆，我們開始推敲，功成如下：

〈當太陽移近女之河〉　一九七三年六月十日

那時
　陽光下
　　在大河邊

鴿子悲鳴
　召喚
久遠　久遠
　憶起所逝
憶起所愛。

在春日濃綠的
永恆之外
　柳樹在青風中颯颯作響
時間消失
　歲月未知
　　未名。

濁水湍急
　溫暖我雙腳

你緩緩移入水流

棕色皮膚　雙腿
深且強勁
流動的水。

你的暖意滲入
黃沙與天空。
無盡的眼睛恆常炫亮
為河邊青苔
為小小水蜘蛛。
放聲鳴叫　這鴿子
不會讓我忘記
命中注定
在迴漩的渾水中

它帶你而走，
我逝去的
所愛，
群山。
太陽之子
移近女之河
而在落日風中
他讓她
唱
為西北空中臃脹的雨雲
為來自中國
淡藍風中的雨訊。

# 寫首詩給父親

詩是怎麼找上我的？

可能是一九六九年，我六歲的時候，詩從清晨的天空出發，穿過竹門簾的細縫，找到在木板床上失神呆望的我。竹門簾外是祖堂前廳的黑瓦屋頂，再過去是檳榔樹伴著椰子樹，在南邊的藍藍天空上俐落地剪下寂寞的輪廓。

夥房裡，各房的長子長媳早早下田了，第一批出外工作的叔叔們被吸去新近成立的高雄港加工出口區及石化工業區，能念書的小叔小姑和大哥大姊都進城裡或去鎮上了，餘下我們幾個，學齡不足又不夠力氣當童工。父親們的忙碌是「田頭地尾」，母親們的操勞是「田頭地尾」內加「灶頭鑊尾」。那也是婦女生育率維持高位、嬰兒夭折率逐年低降的年代，生齒浩繁。孩子們的童年與雞鴨相仿，早上野放，傍晚回籠。每年暑假，村子裡總會少掉幾個，男孩居多：游大水被自己的勇氣背叛、攀老龍眼樹被枯枝欺騙、爬檳榔樹被蛇嚇呆、過大馬路被枝仔冰迷惑……。沒有太多時間哀傷；事頭這麼多，孩子這麼多，生活這麼苦，身體年輕，性慾還沒被環境荷爾蒙中和。

清晨醒來，孩子仍眷戀睡夢的餘溫，但媽媽早已離開床席。從生命最初始的落寞望出去，是花藻竹門簾所柵格的孤獨天空；在父母過早離席的床榻上，一些類存在主義式的胡思亂想有時就蹦芽了：我從哪裡來？為什麼停落這裡？

詩也可能是在十四歲那年騎腳踏車過彎時，在一位小女生的目光裡找到我。

她住鄰村，小我一屆，每天下午放學後站在美濃國中校門外的街口等客運巴士。過彎時右邊的那一雙注目像溫室裡的探照燈直射心房，讓裡面屬土的東西蠢蠢欲動。體內另一個自我開始受孕、發育，逐漸長出自己的性格與念頭。想我該寫些什麼東西記錄這件離奇的事；我參考《詩經》，四字一行地從蛋黃色的夕陽，寫到她的眼睛像冬末菸草田上的清晨薄霧那般迷人。

詩隨我離鄉進城後失語。在新興的製造業城市高雄，我們坐在大統百貨公司門口，沒有表情，看著購物人潮進出像螞蟻遷巢。晚上躺在失眠的床上，我們看著從樓下家庭工廠汙水槽爬上來的老鼠在窗臺上竊竊交接，甚至想不起以前的一切。白天上學，詩是班上唯一的同學。我們坐在高中的課堂上望著黑板糊成一片。放學後它坐在排球場邊，冷冷地盯著我憤怒搥球至天暗。

這樣不是辦法！高三時它終於開口，我決定依父親主張，向學校申請退學。

我去臺南補習考大學。詩告訴我它想開口說話，但經過三年喑啞，喉嚨的物理形狀嚴重變化，現在它需要新的發聲方式。我也遲鈍了，我向它坦白。

在我們村子，若有人瘋了，要不被帶去廟裡，看哪個神可以通靈，拉他們回來，要不就任他們在街上遊蕩，找到新的樂趣，而後變成村子裡的新風景。

所以我騎腳踏車帶著它在這座陌生的城市晃悠。臺南不那麼工業，除了市中心一小塊繁榮，很多地方自在地老舊，甚至像醉倒的斯文人那般頹圮著。兜著風，它開始有表情，但仍說不出話。

我去書店，它挑了梵谷傳。夜裡，它讀到鼻酸胸悸，學會了哭泣。它又挑了波特萊爾的詩集、巴斯特納克的長篇、契訶夫的短篇。嘰哩咕嚕，它喉嚨發癢，吐了一些邏輯不完整的密語。我讓它握筆，要它自己寫寫看。它寫了幾段意象雜亂的文句，無以為繼，要求讀更多。它迷上革命前後的俄羅斯文學，我壓縮每天的伙食費至新臺幣五十塊以內，把書店裡作者名字後面有「斯基」的翻譯小說陸續買回來。每晚把考大學要念的應付完，我陪它讀小說至兩、三點，有時它興味一濃，就乾脆到天亮。它還要求讀美國的、法國的、日本的現代文學。我兩手一攤：錢真的不夠用了。它想到一個辦法：中午吃完飯去書店站著讀。

現代主義文學中的一些路數——象徵派、超現實、意識流、未來派等等令它著迷，它學樣，孤立地看待自己，瘋狂地寫，嘗試用那些進口的技法臨摹它自己的影像。

我考上土木工程學系，回家發現，村子經過農地重劃後人口更加速流失，寂寞高聳，成了深淵：如果農村現代化是為消滅農村，那麼現代化教育不正為掃除我的根源？我正在念的土木系將來要指揮那些怪手推土機，不就是第一線凶手？

詩也陷入泥淖。它叫我扔掉那些手稿，我照辦，可又偷偷留了一些。我的大學生涯開始不久就呈現慢性自殺的狀態，每學期不及格的學分逐漸增長。詩告訴我，它不再有興趣讀翻譯的現代主義文學，它寫過的那些只有自己看得懂、看得爽的晦澀文句比牛糞還沒價值。

那你想幹嘛呢？我問它。現在它還能亂扯，算是我目前的糟糕狀態中唯一的樂趣了。

去當兵吧！最好是去遠遠的外島，說不定還能有點放逐感！它說。

好吧！我再度聽它勸。

一九八五年，大三下學期，我缺席大部分的課，連考試也不去了。我待在宿舍，沒日沒夜地讀非洲及拉丁美洲作家的詩集、小說，聽頹廢的前衛派搖滾。詩有時把自己關在衣櫥裡，天亮前陪我在陽臺上抽幾根菸，我睡覺時它偷偷跑回我的童年，坐上父親的牛車，噠噠地行向茄濃溪畔的夏日。醒來時它說路上的風景令它想起蕭洛霍夫的《靜靜的頓河》，又說大地是深沉的記憶，等候擾動。

而我是頭牛，放了血，逐漸不掙扎地等待死亡的完整。

土地公靈顯，真把我送去馬祖的東引島當兵，讓海關著，每天扛石頭、背水泥，無休無止地幹工。寫信給臺南的朋友，請他隨便寄些有文字的東西給我。他回信，說想起卡繆寫的薛西弗斯，推不完的巨石上山，並附上一袋書。他讓我讀大陸的巴金、茅盾、魯迅、張賢亮、鍾阿城，以及臺灣的陳映真、鍾肇政、鍾理和、李喬。夜裡，詩坐上我的肩膀，陪我在坑道口站哨、讀小說。興致又回來了，但這回，它說，感覺真實多了。要它講具體，它說現在像是腳底長根、頭上發芽。

第二年夏天，父親因體內農業殘餘過量，發病猝逝。讀完大叔發來的電報，我走回寢室，跪在床板上，朝南，向父親叩首。傍晚，詩陪我在山崖上看海，問我可以做些什麼。我說想請你寫個東西，紀念父親的青春歲月。

過了幾天，它給我看初稿。

意境是不錯，可是那種文謅謅的現代文學語法，你想我父親讀得下嗎？

它愣住。

你要不要試試我父親那輩農民熟悉的語言與語氣？

幾個月後，它寫了這首：

〈秋〉

暮茳裡
龜山膝下洗手搓腳介[1]
阿爸
身後齊齊六分
犁正介菸田
同累咳咳介牛牯
眼瞪瞪
想歸

伸暢一口煙，阿爸
深穩介目光，緩緩
攀過掛雲介大山
二十初出頭，新討
哺娘佇遠遠下坵[2]
五色梅介田塍[3]
上土
搆泥
烏黝黝介體裁，密密
洋巾蒙面
大河秋淺
啾啾夜鶯羞羞走過
「生妹！來歸哟」

蒼茫看天，阿爸
哺娘一雙認作介目珠
行過轉暗介田塍
可比火螢蟲明滅閃逝
影過阿爸痛惜介心
係命：大宗人家介長子[4]
奈何後生
意想出庄

阿爸，放下褲腳
風微微，動
五節芒
歸去介硬泥路
石多
坑多

病子三月介阿姆[5]
頭傾傾，跈[6]
牛車尾

佇山外
遠方世界隱隱透氣
輕輕作弄阿爸
像雲介心

——一九八七

注釋

1 介，客語介系詞。
2 哺娘，客語對妻子的稱謂；佇，在。
3 五色梅，即馬櫻丹，一種矮灌木；田塍，田埂。
4 大宗，未分家的家族。
5 病子，懷胎；阿姆：母親。
6 跈，跟隨。

# 第三部　民謠的世界史

THE TIMES THEY ARE A-CHANGIN'
BOB DYLAN
THE FREEWHEELIN' BOB DYLAN

# 民謠之路

## 一

二〇〇六年八月，Bob Dylan 出版了他的第三十二張錄音室專輯《Modern Times》，名利大豐收。論電臺及聽眾接收度，它一舉衝上美國及七個白人國家的排行榜冠軍，在英國、德國、澳洲及瑞典等流行音樂大國也至少占第三名；計銷售，頭兩個月它在全球就賣了四百萬張。評價上，有四個權威性的專業雜誌給了滿級分。以吝嗇銳利聞名的評論界大老 Robert Christgau 難得讚以最高等級的 $A^+$，再次肯認他是最偉大的搖滾樂創作者，說此專輯「散發著年邁大師的老練詳靜以及知天命後的從容」。《滾石》雜誌於二〇一二年增修出版的《搖滾樂史最佳五百張專輯》中，它列名第二〇四。《Modern Times》發行僅僅六年，便獲致如此高的歷史地位，在搖滾樂史上亦屬罕見。然而，這張專輯真正令我吃驚並引動思考的，是它另一項更有趣的成績——作者以六十五歲創下美國排行榜冠軍的最高齡紀錄。

不管創作或演出，搖滾樂是個高度耗損精力的行業，說是一年老三歲，並不誇張。一九七六年，英國前衛搖滾樂團Jethro Tull發表第九張專輯時，團中主要的創作者Ian Anderson感到一種彆扭的心理狀態。一方面他們功成名就，享受著豐厚的物質回饋，二方面搖滾樂風格演進的速度飛快，十年不到，六八年創團時號稱前衛的音樂形式現已顯得遲暮西山，可是——另一方面，生理上，他們連中年都還不到：Anderson當時才二十九歲。他誠實面對這種尷尬，定專輯名為《Too Old to Rock 'n' Roll: Too Young to Die!》不無自嘲之意。因此，以搖滾樂時間觀之，Bob Dylan的六十五歲不只高齡，簡直是人瑞級了！一位初出茅廬的創作者，他的成功通常會被歸因於天分，然而六十五歲，第三十二張專輯！除了天分與不懈的努力，不能不深究他的方法。

整個八〇年代直至九〇年初，Bob Dylan長期陷入創作方向上的困境，期間產出的十一張專輯，在排行榜及評價上多屬中庸之作。從一九九七年《Time Out of Mind》專輯開始，他逐漸回歸並精磨早年的手法。眾所周知，Bob Dylan的創作基礎，是對於美國白人民謠與黑人藍調的臨摹。與Bob Dylan同世代的文化研究者Lewis Hyde統計，一九六一至一九六三年間他有五十首作品是對美國經典民謠的再詮釋，占當時作品量三分之二。臨摹傳統，在六〇年代美國民謠復興運動中蔚為風氣。但Bob Dylan在紐約還受到歐洲左翼前衛劇場的影響，使其醞釀出以國際主義意識形態及疏離美學為核心的思路與表現手法，接合且極究了美國四〇年代的民謠參與社會運動精神，進而高凸了他的秀異地位。

到了《Modern Times》專輯，Bob Dylan卸除了意識形態負擔與形式焦慮，此時他對於民謠資產的再利用手法，舒緩中益趨精妙。專輯十首歌中，有明顯再創作痕跡的多達九首，不過已非早期針對一首曲調的單純操練。此時他的境界已臻信手捻來，大多只取擷前人作品的一小部分詞、副歌、主奏吉他或貝斯的旋律，加以變化、揉和、發展，甚至加入自家以前作品中的某些元素，或在一首多人演繹過的曲子中摻進新的玩法，像是生化科學家，只要從生物體中取出單細胞或基因，便能培養出活躍的演化新種。他的腦子像一間內容龐雜的傳統音樂檔案館，他蹲踞其中，或編輯或挪用或重組，得心應手。而且，大師無一注明出處。

剽竊、不尊重原作者？專輯發行後，種種指控、懷疑紛至沓來。

Bob Dylan一向敬重他的靈感源頭，但這回他卻反之。我暗想，他之不標明元素身世，會不會是出於對「版權」這種私有化意識形態以及由之而起的司法訴訟的無言抗議？在人類長達數千年的前現代民謠音樂史上，民謠的演繹與承傳從未涉及版權。版權，與其所衍生的概念「創新」，大體是西方工業革命——特別是在科技產業興起後，為了確保投資獲利與維持競爭優勢而固化的觀念。流行音樂的工業化，勢必造成版權概念的法律化，進而對這種即拿即用，與民謠先鋒 Pete Seeger（1919–2014）所謂的民謠過程（Folk Process）形成干擾。Bob Dylan 全然不甩版權與出處，也許正足以宣明他老人家重返民謠傳統。

對於這種檔案管理員式的再創作技法，Bob Dylan 倒是從來不避諱。他自謙不擅長寫旋律，他的構思方式是在腦子裡選首歌，在生活中不斷聆聽、對之絮語，到了某個臨界點，詞曲發生變化，一首新歌於焉成形。這除了顯示既有作品的蒐集、品味與再創作是一體多面外，還指明：一位音樂家再怎麼天才，都不可能擁有無盡的形式創造力，除非他懂得與傳統對話，接續前人的演創，並從中提煉寫作靈思。一位在六〇、七〇年代引領時代風騷的民謠歌手，暮年之際尚能再添風華，所依恃者，正是愈磨愈有味的再利用技術與藝術。

很難想像，相似的這條民謠之路，十四個世紀之前，杜甫（七一二—七七〇）早已出色地走過。

西元前一二〇年，漢武帝劉徹下令成立樂府，除負責為宗廟外的祭儀與舞蹈制定音樂，還職司民謠採集。這一道行政命令，影響了日後大部分漢語系民謠的詞句架構，說得時髦一點，形塑了中國的民間音樂面貌。中國歷史上，劉徹不是第一個設立音樂專職機構的皇帝，他所設立的樂府也不是第一個蒐集各地民謠的官署。但，較諸前朝，劉徹的樂官們所採集的民歌出現大量的奇數構造：一言、三言、五言、七言，乃至九言，反映出新的語言文化。而且，相對於詩經，樂府民謠在文體上更趨向於敘事化，語言上更加反映平民大眾的質樸，內容上更立體地呈現勞苦眾生的愛憎與苦難。

從西周末期到漢初，中原經歷了幾個大變化。一是生產方式更加遠離狩獵採集，趨向定著化的農耕文明。二是世襲的貴族政體逐漸失衡、裂解。三是游牧民族的頻繁南侵與大量移入。政治、經濟、社會與文化的解體與再結構，當然反應在民謠的多樣演變上。但漢官署之主動廣收民謠，起源於奠基者的文化認同：漢高祖劉邦出身南方農家，為榮耀故里，乃引入楚聲，改造宮廷音樂。及至漢武帝，更廣徵天下民謠，不僅是向平民進行文化輸誠以厚實統治合理性，更藉民謠中反映的民意趨勢，提升治理上的警覺度。

另一方面，具備了政治正當性的樂府民謠，也開始對文人的社會認識與寫作取向產生示範與引導作用。比起《詩經》與《楚辭》的呆板二言構造，樂府詩的奇數結構更富變化與節奏感，更適於表現深刻的情感、複雜的情緒、冗長的情節，以及變動的人際關係、社會觀與生命哲學。來自民間的歌謠經過訓練有素的文人官僚整理後，又向下普及民間，影響民間的歌謠創作，如此往返。在杜甫寫下第一首詩作之前，在官方的背書與機構支持下，知識分子的文學實踐與平民的民謠創作之間不斷地交流與互滲，延續八百年之久，形成了世界文明史上罕見的文化生態。

## 二

一九一八年二月，五四運動前一年，北京大學成立中國民俗學會，劉復、沈尹默、周作人、錢玄同、沈兼士、常惠等人，著手徵集各地歌謠。他們的徵集方式恐是前無古人後無來者；既非《詩經》、樂府時代的文官尋訪，也非西方現代的專家採集。受他們感召，北大校長蔡元培號召全校教職員、學生協助蒐集全國近世歌謠，並致函各地報館、學會及雜誌，請其廣為宣傳。用了近七年的時間，他們回收到一萬一千多首來自二十四個省區的民謠。

這是史詩般的行動！不知有多少人受到鼓勵，物理上或心理上啟程回返童年與故土。他們客觀而恭謹的採訪態度一定讓識字無幾的母親又驚又喜，而母親一開口，他們豁然見識到綿長的記憶之河。他們可能翻山越嶺或勇敢地跨過身分的尷尬，採訪傳說中的民謠能手。他們之中可能有人發現，民謠原來是集體流傳與個人創作的神祕結合。還有新的態度與想像；在學術機構與文化運動者的培力之下，他們以族群文化採訪者的嚴謹與好奇，再度親炙了早年聽而不聞卻直鑽入靈魂深處的民謠。

同等重要的，是從這批民謠的匯流、整理與研究中，五四的新文化運動者梳理出近代中國的人文地理，並以新的視野審視中國古文明。譬如，考古學家董作賓從中發現了四十五首同一個母題的歌謠，至少涵蓋十二個省區。董作賓是傑出的甲骨文學者，有著深厚的考古學、文字學及語言學等素養。搭襯著如此豐富的知識背景與罕見的專業配組，使得他的專著——《看見她》，成為有趣、啟發性極高的民謠研究經典。他認為這類歌謠應發源於黃河流域一帶；譬如在陝西三原，人們如此「看見她」：

你騎驢兒我騎馬，
看誰先到丈人家，
丈人丈母沒在家，
吃一袋煙兒就走價。

大嫂子留，
二嫂子拉，
拉拉扯扯到她家；
隔著竹簾望見她：
自白兒手長指甲，
櫻桃小口糯米牙，
同去說與我媽媽，
賣田賣地要娶她。

對照其他各地以「看見她」為動機的民謠，一幅民謠的旅行地圖便生動活現地展開了。沿著水路交通，它們在路上騎白馬，到了水國就撐紅船。隨著地理、風俗與語言的差異，每個地方的「她」有著不同的容貌、裝飾，描述上也各懷春秋。領會了民謠所呈顯的美妙靈思，董作賓不禁讚嘆民謠之為文藝，「是一種天才的表現，……雖寥寥短章，……皆出自民俗文學家的錦心繡口。」

董作賓的讚嘆頗能說明當時新文化運動所造成的意識形態翻轉：宋明以來逐漸為文

人鄙夷的民間歌謠，現重被高舉至學術殿堂，視為藝術珍品。再加上魯迅、胡適等代表新時代精神的公共知識分子，以國民教育、國語文學的高度呼籲蒐集、整理各地歌謠，許多大學者遂紛紛投入。董作賓針對民謠於地理空間上的橫向遷徙，另一位學者顧頡剛則專注一地區的民謠於時間軸上的縱向演變。

呼應這場新文化行動，顧頡剛對自己的故鄉江蘇，展開了民謠的蒐集與分析工作。一九二四年，顧頡剛的《吳歌甲集》在《歌謠週刊》連載三十二期，之後並出版專冊。顧頡剛差不多動用傳統國學研究的全部專業，科學又熱情地埋首於家鄉的歌謠傳統。《甲集》錄有百首歌謠，顧頡剛為之注解與考據的態度無異於面對四書五經，對當時的老學究而言，其荒誕程度恐怕勝過用物理學研究童玩。更啟人神往的，是他的詮釋往往精妙地展現了常民觀點；譬如在一首題為〈搖大船〉的童謠中，顧頡剛注道：「凡兒歌言搖船者，均係手接手推挽若搖船之狀時所唱。」

從民謠出發，並把握常民的生活觀點，顧頡剛幫現代讀者還原了《詩經》中的民謠本色。譬如在《甲集》的〈附錄〉中，顧頡剛討論了〈野有死麕〉這首詩。其第三段，詩云：「舒而脫脫兮，無感我帨兮，無使尨也吠。」顧頡剛比較類似動機的江蘇民間情歌，如《甲集》中的第六十八首——「輕輕到我房裡來，三歲孩童娘作主，兩隻奶奶嘴子塞，輕輕到我裡床來」，推斷它原是描述男女交歡的情歌。它的意思很簡單，就是女要男慢慢來，不要弄亂她身上的佩巾，不要惹狗吠叫。而朱熹卻說此段是表明女子「凜然不可犯之意」，硬把女性的懷春說成貞烈。因此，顧頡剛揶揄道：「可憐一班經學家的心給聖人之道迷濛住了。」真正進入民謠的脈絡後，顧頡剛很清楚地看到，在《詩經》的注釋中，儒家道學是如何凌駕詩學。

從《詩經》的詩學討論中，顧頡剛幾乎要觸及民謠的心靈。同樣在〈附錄〉中，他重新審視朱熹對《詩經》的分析方法——六義中之「興」的定義。興者，按朱熹界定，先言他物以引其所詠之詞也。放到現代文學，「興」接近邏輯性的聯想。而朱熹及歷代的注家常從道德觀點出發，解釋「興」的邏輯。譬如，《詩經》首篇首章：「關關雎鳩，在河之洲。窈窕淑女，君子好逑。」朱熹如此解釋「興」的作用：「雎鳩，水鳥……生有定偶而不相亂，偶常并游不相狎」，因此淑女不僅匹佩君子，且他們相處「和樂而恭敬」，像水鳥「情摯而有別」。

加上其他類似的例子，顧頡剛看出兩個問題。一是「興」作為詩學分析方法，常有適用模糊之處。以「關關雎鳩」為例，美學上其實更接近「比」，但進一步細究又不太像是嚴謹的比喻。其二，《詩經》中民謠屬性明顯的詩篇，尤其是出自國風篇者，似乎不全然能套用倫理邏輯。關於後者，顧頡剛以其所蒐集的江蘇童謠，指陳其模糊性，譬如「螢火蟲，夜夜紅；親娘績苧換燈籠」，晚上一閃一閃飛行的螢火蟲與夜裡辛勤織布、不停換燈籠的母親尚有意象上的呼應關係，但「陽山頭上竹葉青，新做媳婦像觀音」這兩句，除了青、音同韻外，就難有連結了。事實上，日後的研究也闡明，「反邏輯」、「去邏輯」甚或「調侃現實邏輯」是民謠的通性之一。環顧世界的民俗學發展，要到一九六二年，法國人類學家李維史陀發表《野性的思維》一書後，我們才逐漸知道，這些看似無邏輯可言的初民神來之筆，仍可透過分析，窺探人類的心靈結構。但在一九二〇年代，中國現代民俗學剛起步，顧頡剛指出古人說話的「支離滅裂」，其洞察力之銳利、敢言前人所不敢，也正反映當時知識分子勇於向時代提明、與既有意識形態詰辯的革命氣氛。

起於一九一〇年代的這場民謠復興運動，為五四運動及日後左翼運動中「到民間去」、「向農民學習」的實踐方法，奠定了向下延伸與認同的文化理論基礎。而在中國歷史上，每當時代巨變、社會動盪，懷抱淑世熱情的文人轉向民間，重新認識時局，並向民謠學習新的論說與創作方法，本就是一個長遠的傳統。公元七五八年六月，被貶謫的杜甫在安史之亂中離開長安，展開了他的公路歌謠之旅。

## 三

民謠傳統往往在災年、戰亂或社會變革中，與憂國恤民的知識分子野合，生發激楚的當代化過程。一九三〇年代，美國經濟大蕭條，雪上加霜，奧克拉荷馬州發生連年大乾旱。天災與人禍加乘，逼使大量無地農民遷徙，尋找活路。二十出頭的民謠歌手Woody Guthrie隨鄉民向西出逃至加州，見證了大型農業公司與銀行業聯手發動的土地兼併，其對小農與佃農的層層盤剝，以及大農制生產方式對環境的毀滅性後果。路上，逃難的艱辛風景、吃人的體制與遊民的行吟在歌手的心靈中交織，促使他寫出美國現代民謠史上的開山之作《Dust Bowl Ballads》（沙塵暴紀事）。一九四〇年出版的《沙塵暴紀事》在敘事者、當事者、閱聽大眾之間創造了前所未有的對話深度與向度，影響了日後眾多優秀歌手。

這張專輯有幾項開創性的特質。首先是對事件的即時報導；專輯出版時，大蕭條尚未完結，而Woody Guthrie所描述與批判的社會現象也正愈演愈烈，其反應之專注與迅速，有助於吸引注目、激起公眾討論。其次，是觀察的眼光與敘事的口吻；紀實中的說故事者，其角色既涉入又疏離，有時是客觀的全知者，有時是苦難者的集合體，易使聽者產生半是宗教半是理智的關懷熱情。再者，曲調上Woody Guthrie參考了當事者生活其中的傳統音樂——小調、搖籃曲、福音歌等等，使得內含大量訊息的歌詞得以乘著文化親近性，抵達受眾的良知。還有，在歌詞的寫作上Woody Guthrie增添了新意，譬如用肺病的診斷寫沙塵暴之折騰生命、用銀行搶匪寫社會不義，其切入點既悲天憫人，又跳出人道主義的俗套，為民謠中的現實主義精神創造了更高境界的體現。

以上都還只是創作方法上的影響，更重要的，是生命態度。終其一生，Woody Guthrie不滿足於安全的、遠距離觀察與關懷，一有機會就跑到社會運動或新聞事件的最前線，理解問題的癥結，與群眾同悲共苦，用創作發聲，引發輿論關注，爭取公眾支持等等，為一九六〇年代的激進民謠運動塑造了人格典範。另一方面，他不安於室，用盡各種辦法上路，行旅祖國山河，體驗人生，於途中記錄、創作。七〇年代之後，街頭復歸平靜、庸俗，那些受惠於民謠運動的歌手儘管名利雙收，不少人仍惕勵自己莫廢初衷。他們或投身實踐理想，或持續以創作批判現實、聲援社會變革；溯其源，是Woody Guthrie的遺緒。

一九六三年五月，Bob Dylan出版第二張專輯《The Freewheelin' Bob Dylan》，不管從民謠運動、反戰運動或現代文學來評價，均是精湛之作。出版時，他離二十二歲尚差三天。之後，他以驚人的創作能量，三年內創作五張專輯，以犀利的激進批判為高漲的社會運動助陣，以高明的音樂性回應民謠與藍調復興運動，以前衛的文學性呼應英美的現代詩歌運動及紐約的前衛劇場運動，將美國的反主流文化運動推上巔峰。

但天才的實現除了時代的條件，更需前人的累積。在杜甫之前，樂府詩歷經數百年的蒐集、整理、研究與傳播，到了戰亂頻仍、政治與思想中心解離的東漢末年及魏晉南北朝，帶有邊緣性與叛逆性的文人如曹操、曹植、曹丕父子，及王粲、陳琳、阮瑀、劉楨、傅玄、張華、石崇、劉琨、蔡琰等，常藉社會寫實進行政治論述。是其時，樂府詩體中豐富生動的民間性成了時代的首選，他們以之為發聲的依靠。這些新創的樂府詩，經典如王粲的〈七哀詩〉、陳琳的〈飲馬長城窟行〉、阮瑀的〈駕出北郭門行〉、蔡琰的〈悲憤詩〉等，為後起的唐朝詩人開啟了一扇驚奇之窗，既讓他們看到樂府詩形式與語言的巨大後座力，又為他們展示了如何以民間聲學，將政治見解、時代特徵與社會關懷等表現面向織育為可攀爬可路跑的新文學體，向上為諍言，向下為風謠。魏晉南北朝的樂府詩人之於杜甫，正如同Woody Guthrie那一輩的激進民謠實踐者之於Bob Dylan。

從周天子命採詩官四處蒐集民歌，蔚為「不學詩，無以言」的風氣，至漢武帝立樂府採集歌謠，形成「為時而著，為事而作」的新樂府詩創作風潮，這個過程開始於公元前一千多年；不管是從世界政治史、文學史或音樂史來看，皆是驚人的早慧之舉，其對中國文明的影響，恐怕要超過後來的四大發明。理想上這是明君藉風謠以觀民情、知得失並自我匡正，實際上是民間的材料經過官僚及文人的編輯後，形式及音韻上更為嚴謹規律，並滲入政治倫理與禮儀規範，從而變身為教化百姓的媒介。司馬遷不僅看出《詩經》編輯過程的政治性，還指出其復歸音樂、以利宣傳，故云：「古詩三千餘篇，及至孔子，去其重，取可施於禮儀者……孔子皆弦歌之，以求合韶、武、雅、頌之音。」後世學者對孔子刪詩說容有疑義，但對其過程的特點，倒有共識。

中國因此形成了非常獨特的文學社會機制。文人受感染，內化為重視民謠的風氣與傳統。民謠既是觀察社會輿情的窗口，對其進行理解、詮釋與再創作，亦為文人養成學術與寫作的必經之路，及評量重要性的依據。文學上，民謠從四方、由下而上地向京畿匯集、整編、出版，使民謠得以保存、流傳，既延伸、具象化了文人的國家想像，豐富他們的社會視野，又為其提供創作養分。經過文人潤飾的民謠，帶著更精煉的美學與校正過的思想內涵，回返民間，與各地的風土、脈絡進行雜交。文人從而成為中介體，使國家組成的上下層、中央與四方關係之間得以進行政治與文化上的交流、對話；這或許是千年來中國得以維持大一統意識形態的充分條件。

類似的過程與機制出現在兩千年後的美國。從十九世紀末至一九六〇年代，在國會圖書館及出版業者的支持下，美國民謠蒐集／研究／出版／演奏者John Lomax（1867–1948）、Alan Lomax（1915–2002）父子對美國民謠進行了大規模的田野錄音，並進行檔案歸納、研究與出版。John Lomax為國會圖書館成立的Archive of American Folk Songs（美國民謠檔案館）覆蓋了三十三州，富涵多元的地域、職業、種族與信仰特性，在學術研究、公眾聆聽及文化學習上均引動了廣泛的興趣。但他們的志業不囿於此。

兒子Alan Lomax成長於美國最為左傾的年代，他對運動性民謠以及反映勞動者與低下階層生活特性的歌謠特別重視。一九三九年底，Alan在全國性的電臺上系統性地介紹美國民謠寶庫，並現場演唱Burl Ives、Woody Guthrie、Lead Belly、Pete Seeger、Josh White及The Golden Gate Quartet等活躍歌手與團體的作品。這些節目直接於學校的課程中播放，惠及一般學生，對年輕世代的民謠學習、文化興味、社會意識與民族想像等等，產生了難以估量的影響。

Alan Lomax見識民謠運動對社會變革的巨大推力，開始對三〇、四〇年代激進歌手的實踐歷程進行訪談，並錄製、出版他們的民謠演繹與創作。五〇年代初，Woody Guthrie受家族性遺傳疾病——亨丁頓舞蹈症干擾，行動能力惡化，未久美國又陷入恐共的政治局勢，活躍的民謠樂手受到監控。多虧 Alan Lomax，美國第一批現代民謠歌手的進步作品得以保存下來，並至少能在圖書館與藏家間流通。到了一九五九年，局勢稍緩，他又與 Pete Seeger、Theodore Bikel、Oscar Brand 及 Albert Grossman 等民謠運動推手合作，舉辦 Newport Folk Festival（新港民謠音樂節），安排他所採錄過的重要民謠、藍調歌手走出被遺忘的角落與年代，面對全新的民謠世代。第二年，Bob Dylan 就在這個音樂節的舞臺上初試啼聲，加速催發民謠革命。

如此的承先啟後，Bob Dylan 與杜甫多麼類似！

放在中國文學史上，杜甫成就的境界顯而易見，諸如政治性、社會性與文學性的精緻統一，批判性的高超藝術概括，形象、景象與情感、思想的相互滲透，複雜而幽微的心理描述，精準奇麗的鍊字鍛句，以及文詞中豐富的構圖與造樂等等，眾注家與評家早有定論。讀杜甫的亂世作品，其一生糾結在儒家君臣倫理、國家主義、人道主義、淑世熱情、家庭責任與創作慾望之間，不斷遭逢悲劇，又持續創造驚奇。杜甫以公共知識分子的自我認識與期許，行旅於濁世凶年，像個報導文學家，不斷記錄途中的見聞並表達關切。以民謠運動的歷程觀之，杜甫以自身為媒介，接合文人文學與樂府詩歌傳統，共振出廣闊壯盛的對話。

## 四

回到Bob Dylan佳評如潮的二〇〇六年專輯《Modern Times》，其詞曲中援引的傳統民謠或前人作品，並未注明出處，因而遭致多方詰難。Bob Dylan沒有回應質疑，大概他從來就認為，民謠的傳統中，沒有「注明出處」這回事。他的靜默並不寂寞；六〇年代民謠運動中的另一位重要歌手Ramblin' Jack Elliott，亦從源遠流長的民謠脈絡看待此事，他說：「Dylan從我這兒學到的方法，是我從Woody Guthrie那邊學來的；Woody沒有教我，他只說，如果你要學點東西，就用偷的；我從鉛肚皮（Huddie William Ledbetter，美國民謠與藍調歌手）那兒學到的，就是這件事。」Pete Seeger也說過同樣的事，他回憶Woody Guthrie曾指著他向旁人說道：「這傢伙偷了我的東西，但我的東西是向眾生偷來的。」

杜甫也偷，而且偷得更凶、更廣，更絕妙。感謝後代數百位注家的爬梳，杜甫如何因陳出新，吾人得窺一二。早年詩作〈題張氏隱居二首〉，首聯「春山無伴獨相求，伐木丁丁山更幽」，以聲音切入，帶出風景之縱深，簡直是電影中的搖鏡手法。據清初的仇兆鰲彙整，讀書破萬卷的杜甫，其參考來源可能涵蓋南北朝詩人庾信的詩句「春山百鳥鳴」、西晉政治家／文學家劉琨的詩句「獨生無伴」、南朝詩人王籍的詩句「鳥鳴山更幽」、《詩經》小雅伐木篇「伐木丁丁，鳥鳴嚶嚶」及《易經》「同氣相求」。杜甫像個魔法師，消解前人的文字碎片，吐出景深更遠、人味更濃的詩句。

再如杜甫在〈房兵曹胡馬〉中寫西域來的汗血馬，把北魏賈勰論駿馬的「馬耳欲小而銳，狀如斬竹筒」及東晉王嘉《拾遺記》中形容曹操麾下大將曹洪坐騎英姿的「耳中生風，足不踐地」，揉成「竹批雙耳峻，風入四蹄輕」，不僅文字練達，形象精準，且速度感躍然紙上。到了〈暫如臨邑至䂬山湖亭奉懷李員外率爾成興〉中的「鼉吼風奔浪，魚跳日映山」，中年的杜甫藉以表現速度感的意象與意象間的連繫，更加紛陳緊湊，令人目不暇給。轉化，是詩意表現的基本要求，而杜甫在基本功上所呈顯的出神入化天分，驚人至極。

終其一生，倒裝句法是杜甫進行詩意鋪陳與轉化時，最重要的手法。晚年客蜀期間所寫的〈登樓〉中，首、次聯「花近高樓傷客心，萬方多難此登臨。錦江春色來天地，玉壘浮雲變古今」，運用倒裝法，將情緒嵌入動態的風景，焊溶時代感、意象與空間感；詩人的歷史心靈，彩色斑斕。

倒裝法在杜甫手上，表現出前所未有的前衛感。但倒裝法並非出於杜甫或唐朝詩人的文學實驗，魏晉南北朝時期的樂府詩人就已廣泛運用，著名者如影響杜甫極深的南朝詩人鮑照（四一四—四六六）。鮑照的民謠形式作品，如〈採菱歌〉：「要豔雙嶼里，望美兩洲間。裛裛風出浦，容容日向山。」倒裝法的民間性呼之欲出。再讀當時的風謠，如東晉初期的〈豫州耆老為祖逖歌〉：「幸哉遺黎免俘虜，三辰既朗遇慈父。玄酒忘勞甘瓠脯，何以詠思歌且舞。」則可推論倒裝法根源於樂府中的問答式民謠——相和歌，亦既現代民謠研究中所說的呼喚與響應（Call and Respond）。

新樂府詩人採用民謠中的問答形式，對中國的敘事詩文學創作產生了兩層革命性的影響。第一層改變是敘說方式從第一人稱移至第三人稱，第二層轉變是作者視野從菁英中心移至黎民百姓。在這兩層結構轉變的作用下，新樂府詩中開始出現複數的「他者意識」，作品與讀者間的對話層次因之紛雜，總而呈顯現代小說的基本要素，亦即群黎的多元敘事主體。

在西方文學的發展史上，獨白式的史詩占據了非常長的時期，小說性質遲至十六、十七世紀才出現，而中國在西元第三世紀初的漢魏時期，於當時的文學社群——建安七子之間，就已蔚為風氣。從阮瑀的〈駕出北郭門行〉表現作者與林中孤兒的對話，到陳琳參考〈陌上桑〉、〈東門行〉及〈孔雀東南飛〉等對話體流行歌謠，寫出小說體式的新樂府經典〈飲馬長城窟行〉，在在說明，中國詩學受樂府影響，至漢末、魏晉，早已眾聲喧譁。

杜甫從魏晉南北朝的樂府詩人那裡所繼承的，不僅是白居易所指明的「為時而著，為事而作」的寫實主義精神，同樣重要的，還有寫實主義的創作藝術。天寶十載（七五一年），困頓長安的中年杜甫寫下即事名篇〈兵車行〉，承先啟後，預示了他的所有偉大：

車轔轔，馬蕭蕭，行人弓箭各在腰。
爺娘妻子走相送，塵埃不見咸陽橋。
牽衣頓足攔道哭，哭聲直上干雲霄。
道旁過者問行人，行人但云點行頻。
或從十五北防河，便至四十西營田。
去時里正與裹頭，歸來頭白還戍邊。
邊庭流血成海水，武皇開邊意未已。
君不聞，漢家山東二百州，千村萬落生荊杞。
縱有健婦把鋤犁，禾生隴畝無東西。

況復秦兵耐苦戰，被驅不異犬與雞。
長者雖有問，役夫敢伸恨？
且如今年冬，未休關西卒。
縣官急索租，租稅從何出？
信知生男惡，反是生女好。
生女猶得嫁比鄰，生男埋沒隨百草。
君不見青海頭，古來白骨無人收。
新鬼煩冤舊鬼哭，天陰雨溼聲啾啾。

〈兵車行〉像是杜甫對陳琳〈飲馬長城窟行〉的致敬與回應。在其創作歷程中，此篇之所以重要，不只因其首度觸及了生民苦難並針砭時政，且是詩人承接樂府歌謠資產並進行再創作的初啼之作，且為其後的「三吏」、「三別」等紀史名篇，奠定了寫實的手法。杜甫一出手就超越漢魏名家，將樂府詩體的寫實藝術推高至前無古人的境界。然而，能文之人遭逢戰亂，無論是反應社會苦難或批判政治敗壞，漢魏以降早已輝煌見諸民間及文人的樂府詩歌；那麼，杜甫要如何超越呢？

詩人回歸民謠的根本：聲音、節奏與結構。〈兵車行〉的節奏強烈，就樂府詩而言，其音響節奏之扣猛，宛如一九七〇年代的英國龐克音樂之於前一個世代的搖滾樂。此詩一開頭便連用兩個三字句，使灰色系的聲音場景充滿了不安的氛圍，接著平仄相間，綳緊文字的節奏，同時頻繁變換場景與韻腳，令人感受禍亂的迫近，接著腰處插入八句五言，並起用短韻「u」，造成低迴與急促感，傳達男丁備受奴役的命運，最後又以長韻「ou」及「ui」，引領讀者細細慢慢地咀嚼歷史的悲痛。〈兵車行〉的音樂性豐富，不管使用哪一種漢語系地方語，讀來盡皆抑揚頓挫、胸臆澎湃。

書寫悲劇有兩道關卡。第一道關卡是寫實，亦即掌握現實的矛盾與苦痛的細節。但真正把苦難寫真了，又容易令人不忍卒睹，或讀來沉痛悶抑，導致疲乏，令人急於脫逃。也就是說，寫實主義文學的方法經常讓它的主人到不了預設的目的地。因此，偉大的寫實主義文學家必須藉助形式，在讀者與文本間創造疏離的空間，使讀者擁有客觀的距離，以與作家產生審視性的對話；這是第二道關卡。

為達到疏離的效果，一九六〇年代的 Bob Dylan 參考了兩種風格：充滿邊緣感的鄉村藍調（Country Blues），以及前衛劇作家布萊希特的疏離劇場。同樣的，杜甫從自身的民謠傳統中汲取可用的元素；在〈兵車行〉中，他使用樂府歌謠的重要形式——問與答，幫助身陷歷史場景的讀者抬高視線，以作為客觀的第三者。但讀者剛安穩於客觀的特權，杜甫又運用「君不聞、君不見」的樂府句法，將讀者變為負有歷史責任的第二人稱。如此誘進、高抬與移位，杜甫藉樂府民謠的元素，創造了真正具有對話效果的寫實主義文學。

在文學史上，杜甫早被譽為「詩史」，到了現代，更被封上寫實主義詩人的稱號。杜甫當之無愧，毫無疑問。然而，在詩人的創作生涯中，符合「詩史」或「寫實主義」的作品，比例並不高。其大部分作品的說話對象，仍是詩友、文臣將相，以及最多的——他自己；更嚴格說來，前兩者說的也是詩人自己。因此，確切地說，杜甫是一個務實的寫實主義詩人；他只有在面對時代的劇痛、不堪與塗炭的生靈，內心升起向生民大眾說話的使命時，他才會動用樂府歌謠的民間形式。而當然，一旦詩人起心動念，其作品便就是既寫實且批判，音樂性強，藝術性高超，而對話性深且廣了。

一九六〇年代，Bob Dylan 被冠上的封號也差不多屬於上述的性質。Bob Dylan 用了大量的叛逆以及更多的創作，以逃離這類唯一性封號的桎梏。社會寫實、批判時政或反應時代呼聲，他當然駕輕就熟且義不容辭，但那並非他人生的全部。歸根結底，詩人在乎的，是創作心靈的自由。杜甫若有機會表達他對這些稱號的看法，當與 Bob Dylan 不遠矣。

# 行旅Bob Dylan

## 一

每個不只把搖滾樂及現代民謠當消費音樂的朋友，心裡大概都有一部Bob Dylan聆聽史。而心裡會放部Bob Dylan聆聽史的人，很難不把他嵌入六〇年代的文化與社會運動，以及由之而來的方法論糾結。Bob Dylan出道太早、作品太多、風格轉折太多、思想太深刻、內涵太複雜、太多人研究、影響太多人、活得太久，以至於關於他的任何一種論點，容易過時，流於片面。

人家畢竟蹣跚走過「十二座霧鎖的山麓」，爬過「六條蜿蜒的公路」，穿越「七座悲傷的森林」，與「十二片死亡的海洋」相對眼，我沒有一絲整體理解或在某方面超而越之的企圖。他跟杜甫一樣，都是我在創作路上，可以側身凝視或轉身回眸的重要地景。每當我有能力扭出一點彎曲，或多踏出一步，得以獲致新的視角，真正的報酬是多一面見識他們的景致。

一堆翻版唱片夾帶 Bob Dylan 進入我的後殖民青少年。在脫日入美的臺北城，沾染繽紛洋味兒的二叔，帶回百餘張聽膩的唱片。一九七〇年前後，臺灣的工業化邁入出口替代的階段，成衣加工、電器加工及石化原料踢開農產品及水果罐頭，成為出口經濟大宗，商圈滿是廉價多樣的洋裝港衫及家電用品。農民完成階段性任務，逐漸沒人理了。寂寞變成農村的主調，我在那百餘張翻版唱片裡聽呀聽、鑽呀鑽，打發夥房裡失神的空間與時間。

大概是擔心原唱的音樂性太低，早期的翻版唱片公司挑出的 Bob Dylan 作品，大多是上榜的翻唱曲，譬如民謠搖滾樂團 The Byrds 的〈Mr. Tambourine Man〉、〈All I Really Want to Do〉，民謠三人團 Peter, Paul and Mary 的〈Blowin' in the Wind〉；同期的民謠歌手 Joan Baez 也翻唱了幾首。要到十年後聽了原版專輯，我才知道兩者的差別就像是一條曲折的土石路被拉直，鋪上柏油；行於其上，遊歷變遊覽。但 Bob Dylan 的作品即便被唱成休閒式音樂，內在的心理風景仍遠遠勝過一般的排行榜歌曲。七〇年代末臺灣迸發鄉土文學論戰與民歌運動，新一代論者、作者與歌者激辯通俗音樂——尤其是民謠，與人民、社會及在地的關聯，Bob Dylan 被放入六〇年代相互激盪的民權運動與民謠復興運動脈絡中理解，其人其事其歌，頓成傳奇，商人始翻印他的精選輯。

我討厭精選輯。這種聽法不僅剔除了創作的歷程，而且所選也不見得精，毋寧是順耳暢心的曲目。就算真能代表各階段創作精要，抽離出脈絡，就像是把稀罕生物移出生態環境，關進隔離的動、植物園裡。廣義上——我想，包括民謠在內，流行音樂的聆聽與創作從來是環境論與對話論的。

大二上學期，一九八四年某個冬夜，校園附近一家唱片行的老闆操電話到宿舍找我，說臺北歌林公司的貨車現就停在他店門口，唱片多得嚇人，他又不太懂，問我可不可以幫他挑。電話一放我騎摩托車殺過去，也不管當時快十二點。那一車唱片真是多且精！有英國大廠Decca及瑞典小廠BIS的第一代數位古典唱片、德國ECM的當代爵士樂，以及瑞典怪廠Opus3、Proprius的小品音樂，其中最最令我亢奮的是，竟有十來張Bob Dylan的早、中期專輯，且是日本版！

日本刻片技術精緻，歐美主要唱片大廠在日本壓製的版本，版質及音質勝過原版是常有的事，更甭提唱片刻製水準散漫的美國唱片了。一九七〇、八〇這二十年是「日本第一」的年代，日本工業產品橫掃全球，大有取美國而代之的氣勢，唱片出版的嚴謹與周到更直追英、德。這一批日本版的Bob Dylan不僅有極深刻的音響呈現，每張專輯還附上厚達八頁的八開冊子，內含作品解說、歌詞翻譯、原作歌詞及生平年表，都是美國原版付之闕如的東西，在在表明日本人對待Bob Dylan的恭謹。不識日文解說當然遺憾，但光是英文歌詞也夠我一窺堂奧了。

日本版的唱片貴得多，每張要價新臺幣四百三十元！當時一張搖滾樂或爵士樂的美國原版唱片才二百七十元。我一個月的生活費，連房租才三千五百元，省吃儉用勉強攢下一千當零用金。望著那一大疊我挑出的，Bob Dylan從一九六二至一九七〇年的所有作品，我知道它們將對我的腦筋發生革命性的衝擊，但真貴得讓人呼吸不順！只買兩張？那只能以管窺豹！都買？那怎麼湊錢？

我常來這家唱片行串門子，有一次我在裡面的儲物間發現七、八張傳說中的ECM當代爵士樂，問老闆為什麼不上架賣，老闆說擺了很久賣不出去，乾脆先收起來。我偷偷把唱片標題抄下來，跑出去打公用電話問我的唱片師傅許國隆先生。

「第一張是Barre Phillips的《Journal Violone II》，你覺得怎麼樣？」

「這張不管實驗性及錄音，絕對可列入ECM前十大！」

「哦！那這張Kenny Wheeler的《Deer Wan》呢？」

「這張我沒聽過。我跟你講，鍾永豐，看ECM的唱片，兩個原則。第一，美國版一律不收，」

「為什麼？」

「版質差德國原版很多。」他的口氣拉得長又沉，搖頭幅度一定很大。

「好，那第二個原則呢？」

「你就看封底，如果錄音室是奧斯陸的Talent Studio，管它誰彈誰唱，收下便是！」

「哦！」意識到老師傳在傳授武功祕笈，我不敢再問為什麼。

「ECM在Talent Studio創造出一種冷冽、深邃遼遠的聲音，我們把它稱為奧斯陸之音！」

掛完電話我立刻衝回唱片行，從中挑了四張。那老闆有點吃驚，問我這些唱片到底厲害在什麼地方。進口轉出口，我加油添醋，把許先生的心法耍弄一遍。老闆的臉上堆滿感激與敬意，應是把我封為專業級藏家了。

回到那一疊Bob Dylan專輯，老闆看出我的念頭在打架，越過地上好幾堆黑膠，大聲對我喊：鍾永豐，你都帶回去聽吧！錢分期慢慢付就好了。不知是為了作育英才還是出於行銷手法，他這建議真害慘了我。那晚我不僅帶走了現場所有Bob Dylan，還忍不住那些罕見歐洲廠唱片的誘惑，挑走了十幾張。結算時為表現對專業客人的尊重，老闆把總價寫在紙條上，折了兩摺遞給我。

我強作鎮定，慢慢打開。為表現大度，我故意不用正眼瞧，但還是倒抽了一口大氣；那紙上潦潦寫著一八三四〇，是當時一學期學費的三倍。

## 二

一九六五年七月二十五日晚上，Bob Dylan帶著電吉他與一個搖滾樂編制，登上新港民謠音樂節的舞臺。後面的故事不管是搖滾或民謠樂迷都耳熟能詳了：從第一首歌〈Maggie's Farm〉開始，觀眾的噓聲便沒停過，直到他又拿起木吉他演唱〈Mr. Tambourine Man〉，觀眾才又放心地安靜下來。在最後一首歌〈It's All over Now, Baby Blue〉中，他彷彿在告辭、安撫一群長不大的任性孩子：「You must leave now, take what you need, you think will last. But whatever you wish to keep, you better grab it fast.」（你現在得離開，帶走你需要、你認為能留存的。但無論你想保有什麼，你最好快抓住。）其後，在一九六六年的巡迴中，Bob Dylan與純民謠信眾不斷對峙、叫罵。在《Live 1966: The Royal Albert Hall Concert》這張現場專輯中，我們可以清楚聽到觀眾的咒罵：「Judas!」（猶太叛徒）。他則回以：「I don't believe you. You're a liar!」接著他向電吉他手忿忿地丟了個眼色，要他

Play fucking loud! 然後在雜噪的電音中含混地唱著：「Once upon a time you dressed so fine, threw the bums a dime in your prime, didn't you?」

這一齣齣「反英雄」、「反高潮」的戲碼，顛覆了表演者與觀眾的關係，比起七〇年代中期之後蔚為風潮的龐克與後龐克，整整早了十年。但在六〇年代民謠復興運動與民權運動的高峰，新時代的英雄與代言人用刺耳的噪音向一派清純忠實的群眾吐槽！也無怪乎老左派與純粹民謠信徒當時會咬定電吉他別抱的Bob Dylan附攏商業、背叛運動！

近半個世紀過後，回顧他的音樂創作歷程，恐怕沒有人會否認，在內容上他依然為弱勢、邊緣者發聲，在形式上他不斷在民謠遺緒中旁徵博引。甚至從二〇〇六到二〇〇九年，在從未間斷的巡迴當中，他還為衛星電臺製播《Theme Time Radio Hour》（TTRH）節目，以生動的主題分類方式（譬如天氣、金錢、花等等），輕鬆游移地為新世代介紹美國各式民間音樂，類型從藍調、民謠、鄉村音樂、節奏藍調、早期搖滾、靈魂樂、Bebop爵士樂及搖滾樂，一路聊到流行音樂與饒舌樂，簡直就是一座活動的音樂圖書館。因此一九六五、六六年那些鬧劇並不涉及政治、社會及文化的核心價值觀，更多應是美學方法論上的離異。

首先談談電吉他的議題。一九三〇年代，電吉他產生於吵雜的爵士樂酒吧與俱樂部音響環境裡，吉他手必須放大音量的需要。五〇年代中，電吉他促成了藍調節奏化與早期搖滾樂的蓬勃發展，到了六〇年代初，不到十年，電吉他幾已主宰了搖滾樂的構造、性格與市場品味。Bob Dylan面對電吉他的情況，與另一位流行文化巨人卓別林遭遇有聲電影的挑戰，頗有類似之處。節奏與電吉他對流行音樂的影響，如同聲音與色彩對電影的影響，正反映流行藝術從素樸至繁複、單調至多層的發展趨勢。

一九二〇年代，有聲電影作為新的生產技術與藝術媒介，快速進占製片場與電影院。在默片喜劇中以流浪漢形象著名的卓別林，拒絕讓人物對話進入默片，認為會減慢表情與動作的節奏，甚至斷言有聲片撐不了多少就會退場。但後來他認清形勢，正視了聲音的要求，成就了更優異的作品。譬如在一九三一年的《城市之光》（*City Lights*）片中，卓別林迎向有聲片的衝擊，試圖做出積極的回應。

片子由偉人塑像的揭幕活動開始，上流人士發現高貴的塑像上竟然睡著流浪漢時群起叫罵。卓別林讓上流人士發出了聲音，但卻是非現實的噪音。卓別林以噪音化、非人化的手段羞辱了上流人士，表明他還是有辦法用新的技術維繫他一貫的社會立場。同時，他又似乎想藉以向自己的群眾及有聲片的擁護者嗆聲：瞧，這個名堂難不倒我，我還遊刃有餘，高明得多呢！

到了一九三六年的《摩登時代》（*Modern Times*），卓別林仍沒讓人物說話，但是他選擇性地運用聲音元素（如機器、廣播與歌唱），突出泰勒式生產線的殘酷與資本宰制人性的荒謬，使默片表現出前所未有的藝術張力與社會縱深。直至最後的經典《大獨裁者》（*The Great Dictator*）中，卓別林才讓主人翁說話，發表反戰宣言。然而在方法上，卓別林一直堅持「默片為體，聲音為用」，既維護流浪漢形象的完整，又超越性地回應了新時代的提問。

以卓別林這種魔性（charisma）堅強的天才藝術家，再怎麼看不起有聲電影，恐怕也不會容忍他的地位與市場被新的媒體技術奪走。一方面他堅守默片的主體，避免讓語言因素疏離廣大的非英語系群眾，另一方面他下功夫研究聲音的運用方式與時機。就像卓別林面對有聲技術，在民謠圈子裡獨領風騷的Bob Dylan不可能無視於電吉他對聲音美學的強勢推力，及其挑逗青春的吸引力。

但回到新元素的使用上，卓別林對有聲技術的運用仍是默片思考；同樣的，美學養成來自民謠的Bob Dylan頂多是挪用節奏藍調的典型主奏樣式（他對於電貝斯的運用有時比電吉他更耐人尋味）。他們對於新媒材的使用，嚴格地說，恐怕更多出於象徵、姿態的需要，或處理群眾關係的政治考量。因此，真要探討Bob Dylan與傳統民謠美學的離異，電吉他並非重點，就像左派劇作家布萊希特在答覆關於他的作品是不是現實主義文學的爭論時所說的：「文學形式，必須去問現實，而不是去問美學，也不是去問現實主義美學。人們能夠採用多種方式埋沒真理，也能夠採用多種方式說出真理。我們根據鬥爭的需要，來制定我們的美學，像制定道德觀念一樣。」

從首張專輯開始，Bob Dylan就與民謠傳統隱約分道了。

一九六二年三月，未滿二十一歲的Bob Dylan發表了同名專輯。從他後來的自傳及相關的紀錄片（如Martin Scorsese於二〇〇五年發表的《No Direction Home》），我們知道他自六一年一月遷移至紐約之後造訪了晚年的Woody Guthrie，並從各種酒肆、咖啡館的現場演唱以及朋友的收藏中，大量聆聽、吸收各種民謠、藍調及鄉村音樂，像塊沒有飽和點的海綿。因此重點不再是他聽了什麼樣的音樂，而是其中有哪些音樂對處於發展期的Bob Dylan影響重大？

聽這張同名專輯，整體調性偏冷、略帶疏離感，以及Woody Guthrie的影響，可能是最先的印象。有兩首曲子（〈Talkin' New York〉及〈Songto Woody〉）挪用Woody Guthrie唱過的調子（當然他也是從別處借來的），練習民謠演繹手法，並藉之向三、四〇年代的左派民謠以及以Woody Guthrie為代表的那一代歌手致敬，往後Bob Dylan也將以左派的世界觀，延續英美系民謠自工業革命以來支持工會運動並為之發聲的進步傳統。然而，這張作品最顯著的臨摹對象並非左翼白人民謠，而是黑人藍調，更確切地說，是黑人的鄉村藍調。

就音樂性質而言，「鄉村藍調」這個詞有點混淆，事實上它指的是「離開鄉村後發展出來的藍調」，是美國南北戰爭結束，南方黑人離農離土至北方工業都市後所演化出來的新藍調樂風。以後來蔚為主流的風格往前看，離開鄉村前的藍調（以勞動歌為主）倒比較接近民謠。跟其他地區、民族一樣，南方黑人勞動歌的結構特徵是呼喚與響應（Call and Respond）。

但離開群體化生活的農場環境，到了原子化的工商社會，這種「呼喚與響應」的音樂結構從自我與他者的對應與連結作用中內向化，轉變為黑人歌者的自我呼應與對話，藉以訴說離異、受斥、受傷、自我放逐與浪跡天涯的個人遭遇。在現代都市的情境中，這種演唱方式呈顯出強烈的社會邊緣感與文學性。

這張專輯的十三首歌曲中，有七首來自黑人，其中又大多屬於鄉村藍調，而且有三首主題是面對孤寂與死亡。來自明尼蘇達州鄉下的 Bob Dylan 在紐約，在生活情緒上應該能體會都市黑人的邊緣感，以及由之來的文化形貌，而 Woody Guthrie 的三、四〇年代民謠之觸及他的，更多是在思想層面。這樣的推想或許可以部分解釋Bob Dylan為何對鄉村藍調傾心，以及演唱調性偏向疏離。影響所及，專輯中的兩首白人民謠〈The House of the Rising Sun〉及〈Man of Constant Sorrow〉也表現出前所未有的冷靜憤怒與炎涼。

五、六〇年代的白人歌手與樂團之模仿（從黑人的角度來看，或說是盜用）黑人音樂，絕大多數僅止於姿態、唱腔與樣式，少數能深探至方法論層次而使作品有較強的文化續航力者，如Elvis Presley與The Beatles，多採用融合主義的做法。他們一方面運用黑人音樂的節奏優勢與演繹、渲染情緒的聲樂方法，以解放年輕白人的身體，另一方面取用自身的音樂傳統如民謠、福音歌與古典等等，以創作傳遞訊息的旋律形式。

Bob Dylan似乎沒有取悅群眾的企圖，也沒運用已被開發出的融合手法。他的電吉他作品甚至是節奏藍調的噪音化，在當時是非常前衛的舉措。從第一張專輯開始，Bob Dylan就顯示出他對黑人音樂的看法並不僅止於節奏與聲樂式樣。他辨識藍調音樂的疏離特性，並以此展出新的創作手法，正是——我想，他之所以偉大的方法論基礎。

## 三

表面上，傳統民謠是一種高度形式化的人民情感表達。高度形式化，是因為一首流傳的民謠由數代人經年累月的演繹，自然成就出最能與人民呼息的美學構架，或枝生出更細緻的另類形式。民謠的奇妙之處在於，它不因傳唱者眾及源遠流長而落於平庸。相反的，它往往愈漸深刻，長出一種詩人木心所謂的「骨子不俗而表面俗」的大雅。這大雅的表現，可能是透析人性與世俗的文學性，可能是為禁閉的思想所洞開的一扇窗，可能是解放情慾的身體節奏，甚至——在一些具有特殊天分的創作者聽來，還可能是藝術上歷久彌新的前衛性。

黑人音樂對於美國白人流行音樂的影響顯現於一九五〇年代中。剛開始是愈來愈多的白人青少年著迷於節奏藍調；他們不僅越過黑白界限，還形成分眾市場。再來是唱片公司注意到節奏藍調的商業潛力，在一大堆模仿者中物色煽動性強的歌手，於是冒出了Elvis Presley、Carl Perkins、Jerry Lee Lewis等早期白人搖滾樂翹楚。他們戲仿黑人歌手的唱腔與肢體表演，輕易解放了白人青少年的身體。到了六〇年代初，以The Beatles、The Rolling Stones為首的英國樂團，出口轉進口地把英式節奏藍調輸回原產地。英國年輕人沒有美國黑白族群、階級關係的尷尬，他們更深刻而自然地流露出對黑人音樂家的內在崇羨。因此，他們對黑人音樂不僅止於皮相的模仿，而是上升到了臨摹的境地，而後者乃是較具主體性的內外對話過程，內蘊更強的文化創造力。直至七〇年代的Led Zeppelin，英國樂團幾乎主導了節奏藍調搖滾樂的形式發展。

然而，六〇年代初的Bob Dylan從黑人音樂汲取養分的方法，皆不同於上述二者。他上溯節奏藍調的社會與音樂根源，從左翼民謠與現代文學的觀點，對黑人鄉村藍調進行理解。在藍調中，他抓到疏離性的三個社會主題——反抗、漂泊與邊緣，乾坤大挪移地轉化為弱勢者的心理處境，以此奠定他自身民謠創作的敘事主體與批判立場。但是——耐人尋味的，論及Bob Dylan音樂中的疏離性，其方法不完全來自藍調。

第一張專輯之後，Bob Dylan在短短三年內驚人地發表了四張專輯（《The Freewheelin' Bob Dylan》、《The Times They Are a-Changin'》、《Another Side of Bob Dylan》以及《Bring It All Back Home》），激進地將藍調的疏離特性發展為更完整的美學方法，既超越性地回應當時社會運動與民謠復興運動的期待，又宣示了自身的藝術主體性，且不管是在形式、內容或意識形態的處理上，都將美國民謠推上了前所未有的境界。較諸六〇年代以前的左派民謠（包括更早的，英國工業革命時期的工會運動民謠），這四張專輯造成了幾個劃時代的分野。

第一，他高凸了民謠創作與演唱的作者論地位，背離了左派民謠中強調與人民合音合調的民粹主義；第二，他脫離了民謠傳統中的兩個基本美學：田園式的快樂主義與高貴的憂傷主義；第三，在疏離美學的作用下，他的批判性作品把左派場域中等待啟蒙與感召的被動性群眾，易轉為冷靜的辯證思考者；第四，他超越了美國民謠的地域性與本位主義，將其觀照拉大至國際主義的視野（歌如〈North Country Blues〉），將批判的高度提升至基督教文明（歌如〈With God on Our Side〉）。當然，再證諸一九六五年八月出版的《Highway 61 Revisited》專輯，Bob Dylan 吸收、回應現代主義文學的能力，已遠遠超出任何流行音樂的範疇。這些分野，不僅使得 Bob Dylan 的民謠作品具備與現代社會深刻對話的「當代性」，甚至放在後來的時代中，都深具歷久彌新的「前衛性」。

說 Bob Dylan 是百年一遇的天才，殆無疑義。但單憑當時美國藍調與民謠的美學元素（好吧，再加上五〇年代末的敲打文學；雖然 Bob Dylan 與敲打詩人 Allen Ginsberg 更多是同儕關係），就能在短短幾年內質量俱變，恐非易事。多年之後，根據當事者的傳記資料，大家才知道，一九六三年五月發行的《The Freewheelin' Bob Dylan》專輯封面上的那位迷人女孩 Suze Rotolo（1943–2011），原來不是追星族花瓶，而是有著深刻共產主義思想訓練與左翼文藝涵養的進步女性。從一九六一年七月認識到六四年分手為止的這段期間，Suze Rotolo 為 Bob Dylan 導讀了當時的局勢，還為他引介了布萊希特的戲劇創作與論點。

通過 Woody Guthrie 的影響，左派的關懷立場對 Bob Dylan 而言並不陌生，但 Woody Guthrie 在三、四〇年代的美國共產主義運動中屬於外圍，並非如第一線的工作者那般有著完整的認識論訓練。較有體系的左翼世界觀應是通過 Suze Rotolo 的帶領與討論，而在 Bob Dylan 的眼界成形。然而，從創作的角度來看，太過發達或尖銳的意識形態往往無益於作品的對話性，除非創作者同時能發展出與之相稱的形式方法，否則作品容易乾燥、淪為教條。此時期的優秀作品，如〈The Times They Are a-Changin'〉、〈A Hard Rain's a-Gonna Fall〉、〈Ballad of Hollis Brown〉、〈The Lonesome Death of Hattie〉、〈Chimes of Freedom〉、〈Gates of Eden〉等等，不僅內容上是極為複雜的社會敘事與歷史、政治議題，所提出的形式又能平衡各種藝術向度的要求。如 Bob Dylan 後來在他的自傳裡所坦承，他在紐約的前衛劇場受到了布萊希特的撞擊，對他此時期的美學產生重大的方法論影響。

布萊希特的疏離美學首先面對的是劇場與觀眾的關係，他這麼說明：「河流是治理的對象，果樹是嫁接的對象，從一個地方到另一個地方的運動啟發了人們設計汽車和飛機，社會是改造的對象。我們為了治河工人、果農、交通工具設計師和社會變革者而在舞臺上反映人類的共同生活。我們邀請他們到劇院裡來，並請求他們在看戲的時候不要忘了他們的工作興致。這樣我們就能把世界交給他們的大腦和雙手，讓他們按照他們的心願去改造世界。」

也就是說，布萊希特要求觀眾與劇場之間是疏離的關係，而非像亞里斯多德式或莎士比亞式的劇場，觀眾被吸入情節，等待情緒淘洗，忘掉自我在社會中的角色。為達到疏離的效果，布萊希特運用各種「反涉入」、「反洗滌」的手法，就像自由派爵士（Free Jazz）樂手反旋律中心的演奏方法，提醒觀眾不要陷入演員的情緒，因而停止自身作為積極行動者的思考。布萊希特與作曲家Kurt Weill一九二八年合作的《三便士歌劇》，運用德國的酒館音樂與美國早期的爵士樂，創造出一種既通俗又邊緣、既親切又疏遠的音樂風格。與Suze Rotolo熱戀期間，Bob Dylan看了此劇，坦承深受影響。

Bob Dylan在六三年以後的創作有多大程度來自於疏離美學的轉化，恐怕還需要更多的研究。他如何以布萊希特的疏離美學銜接其對藍調的琢磨，並以之發展創作與演唱方法，也許是六〇年代的民謠運動史上仍待釐清與理論化的課題。

布萊希特的創作與理論在一九三〇年代的歐洲左派文藝陣營中，激起了廣泛的表現主義之爭，深化了現實主義的現代性討論，而六〇年代的美國民謠界只計較了電吉他的正當性，沒能在哲學與方法論的層面上探究現代民謠的發展問題，後見之明地看來，不無遺憾。

# Leonard Cohen的 i

## 悼念文

二〇一六年十一月七日午後，多年的音樂夥伴鍾適芳把加拿大小說家／詩人／民謠唱作歌手Leonard Cohen的死訊傳至我的手機，並附了幾句話，感嘆時代消逝。九〇年代末我們認識時，她沒那麼在乎Bob Dylan，我對The Beatles沒那麼著迷，Cohen的音樂是我們珍惜的交集，到了重要的合作階段，又是創作的測度。我瞄了一眼，嘆口氣，內心震動。我應該要立即走出任何現場，讓哀傷泌竄，最好包住全身，退回成蛹，永遠不要羽化。

但沒有時間緬懷。當時的我正繃緊全副神經，端坐臺北市議會議場，一遍又一遍複習熱門議題的模擬問答，等著隨時被叫上臺拷問；那天距離我從市政府客家委員會被調去文化局工作不到兩個禮拜。快速聽完各科的業務簡報，粗淺理解局內的編制與職掌，接著遭遇年底的議會總質詢。無論預算規模、員額或業務量，這個單位比我先前待過的任何公務機構大上幾十倍，更不用提相應的輿論關注度；量變帶質變，總而使既有的工作經驗與做事方法難以招架。中場休息時，新聞聯絡人提醒我回一位記者的電話，結果是一位網路文學雜誌的編輯邀我寫Leonard Cohen的悼念文。謝謝邀請，但不可能啦！我斷然拒絕，就算沒有現在的工作狀況，以老先生作品的複雜冗長，不蹲個幾十天，怎麼寫得出像樣的文章？

回到議場，幾位年輕議員聯合質詢。他們料準我業務不熟，半是誘引半是羞辱地促我擔下前幾任局長認為非屬本局權責的業務，或以高八度的聲量請我評論市長選前的文化資產保存承諾，或尖銳地嘲諷文創園區在租稅機制與產業扶持間何能取得平衡？或質疑街頭藝人考照的評分標準。若非某種變動中的政治重力場使他們的態度誇張，扭曲了政策語意及初心，這些具有公共熱情的議員所提出的理解與主張基本上乃由理想與善意出發——我天真地想，原應形成良好的政策討論。

那天傍晚總質詢結束後，我跑去宿舍附近的酒攤啜飲挫辱的情緒。我不能抱怨什麼，工作是我自己答應要接的，風險自負，不是嗎？現在的處境不正是美濃俗諺所謂的「敢就一擔柴，不敢就家裡愁」？自己不是說過人生就該放任偶然性因素與必然性結構自由交談嗎？幾杯酒順喉而下，心境稍稍舒緩。面對巨大而複雜的挑戰，想我首先得改變理解現實的方式，甚至必須修練心法，將自我小寫——而非放大，方能自在穿越現實的細縫。內在的聲音交談、交雜之際，像一根竹竿深插入池塘後底泥冒出氣泡般，Cohen的中頻慢板吟唱起升：

Like a bird on the wire 像電線上的一隻鳥
Like a drunk in a midnight choir 像午夜哼歌的醉漢
I have tried in my way to be free 我向來用我的方法追尋自由

——〈Bird on the Wire〉（電線上的鳥）

童年記憶浮現，我開心望見三合院外通往山下人家的路沿電線上，兩排錯落的燕子嘁嘁喳喳地歡呼其下左斜右傾、即興哼曲、天天喝卯時[1]的阿進堂哥。他的形象這時竟然變成了不忌人言、自我野放、隨波逐樂的吟遊詩人，而非村裡人見人嫌、一無是處的酒鬼。我突然領會，原來Cohen的自我影像既無早期Bob Dylan那般高踞歷史與社會高度的批判性，也不若Bruce Springsteen由藍領階級為根據而發出的叛逆性吶喊；年輕時無論從事社會運動及文字創作，我是多麼受這兩種自我影像驅動啊！我打開手機，回了幾句話給適芳，之後深呼吸，致電那位網路媒體編輯，問他悼念文最慢何時交稿。一週可以嗎？他驚喜地回答。

三天後我即交給他一篇標題為〈窩囊的自由〉的稿子，文中最末兩段這麼寫道：

曾經你夾在市中心的大庭廣眾聽 bob dylan。他教你不要一味跟隨領導，注意停車費！他示範小寫的 i；而你知道不管正英雄反英雄假英雄，他橫豎都是英雄。你知道那個 i 不管再小都高過巴黎鐵塔、都大過柏林布蘭登堡門；你知道那個 i 不管逃到哪裡終究要被抓來丈量大寫的歷史。

但不管如常無常你總面臨複變綿延的窩囊，你終要學會的，不僅是把自我小寫，還有附身對象的自由——從金屬到塑膠到樹枝、從拋光到霧面到自然氧化，如同走進一間工程材料行。帶著這樣的自由——窩囊的自由或自由的窩囊，你或將聽見從廣場邊繁華落盡的巷子裡傳出的 leonard cohen，他那情熱熵數放盡、始終跟不上人世變化與三十三又三分之一轉速的中低音呢喃。那聲音招神引魄，你因而轉身、屈體，穿越人群的縫隙——像地下水滲透砂土，掠過無數的自我中心、二元論偏執與未來主義妄想，你的靈魂或能搓掉因果輪迴的外殼，獲致一種搖滾樂式的涅槃。啊，謝謝你，Leonard Cohen。

## Bob Dylan 的 i

美國白人民謠／搖滾樂史上，第一張反省作者自我性質的專輯可能是Bob Dylan於一九六四年八月發表的第四張專輯《Another Side of Bob Dylan》。在A面第一首歌〈All I Really Want to Do〉中，作為知識分子異性戀者的白人歌手開宗明義，娓娓申明他之拒絕成為壟斷式關係中的恐怖情人。若不聽、不連繫B面第二首告別抗議民謠與現實主義寫作方法的〈My Back Pages〉，而只把歌者以撫慰口吻傾訴的對象認作是異性戀中通常弱勢、壓抑、感情容易受傷的女性，這首形式與內容充滿辯證張力的傑作也已是罕見的反情歌。〈My Back Pages〉試圖翻過的昨日之頁，是Bob Dylan前兩張專輯——《The Freewheelin' Bob Dylan》與《The Times They Are a-Changin'》之中，那一連串贏得老左派與年輕運動世代賞識的抗議與批判性名作。

〈My Back Pages〉歌詞第一段所反省的那個「怒張的眉毛底下傲驕」（Proud'neath heated brow）的自我影像，正是《The Times They Are a-Changin'》專輯的封面上，那個眼神冷峻睥睨、高仰角拍攝的Bob Dylan肖像。他對這個自我影像是如此深惡痛絕，所以到了專輯末尾，還補一首要人走開的〈It Ain't Me Babe〉（親愛的，這不是我）：

Go away from my window 閃開我的窗戶
Leave at your own chosen speed 以你選擇的速度離去
I'm not the one you want, babe 我非你所要，寶貝
I'm not the one you need 我非你所需

Bob Dylan對於自己受引頸翹望為批判體制、改造社會的領導者所感到的厭煩，殆已到頂。這種情緒甚至延伸到封套背面——上面印滿了一首全是小寫字母的長詩，第一人稱也小寫成 i。整首詩晦澀難懂，預告了他面向現代主義文學的創作轉變。但勉強讀之，仍可接收到作者對於自我被廣眾大寫的疲累、賭氣與反感等情緒，以致於他想縮小自我。

縱觀Bob Dylan創作史，這個內縮、反動的 i 只是他跨出議題性寫作，轉向現代主義文學創作的一個暫時性過渡。這張專輯之後，Bob Dylan以驚人的速率連續創作幾張偉大專輯，其中的詞作足以與T.S. Elliot、Allen Ginsberg等現代主義大詩人比肩。他的自我迅速回漲成不同性質的大 I，在性別關係上仍不脫異性戀白人男性的觀點，有時甚至透露濃厚的厭女情結。

在頭角崢嶸的六〇年代搖滾樂界，最早對鑲金包銀的 I 現象提出嘲諷的，可能是 Leonard Cohen。在一九六九年的專輯《Songs from a Room》中，他如此唱道：

A bunch of lonesome and very quarrelsome heroes　一群寂寞又愛鬥嘴的英雄
were smoking out along the open road　在前不著村後不著店的公路上抽著菸
the night was very dark and thick between them　在他們之間夜是如此濃重
each man beneath his ordinary load　每個人的負擔尋常
"I'd like to tell my story,"「我想說說我的故事」
said one of them so young and bold　年輕又勇敢的其中一人說道
"I'd like to tell my story,「我想說說我的故事
before I turn into gold."　在我鍍金之前」

——〈A Bunch of Lonesome Heroes〉（一群寂寞的英雄）

## Leonard Cohen 的 i

民謠／搖滾音樂史上，真正有認識論意義的 i，得等到一九六七年，小說家／詩

人Leonard Cohen決定踏進錄音室。以初試啼聲之作《Songs of Leonard Cohen》（李歐納科恩之歌）及後來的一系列專輯，他展示了三種把I小寫的方法：一是以上仰的視角尊崇女性並以之為流浪、對話的座標原點；二是直面當代社會中淪墜、破碎的神與信仰，並依其裂縫中漏下的幽微光線，照見人性與勇氣；三是試與邊緣、弱勢甚至無助的客體，換位觀察、詩想。

但Leonard Cohen不是像無數搖滾男孩所仰慕的Chuck Berry或Elvis Presley那樣，以立即的性挑動作為表演方法核心的搖滾樂巨星，且他出場不僅太老，也太遲。一九六七年底，「高齡」三十三歲的他終於熬出首張專輯時，年紀小他六歲多的Bob Dylan在創作上已近中年，正面臨轉型的尷尬。六〇年代初冒出頭的樂團The Beatles已享盡無數白人少女的瘋狂尖叫，他們與另一個英國搖滾樂團The Rolling Stones聯手將更多元的情感敘事與編曲手法注入節奏藍調，使搖滾樂更具當代性。美國本土的節奏藍調吉他手／歌手Jimi Hendrix超乎想像地炫技化主奏電吉他，使搖滾樂朝向一種當代實驗音樂。Brian Wilson領導的Beach Boys技藝卓絕地融合流行、爵士、異國情調、古典與前衛音樂，讓原本充滿青少年腎上腺素的衝浪音樂飛上玄天。前衛藝術家安迪・沃荷（Andy Warhol）以策展概念籌組的The Velvet Underground樂團更極端，他們用激進的噪音與不協調音，徹底埋葬搖滾樂的節奏藍調基礎以及幾乎它所有的前現代遺留。無論是何種形式風格的實驗或演進，自我主義與表現主義皆正狂飆，擴大搖滾樂的市場，並驅動風格的演化。

當時的樂評與樂迷被各種形式實驗撞得目不暇給、昏頭轉向之際，這張叫作《Songs of Leonard Cohen》的專輯可能顯得老態龍鐘、不合時宜，但是它蘊含了非常不同的創作自我與世界觀。一九七〇年代中之後，街頭煙硝淡定，性別平等逐漸從文化共識進入美學表達，陰性氣質不再受到壓抑，這張乍聽謙遜平和的專輯輻射出的內向魅力始滲入新一代音樂人的創作自我，對後來的搖滾樂與民謠產生滴水穿石的影響，遠非一九六二年的 Bob Dylan 同名首張專輯所能及。

A面第一首〈Suzanne〉（蘇珊）聲響平淡，但出手不俗：Cohen 讓兩個貫穿於其後創作生涯的母題——啟靈的女性與破碎的信仰，詩意高超地出場。首先他以略帶仰角的崇羡視線所描繪出的女性，不再是常見於藍調、搖滾樂中那種困頓於占有慾與妒恨圍牆內的慾望客體。Suzanne 智慧、神祕、灑脫又寬容，有著鮮活的主體形象：

Suzanne takes you down to her place near the river 蘇珊帶你到河畔她的地方
You can hear the boats go by 你可以聽到船駛過

You can spend the night beside her 你可以在她身旁度過長夜
And you know that she's half-crazy 而你知道她有些瘋狂
But that's why you want to be there 但那正是你上那兒的原因
And she feeds you tea and oranges 她餵你喝茶吃橘子
That come all the way from China 它們從中國遠道而來
And just when you mean to tell her 而正當你想認真告訴她
That you have no love to give her 你對她一無所愛
Then she gets you on her wavelength 她就把你調上她的頻道
And she lets the river answer 並讓河流回答一切

Cohen繼而以憐憫的俯角觀察信仰破碎後墜入凡間、如水手般遊走人世的耶穌，他如何不完美且與人類的情慾同沉淪：

And Jesus was a sailor 而耶穌即水手
When he walked upon the water 當他行於水上

And he spent a long time watching　他竟夜張望
From his lonely wooden tower　從他的寂寞木塔
And when he knew for certain　而他確知
Only drowning men could see him　唯溺水者可看見他
He said "All men will be sailors then　他說「那麼所有的人都會是水手
Until the sea shall free them"　直到海放過他們」
But he himself was broken　而他自己已然破碎
Long before the sky would open　遠在天空洞開之前
Forsaken, almost human　他被遺棄，幾與人無異
He sank beneath your wisdom like a stone　像石頭沉於你的智慧之下

此後他發表多首歌曲，敘述他如何以勇氣面對信仰或存在狀態的破裂，直到他生平的最後一張專輯《You Want It Darker》的最後一段歌詞，他仍在與之辯證：「We were broken then, but now we're borderline」（那時我們破碎不全，但現在我們是邊界）。一九八四年底，他發表的第七張專輯《Various Positions》在編曲上脫離沉緩的民謠風，

倚重電子合成器，創造出輕盈的流行感，市場及樂評反應均頗佳。音樂如此大轉向，但他仍對抗著人的信仰破裂，如這首後來廣被翻唱的名曲〈Hallelujah〉（讚美主）：

You say I took the name in vain 你說我徒具虛名
I don't even know the name 我甚至未知其名
But if I did, well really, what's it to you? 但若我知，那麼，於你又如何？
There's a blaze of light in every word 每個字皆有靈光
It doesn't matter which you heard 你聽到的是神聖還是破碎的哈利路亞
The holy or the broken Hallelujah 已無所謂
I did my best, it wasn't much 我盡了力，但棉薄
I couldn't feel, so I tried to touch 我無所感，所以我摸看看
I've told the truth, I didn't come to fool you 我所說屬實，非用以愚弄你
And even though 即便
It all went wrong 一逕失誤
I'll stand before the Lord of Song 我將站在歌曲之主面前

With nothing on my tongue but Hallelujah　嘴上唯有讚美主

到了晚年，Cohen終於從中悟出光明之道，並在一九九二年的第九張專輯《The Future》中記下後來他普受世人引述的頓悟：

Ring the bells that still can ring　敲那還能響的鐘
Forget your perfect offering　忘了你的完美奉獻
There is a crack in everything　萬物皆有裂縫
That's how the light gets in　光就是這麼照進來

——〈Anthem〉（讚歌）

回到首張專輯的第一首歌〈Suzanne〉。這首第二人稱敘事的歌曲，其巧妙之處是Cohen藉由Suzanne與耶穌的相互置換，將情慾與信仰疊合。

And you want to travel with her（him）　而你想要與她（他）旅行

And you want to travel blind 你要盲目漫遊
And you know that you can trust her（him）你知道你可以信任她（他）
For she's（he's）touched your perfect body with her（his）mind
因為她（他）的心思已觸摸了你的完美軀體

## Off America 美國之外

這首歌之後是一則又一則關於流浪、途中相遇與領悟的故事。六〇年代是嬉皮青年的流浪年代，「公路漂泊」是搖滾樂文學的重要母題，敘事風格則主要受黑人藍調與五〇年代敲打的一代流浪文學——著名者如凱魯亞克（Jack Kerouac）小說《在路上》（*On the Road*）——的形塑。然而Cohen並不在這個社會與文學的脈絡裡，他在早期的音樂專輯中展露了源遠流長的猶太民謠、歐洲現代文學——尤其是卡夫卡與羅卡（Federico García Lorca），以及二戰期間歷經集中營大屠殺後猶太詩人傷痛的離散文學對他的影響。

〈One Of Us Cannot Be Wrong〉（我們之一不會錯），幾乎是卡夫卡風格的極短篇小說：

I heard of a saint who had loved you　我聽說某聖人愛過你
so I studied all night in his school　所以我在他學校徹夜研究
He taught that the duty of lovers　他教導的愛人責任
is to tarnish the golden rule　就是讓黃金法則褪色
And just when I was sure that his teachings were pure　正當我確信他教誨純粹時
he drowned himself in the pool　他把自己淹死在池裡
His body is gone but back here on the lawn　他的身體不見了但他的靈魂
his spirit continues to drool　回到草地上繼續胡謅

他之醉心於羅卡，則由第二張專輯《Songs from A Room》中的名曲〈Bird on the Wire〉可見一斑：

Like a bird on the wire　像電線上的一隻鳥
Like a drunk in a midnight choir　像午夜哼歌的醉漢
I have tried in my way to be free　我向來用我的方法追尋自由

Like a worm on a hook 像魚鉤上的蟲餌
like a knight from some old fashioned book 像一位來自過時書本的騎士
I have saved all my ribbons for thee 我已為你保留了我所有的勳帶
Like a baby, stillborn 像個嬰兒，胎死腹中
like a beast with his horn 像隻帶角的野獸
I have torn everyone who reached out for me 每位向我伸出援手者受盡我折磨

早夭是羅卡詩作的重要主題：他常以少年的溺斃、自殺或意外等驚悚的死亡意象切入，簡筆描繪悲劇的日常風景，創造出片斷感及未知性均極為突兀的神祕詩意。另一個令人著迷的特點，是羅卡總能在乍看荒謬的並陳意象間勾勒具有內在邏輯性的連繫。〈Bird on the Wire〉的魅力所在，許是Cohen藉由羅卡式詩學，在棲止於電線的鳥、午夜踉蹌哼歌的醉漢與自由的追尋三者間，牽扯出看似勉強但確有內在邏輯的聯想。

關於納粹大屠殺對文學的影響，德國哲學家阿多諾（Theodore W. Adorno）嘗言：「Nach Auschwitz ein Gedicht zu schreiben, ist barbarisch.」（在奧許維茲之後，寫詩是野蠻的），這個論斷恐怕僅適用於以道德良心自許的西歐白人文化界。猶太族群經歷二戰期

間數十個集中營——規模最大者在波蘭奧許維茲——的種族清洗後產生了眾多深具文學性及哲學性的悲慟詩作，以策蘭（Paul Celan, 1920–1970）及奈麗・沙克絲（Nelly Sachs, 1891–1970）兩位詩人為代表。前者批判上帝的冷漠與縱容，譬如選自《無人的玫瑰》（*Die Niemandsrose*）詩集中〈那裡曾是容納他們的大地〉描寫一群被迫為自己挖掘集體掩埋坑的猶太人：

他們挖了又挖，以此打發
他們的日，他們的夜
而他們讚美的，不是上帝
這位上帝，他們聽說，巴望這一切
這位上帝，他們聽說，知悉這一切

縈繞著Cohen一生的創作意念——神及信仰的破碎，恐得溯源至上帝在猶太民族浩劫中的缺席或失職，及其對猶太當代詩學的深刻影響，而不僅僅——如樂評界的一般見解，連繫於現代化社會中宗教的式微、Cohen對人世的悲觀或長期憂鬱症的糾纏。

另一代戰後猶太代表性詩人沙克絲則以悲心入懷、化身為各種遇難的靈魂，放眼未來的族群團聚與文化精神重建，或近或遠地呼應猶太復國運動，並自猶太人的宗教、歷史與神話的傳統中取擷象徵的資源，試圖「在劇痛的赤道種下百合」，癒合傷痕：

哦，我的孩子們
死亡已奔跑過你們的心
像穿越一座葡萄園——
把以色列漆紅在世界的每一座城牆上。

仍駐留在我沙內的
渺小的神聖將有何結局？
死者的聲音
透過隱蔽的蘆笛訴說。

把復仇的武器置於田野

讓它們變得溫柔——
因為在大地的子宮裡
即使鐵器和穀物也屬同類——

——〈聖地的聲音〉[2]

戰後猶太詩學如何對Cohen產生影響，以及他如何設身處地，感受上一代人經歷的浩劫及其對精神、意識的撕扯，可由〈Stories of the Street〉（街上的故事）這首歌略知一二：

The stories of the street are mine, the Spanish voices laugh
街上的故事是我的，西班牙人的聲音在笑
The Cadillacs go creeping now through the night and the poison gas
凱迪拉克爬行，穿越夜晚與毒氣
and I lean from my window sill in this old hotel I chose
而我倚靠在我入住的老旅店窗臺

yes one hand on my suicide, one hand on the rose
是的，一邊是自殺，一邊是玫瑰
I know you've heard it's over now and war must surely come
我知道你聽說已無轉圜戰爭必來
the cities they are broke in half and the middle men are gone
城市分裂成兩邊，中間人都走了
But let me ask you one more time, O children of the dusk
但讓我再一次問你，哦！黃昏之子
All these hunters who are shrieking now oh do they speak for us ?
所有這些正在尖叫的獵人，哦！他們替我們說話嗎？

戰後猶太詩人常用毒氣、死亡、戰爭、黃昏、玫瑰等意象，組織詩篇。策蘭關於奧許維茲集中營大屠殺的系列詩作，尤其是一九四七年發表的著名詩作〈死亡賦格〉（Todesfuge），描述關押於集中營裡的猶太人被命令演奏音樂的情事，多年後在Cohen的一九八四年作品〈Dance Me to the End of Love〉（出自《Various Positions》專輯）仍激楚地迴盪：

Dance me to your beauty with a burning violin
帶我舞向你的美麗，伴一支燃燒的小提琴
Dance me through the panic till I'm gathered safely in
帶我舞過恐慌，直到我安頓身心
Touch me with your naked hand or touch me with your glove
觸碰我，以你赤裸的手，或是戴上手套
Dance me to the end of love
帶我舞向愛的盡頭[3]

〈Stories of the Street〉歌中，Cohen的猶太族群認同與歷史意識絡繹於途。從歐洲集中營裡的毒氣室，到西奈半島的沙漠、加拿大蒙特婁的出生成長地，再到地鐵密如網的紐約，他始終與自己的複雜身世交織、相對眼：

With one hand on the hexagram and one hand on the girl
一手按著六芒星，一手握著女孩
I balance on a wishing well that all men call the world
我平衡於許願池，所有人稱之為世界
We are so small between the stars, so large against the sky
在星辰間我們如此渺小，襯著天空我們這般碩大
and lost among the subway crowds I try to catch your eye
迷失在地鐵人群中，我企圖引你注意

六芒星是猶太宗教和文化的標誌，又稱大衛星；復國運動者把它放在以色列國旗上，對於海內外猶太人而言，不啻認同的燈塔。一手放在大衛星上，另一手放姑娘身上；往後，在Cohen的精采創作中，他將不斷呈現，作為大我的宗教與族群認同，與作為小我的情慾與價值趨向之間，總是在交融、平衡或對話。同時間，他又能優雅地把「我」移出自身，附於弱勢的客體並與之共感，使自我他者化，以創造更有哲學性的觀看方式。〈Stories of the Street〉這首歌在Cohen創作歷程上的重要性，正在於指出他如何置放創作

中的自我：

And if by chance I wake at night and I ask you who I am
如果萬一我在夜晚驚醒並問你我是誰
O take me to the slaughterhouse, I will wait there with the lamb
噢，請帶我到屠宰場，我會和羔羊一起等在那兒

也就不意外，在另一首歌〈Winter Lady〉（冬日女士）中，Cohen亟願功能化自身，作為某位漂泊的女性暫時停駐的車站，根本顛覆了異性戀情歌的方法論核心，即以男性為尊、女性為不具思想主體性的情慾客體：

Trav'ling lady, stay awhile 旅行中的女士，歇會兒
until the night is over 等夜晚過去
I'm just a station on your way 我只是妳途中一站
I know I'm not your lover 我知道我非妳所愛

謙卑、溫柔、幽默、換位設想、去男性中心等等，自此成為專屬於Cohen情歌的特質，〈Famous Blue Raincoat〉（《Songs of Love and Hate》專輯）、〈Chelsea Hotel #2〉（《New Skin for The Old Ceremony》專輯）、〈I Am Your Man〉（《I Am Your Man》專輯）等作品因之雋永迷人。但這樣深刻悠遠的精神內涵如何能成就一張捱得過時間淘洗的音樂專輯？則必得探究Cohen的音樂走向、編曲手法及其與詞作的關係。首先是關於主奏電吉他的角色問題。

藍調風格的主奏電吉他是六〇年代搖滾樂的發展重心，無論表現為短旋律或長間奏，其聲響表情與異性戀少男由性征服上的渴慾、受挫或勝利等所衍生出的情緒遙相呼應；電吉他主義與異性戀男性中心論像是DNA的雙螺旋結構，是早期搖滾樂的演化核心。影響所及，連被奉為民謠天才的Bob Dylan也轉向搖滾電吉他，加上兩個與其緊密連繫的著名樂團——The Byrds、The Band推波助瀾，促使民謠搖滾（Folk Rock）揚長於六〇年代中期。到了六〇年代末，受到迷幻搖滾的影響，民謠搖滾甚至飄出濃濃的藥味。

從早期不外乎民謠傳統、以共鳴吉他為主，中期轉以電子合成器導向編曲，直到晚年死亡迫近時所有的器樂或置後於或圍繞著Cohen關於生命悲思的低沉嗓音，主奏電吉他在他的音樂中一向缺席。Cohen並非從不碰電吉他，例如在首張專輯的第二首歌

〈Master Song〉，他就用了電吉他。唯電吉他非以英雄之姿出現，而是稀遠地棲於主唱身側，點睛式地刷著和弦，隱喻了他對待男性中心論的態度。

Cohen與美國流行樂的本質性差異不僅於電吉他；他的音樂既非根植於美國的民謠與藍調傳統，也與當時的民謠搖滾風潮沾不上邊。表現在首張專輯的音樂配器上，專輯的十首歌曲中有高達七首使用了東歐的猶太民樂器、歐洲古典樂器以及中東樂器。歌曲的行進踏點仍在共鳴吉他，但襯搭以舒散且略帶情緒張力的器樂編織方式，乃造成風塵僕僕的行旅感、空間感，同時低調而柔韌地傳達某種歐亞特質，隱隱召喚了作為Cohen認同核心的族群流離歷史與文化遺產，也反映了他的猶太家族自東歐遷移至加拿大蒙特婁的社會文化背景，以及他早年浪跡希臘的經歷。在一九七九年的《Recent Songs》專輯，Cohen甚至借用十二、十三世紀的波斯詩人作品，以及中東的特色樂器烏德琴（Oud），以表現猶太人流離於歐亞大陸但不總是悲觀的過客感：

One by one, the guests arrive 一個接一個，過客到來
The guests are coming through 過客魚貫而入
The open-hearted many 心胸開闊者眾

The broken-hearted few　傷心欲絕者稀
And no one knows where the night is going　而無人知道夜走向何方
And no one knows why the wine is flowing　也無人知道酒為何滿溢

——〈The Guests〉（過客）

到了一九八四年的專輯《Various Positions》，Cohen音樂中的歐洲線索終於不再隱約。這時他全面擁抱時興的Europop，即歐洲流行音樂。一般而言，較諸美國同時期以R&B（節奏藍調）、Soul（靈魂樂）及Funk（放克）為基底的流行音樂，以輕快的電子合成器舞曲為風格的Europop，有著較鬆的情緒密度、更薄的個人主義以及更親的社群感。但在輕盈的音樂之上，是Cohen無比低沉、悲切的喉音，反而更有利於邀請聽者，一同探索生命與自我間的千絲萬縷。

注釋

1 卯時為早上五點到七點，此處意指從早晨就開始喝酒。

2 陳黎、張芬齡譯，出自《沙克絲詩集》（收於《諾貝爾文學獎全集》第四十一冊，臺北：遠景出版社，一九八三）。

3　馬世芳譯。

# 第四部　運動中的音樂

# 菊花如何夜行軍

## 寫自己運動的歌

二〇一三年中秋前收到第三版的交工樂隊專輯《我等就來唱山歌》（一九九九）與《菊花夜行軍》（二〇〇一），情緒糾雜。本以為就此絕版，頂多風化成記憶的腐植土，或許意外滋養幾位後生，也就夠了。樂團解散後，團員關係疏離，沒有人肯冒碰釘子的尷尬，出面談再版之事。直到風潮唱片的經理于蘇英來電，說她碰到許多朋友仍在找那兩張專輯，促使她願意試試。

搖滾樂團的內在矛盾在於，組團之初是公社式的人際氛圍與創作關係，一旦鬧出了名堂，卻得面對外界對團員的不均等關注，以及股份制的版權關係。團員的天分與努力程度本就有差異，但在公社時期不僅可截長補短，還能因此激盪出超出個人本事的化學作用。但現代流行音樂畢竟是在資本主義的社會關係與商業環境裡運作，社會對於集體創作成果的反饋與分配，不見得呼應團員間覺得適當的比例關係。更要命的，還加上當時大家都年輕，心理與社會成熟度並不足以權衡內外的壓力差，因而團員關係間的張力與時俱增，直至不堪。

蘇英曉以樂迷心聲，竟然讓失聯的團員一一簽具版權同意書。經過混音與美編調整後，新版的專輯無論聲音或封套美感，均勝從前。趁著即將圓滿的月，透夜重聽，樂音如河奔湧，拉動記憶的場景。收起唱片，往事如夏後的茏濃溪底，暴雨痕跡歷歷在目。

溽暑，用烤菸室改成的菸樓錄音室裡，貝斯手兼錄音師陳冠宇冷靜地把大家狂熱討論出的編曲與音場配置，一軌一軌地鋪疊開來，時不時加上他的神來之筆，在在讓我明白：錄音乃是創作，且面向是何等豐富。鼓手鍾成達大汗淋漓，絞盡心力，想把他那套中西合璧的複雜打擊範式在節奏上穩定下來。最輕鬆的是郭進財，當時他在高雄市立國樂團已是特級嗩吶手，他從錄音室出來，就只有版本選擇的問題。〈風神一二五〉的第二段間奏，他吹完次高音嗩吶，嫌不過癮，又要求吹高音嗩吶。冠宇把兩軌搭在一起，螢幕上呈現的起伏線條分毫不差，更暈出失魂落魄的迷幻效果，眾人目瞪口呆。

一九九四年春假，當土地公用一輛瀕臨脫臼的野狼一二五把林生祥載來時，我跟許多受過八〇年代臺灣黨外雜誌影響的年輕好事者一樣，滿腦子肖想著魯迅的小說、布萊希特式的劇場或珂勒惠支式的木刻板畫。一九九八年春的地方選舉，水庫贊成派全壘打，美濃的運動情勢急轉直下，我三番兩次跑去臺北淡水瓦窯坑，試圖說服生祥回鄉創作運動音樂，或許能弄出一顆文化原子彈。我亂掰了Bob Dylan、Bruce Springsteen、Billy Bragg與民謠復興運動、社會運動的淵源，又教條地敘說音樂生產方式與其社會意義的辯證關聯。生祥靜聽，偶就其中的關鍵字，要求釋疑。

我擱置習慣的左派語彙，動員所能想到的曲例，逼自己用白話解釋，同時止不住心虛：那些我從前輩聽來、從書中讀來的概念沒落地生過根，就這樣兜來兜去，何異於買辦？文化原子彈！說得很氣派，但如何起造？原料在哪裡？方法又是什麼？還有，歸根結底，設若造成了一張運動音樂專輯，又能在視聽大眾間產生什麼樣的對話效果？

關於後者，我的創作設想根據來源於兩處。其一是一九六〇、七〇年代，美國、巴西、法國、日本及西德等地進步民謠與社會運動之間相互激盪的關係。這種關係中有互為工具的屬性，亦即社會運動組織者運用民謠樂人的演唱，使思想的啟蒙與行動的召喚通過感官，內化為情緒，以產生更深刻的能量。而對於民謠樂人而言，社會運動既是創作的場景與靈感，亦是表演的舞臺與傳播的媒介。其二，就一九八〇年代之後的臺灣社會運動而言，音樂的角色始終不夠鮮明，現場所用的音樂多半是老左派的革命歌、閩南老民謠或翻唱自南韓的工運進行曲。如果我們把七〇年代「唱自己的歌」的訴求當一回事，也許，我們該以看待社會議題的嚴肅態度面對運動現場所用的音樂。「唱自己的歌」，或可延伸為「唱自己運動的歌」。

再來，關於原料與方法問題。既是運動音樂，它當然內含社會運動所反對或主張的價值觀與世界觀，以及參與者的故事。具有現代意義的勞工歌曲自誕生於英國工業革命時期的礦坑與紡織廠以來，社會運動音樂大抵如此。但在音樂方法上，自十八世紀末以來，向來有著一而為二的路線發展。

英國最早的工運歌曲是用現成的農村音樂填上新詞；第一代工人來自農村，用他們熟悉的曲調來吟詠集體的心聲與訴求，當然最能在既有的呼應基礎上產生教育宣傳作用。到了十九世紀，專業的詞曲創作者，如英格蘭泰恩賽德（Tyneside）煤礦區的Tommy Armstrong（1849–1919），將礦區的工人音樂推上另一個境界：在文學上他們更富詩意地涵括工人生活與鬥爭的各個面向，在音樂上他們不僅止於搬用現有農村音樂，而是在創造性地運用各式曲調的美學高度上創造新曲。他們的作品具有令人讚嘆的全面性，既適於工作與運動的集體現場，也宜於酒吧、市集及家庭等個人生活現場，集激勵、教育、解疲、娛樂及團聚等作用於一身。也因此，他們作品及方法的影響深遠，直至二十世紀初期美國工會運動中的工人音樂創作，以及六〇年代的民謠復興運動。

以我們擁有豐富的音樂與口語傳統，以及情勢上運動必須向外延伸，我想，應該向Tommy Armstrong學習，大膽地走第二條路，寫自己運動的歌。

## 夜行巴士

一九九八年六月，世界盃足球賽期間，我天天聽一群古巴老樂人復出的同名專輯《Buana Vista Social Club》。音樂很美妙，專輯的第一首歌〈Chan Chan〉透出滄桑的顛簸感，令我想起九三、九四年與美濃的老農民搭乘遊覽巴士，前往立法院陳情、抗議的歷程。當時，為了省下旅館費用，我們趁夜北上，清晨開進臺北市區後，利用中正紀念堂的廁所梳洗刷牙，簡單用餐後直趨立法院。這種行程對年輕人還好，睡一覺就到了。但對六十歲以上的老者，可就有點折騰了。我問過一位連兩年與我們行動的長輩，為何願意忍受如此勞累？他說，他一輩子做農，被國民黨政府哄騙了一輩子，這回水庫的議題，他不想再忍氣吞聲。

於是我想把這段故事寫成一首歌，從一位老農民的心情與目光，回顧他的農業生涯，並依此回顧，形成他的政策觀點。但這位年近七十、與我父親同年的農民會用什麼樣的語言結構述說這故事呢？他會用又粗又黑的俚諺表達憤怒，這是一定的。但我也沒忘記，父親那一輩以上的農民很完整地領受耕讀傳統的熏陶，對文字禮教充滿敬崇，再大的怨懟，也不會一路粗鄙到底的。那，又要如何表現美濃農民的文氣呢？

我想到「棟對」。棟對位於祖堂兩側，棟梁的正下方，記載家族的歷史，通常右聯講大陸的遷徙過程，左聯說來臺後的開基立業。我家祖堂的棟對，右聯是「世系溯河南始鍾離渡江南居白虎徙蕉陽基肇龜形族大徐溪謀燕翼」，意思是說我家這一系最早的祖居地在河南潁水，先祖鍾離渡過長江，住在一個叫白虎的地方，再遷至蕉嶺南麓，先在龜形村奠基，後在徐溪壯大族裔，並像燕子那般，謀求更佳的棲所。左聯「宗支傳嘉應寓嶺縣移臺島定美濃遷龍肚堂開河壩丁多潁水振鴻圖」，意思就簡單多了，指祖先從嘉應州蕉嶺縣徙往臺灣，定在美濃，又遷至龍肚，建祖堂於河壩寮，之後呢，我們潁水這一系，人丁興旺，有點出息。

入學前，祖父常抱我至祖堂，對著牆上文字指指點點。我當然不知所云，但他講故事的語氣、表情，以及從中透出的歷史意志，深印我心。從語句上看，這棟對的基本敘事構造是二—三，起始與轉折是二，陳述與收尾用三。這個構架提供了寫作；我把這位老農民的故事寫成〈夜行巴士〉。取此標題，也向陳映真先生的重要小說〈夜行貨車〉

致敬。

〈夜行巴士〉

（記一位老農的心情）

連夜趕路遊覽巴士它漸行漸北，
頭顱暈暈目珠愣愣我看著夜色。
烏雲食月一次又一次，
讓我想起那從前的從前。

苦做硬做田地大出產，
奈何愈種愈淒慘。
丁多地少兄弟爭出外，
留我這房養父母。

骨節痛淨力道衰弱時，

新事記多變舊事。

在都市食頭路的弟弟同我講：
什麼做水庫美濃就變作大金庫。
哀哉！我說後生，
你是憨狗想吃羊睪丸嗎？[1]
這些政府若當真有搞頭，
耕田人家早出頭了。
不用等到我現在六十出頭，
轉業太慢死太早。

東方翻白太陽一出萬條鞭，
臺北市的樓房挺挺撐著天。
想我這一輩子就快沒效了，
但這次我不想再窩囊。

今天我一定要去，
跟這么壽政府講：
水庫若做得，
屎也食得。

我把〈夜行巴士〉歌詞傳真給生祥。他打電話問音樂想法，我解說Buena Vista Social Club的曲子〈Chan Chan〉予我的導引過程。幾天後生祥隔著電話彈唱新曲；他的解讀與轉換能力讓我驚訝。那些字句竟能變成這麼厲害的音樂！我心裡嘖嘖稱奇。曲式定稿後，生祥接著編曲，我則繼續把鄉民在立法院前的心理歷程寫成另一首歌詞〈我等就來唱山歌〉。

## 立法院前唱山歌

當年北上的反水庫鄉親泰半是六十五歲左右的「末代農民」。他們在五〇年代初土地改革後接掌農務，接著在「以農養工」的現代化過程中受盡盤剝，如今後繼無人，所以被農業史研究者稱為末代農民。我們進行籌備工作時，根本不敢提抗議，只能訴諸溫和的「請願」。彼時情治單位的反應已不足懼，反而是擔心農民餘悸猶存，對集體行動卻步。

更早，一九八八年的五二〇農民運動前夕，美濃的菸農忿忿不平，欲北上抗議政府向美國開放菸酒市場，以換取支持加入GATT（General Agreement on Tariffs and Trade，關稅暨貿易總協定，WTO前身），這時官方的菸農組織「菸業改進社」放出風聲，說公賣局一定秋後算帳。報名者擔心菸草種植許可被取消，導致寒蟬效應，原本的廣泛響應瞬間瓦解，只餘零星的堅持者。運動以流血衝突及大逮捕收場，幾位打死不退的家鄉子弟英勇入獄。

五二〇農運的領導者來自突破黨禁、新近成立的民進黨，其運動訴求反映了自由化政策、農業運動與老農民處境之間的多方對話。「全面農保與全面眷保」是社會福利制度應對老農照顧的基本方案；「增加稻米保證價格與收購面積、肥料自由買賣」是被剝削農民的長久心聲；「廢止農會總幹事與農田水利會會長遴選」是反威權體制與突破國民黨基層控制的合力；「成立農業部」，表面上是提升農政位階，更核心的戰略設想應是要讓農業部門與工業部門平起平坐，終止農業擠壓的悲苦。

從後來的演變往回看，五二〇農運做出了重大貢獻，唯獨「農地自由買賣」這項訴求，對臺灣的三農（農民、農村、農業）環境衍生出難以逆轉的反噬作用。此訴求針對的，是《土地法》第三十條有關自耕農始可購買農地的身分限制。老農民希望農地自由買賣，當然是四十年以農養工的後果。一邊是農產品價格長期受壓抑，一邊是工商業發達，土地的農業產值先是低於工業產值，再來是它的生產價值又將遠低於交換價值。同時，老農民之所以有末代感，還在於家中其他成員在階級轉換的道路上已難以回首。因此，讓農地商品化、讓交易市場化，全然貼近老農民當下的處境與心思。

國際局勢是美國一手推動第三波民主化，另一手推動貿易自由化，國內形勢是從黨外到民進黨，在扳倒國民黨的大前提下，政治上的自由主義與經濟上的放任主義相互擁抱。而彼時大位瀕危的總統李登輝應也在此擁抱中，看見了與本土政治派系及新興社會力量結盟的契機。所以，翌年當財政部罕見地呼應無殼蝸牛運動的籲求，推出遏止房市炒作的實價課稅政策時，自由派學者一片質疑，立法委員朝野一致地反對，也就不意外了。

農村與都市土地大開炒作之門後，臺灣的政治如何繞著土地開發利益打轉，地方政府、議會及開發商三者如何相互為用，農地如何大量流失，農村的生態與人文地景如何落難，糧食安全如何岌岌可危，各朝執政者又如何一再放開國內農產品市場以換取工業出口……，都是老生常談的「現在史」了。

一九九三年四月十六日晚上十一時，幾部遊覽車載著美濃老農民，興致昂揚地從家鄉出發。一夜勞頓，第二天清晨到了立法院，他們顯露疲憊、卑屈怯生的神色。帶隊的組織者秀梅一看苗頭不對，趕緊集合大家講話。她說好不容易募集車資，來到臺北，等一下就這麼無精打采進到會議室，不僅前來聲援的專家學者與立法委員會覺得我們「沒氣頭」，聲勢不足，連那些要做水庫的官員也會認定我們軟腳。

秀梅非常機伶，她籲請會唱山歌的長輩站出來，圍成一大圈，並把俗稱大聲公的行動擴音器交到他們手上。很神奇的，第一個拿到的長輩沒有推託，大聲公隨即就傳出山歌子調，接著輪唱，愈唱愈悲切。我看見幾個攝影記者目眶泛紅地猛按快門。唱到尾聲，一位趕到的美濃仕紳，聲淚俱下地痛陳國民黨政府對農村的欺壓，整場的氣氛緊繃欲裂。秀梅接過大聲公，嘶啞地問大家，我們現在進去跟他們說，我們不要蓋水庫，好不好？眾聲應，好！

以此歷程入歌，是為首張專輯《我等就來唱山歌》的標題曲：

〈我等就來唱山歌〉

（記一九九三年立法院行動）

叔婆伯母父老兄弟
我等走出美濃山下
我等來到繁華無聊
沒勁沒趣的臺北
大街路上
過路人這麼多
沒有人要跟我等相借問
樓房這麼高，看不得出去
車子這麼多，看到人著驚

O.S.【通過大聲公】
鄉親，大馬路我等好好走
配棍的警察這麼多，不用怕！就當作自家子弟

立法院這麼尷尬，沒關係，就當作自家合院
來！我等就來唱山歌，好嗎
來！我等就來唱山歌
【眾聲應答】好！我們就來唱山歌

我等唱給它目珠晶晶
【眾聲應答】有！
我等唱給它心頭順順
【眾聲應答】有！
唱到高樓變青山
【眾聲應答】有！
唱到大路變河流
【眾聲應答】有！

試寫山歌

彼時立法院，國民黨席次過半，要有勝率，除須聯合各反對黨，還得爭取國民黨內較開明的立委。出發前的籌備會上，秀梅廣邀美濃各黨派代表人，向他們闡述反水庫說帖，請他們一到立法院，務必把各黨立委帶出來。所以，當我們提出地質與生態上不宜的科學論證，以及產業及水資源政策上不該的理由，也就得到經濟委員會的跨黨派支持。他們決議擱置預算，並要求主政單位重新評估。

跨黨派支持延續到一九九九年五月二十八日，立法院大會對美濃水庫預算進行最後表決。那天的表決進行了兩次，第一次是九十二比九十，我們贏。國民黨籍的立法院長王金平一看苗頭不對，趕緊喊休息，進行政黨協商。趁著空檔，國民黨團祭出黨紀，召集缺席的立委，並對投反對票或棄權的開明派立委施壓。一個半小時後再次表決，我們倒輸兩票。但由於我們所展現的強大輿論與政黨支持，日後執政黨未再提出美濃水庫工程預算。

當時的支持力量除了主要的民進黨，還包括因不贊同李登輝的本土化路線而剛從國民黨分裂出來的新黨。新黨的骨幹多為臺北外省二代政治菁英，其批判李登輝向本土派系與資本傾斜之際，提出了關懷小市民的政黨訴求。在九〇年代末，新黨可是僅次於民進黨的反對黨。兩者的民族認同南轅北轍，卻因有著共同的對手，常在某些不牽涉各自核心價值的議題上聯手對抗國民黨。

十數年後，國、民兩大黨以外的小黨在愈拉愈窄的認同政治中淪為歷史泡沫，時代硝煙靜息。多年後新黨當時的召集人郝龍斌告訴我，當年他們會站在我們這一邊的關鍵原因。他說整個九〇年代的社會運動，不同政治陣營之間的對立激化，上街抗議的社會團體動不動就把政府官員或持不同立場的立委妖魔化，這時我們在立法院的反常表現引起他們的好奇。為什麼？他們的好奇誘發我的好奇。郝龍斌說，他從沒看過一個團體像我們那樣，不辱罵公務人員、不衝撞警察，總是禮貌而堅定地表達訴求。簡單說，就是把人當人看。

圍圈唱山歌的農民有男有女，幾乎都來自歌手林生祥的村子——竹頭角。竹頭角緊貼著美濃山的東北端，是全鎮地勢最高的村子，直到七〇年代末才完成現代灌溉系統，因而是經濟上較弱勢的村子。那一帶的農民種山、耕旱作、做臨時工，最晚被整合進現代化的小農經濟，反而保存了最豐富完整的山歌傳統。竹頭角再往東北兩公里，美濃山與獅山交會於尖山，正是水庫預定地。

三〇年代，後來成為日據時期臺灣重要小說家的鍾理和（一九一五—一九六〇）隨父來到尖山腳下開闢農場，深受竹頭角一帶農民口語文化及山歌吟唱所吸引。日後，他不僅養成隨手記錄農民口傳文學的習慣，更常在寫作時援用。直到生祥成長的八〇年代，山歌仍縈繞於竹頭角的街巷生活。

理和先生潦倒過世後，在文壇友人及家人的奔走下，他的重要作品陸續出版。但直到一九九七年——也就是我與林生祥開始合作寫歌的前一年，在高雄縣政府的贊助下，親友合力整理他生前的所有文稿與日記，促成六冊裝的《鍾理和全集》出版，他生前收錄的美濃謠諺始得系統性地面世。其中山歌歌詞的部分，他抄錄了二百二十二首，概分為十八種類型，而與男女情愛或情慾有關的，超過三分之二。

有平民認同傾向的落拓文人似乎特別能對民間音樂產生感應，他們以文學家的敏銳與嚴謹，每每為後世留下珍貴的歌謠集，遠者如明末馮夢龍之於萬歷年間的時尚小調《掛枝兒》，近者如晚清的招子庸之於廣州一帶風行的說唱曲藝《粵謳》。這種關係還不是單面向的；民謠中所表現的文學形式、觀看方式、文字調性與人味等等，往往影響作家的創作趨向與風格。在被譽為臺灣現代文學史經典的晚年作品中，鍾理和不僅大量使用客家詞彙，以貼近農民的世界觀，更精采的是他常在起承轉合處，畫龍點睛地挪用農民謠諺。

不論在歷史中國或現代化初期的臺灣，文學的向下尋源從來不絕如縷，但要對主流的文化價值形成干預性的作用，甚至產出新的創作方法論，通常得通過文化或社會運動。譬如，政治叛逆者曹操父子發動樂府詩運動，大力邀請社會性格強烈的平民詩體進入文壇，為盛唐的文學開了新路。又如二十世紀初的五四運動，啟發了中國現代史上第一波的民謠蒐集與研究的風潮。五四文學健將如董作賓、朱自清及胡適等，均曾致力於民謠的收錄與分析工作，並以民謠的觀點，輔以嚴謹的文學素養及學術精神，重新爬梳長期遭受儒家倫理觀點扭曲的文學民謠關係史。

許是政治立場作祟；國民黨政府來臺後所推行的國語文教育並未排除五四白話文學運動，但拿掉了與民謠及下鄉運動關聯的部分。於是我們中學時所讀，出自羅家倫、朱自清及胡適等大家的文章及相關評介，提了他們對文學古典化與形式化的批評，卻略掉他們如何從民謠及平民文學入手，尋找現代語文出路的企圖。於是囫圇吞讀後，我心中旁生出一種對古典文學嘲諷的態度。復以唐詩的課堂上，以嚴厲著稱的國文老師以處罰為代價，要我們牢記絕句及律詩中的平仄及押韻規律，「古典文學就是形式主義」的機械等同關係，遂刻印腦中，並覆蓋一層不屑的青春期情緒。

臺灣真正具有運動意義的民謠工作始於音樂學者許常惠、史惟亮所成立的「中國民族音樂研究中心」。一九六七年夏天，他們組織了一群文化自覺意識強烈的知識青年，下鄉收錄臺灣各族民謠。他們的精神、態度與方法，啟發了後來的民歌運動。八〇年代初我上大學，正好碰上他們出版田野錄音的成果。在某個疏離城市的夜晚，我聽了其中的客家山歌專輯，鄉音繚串，被撼動得痛哭流涕。繞了多少彎，我才能與當初鄙夷的「形式主義」文學重逢！

那麼，既然專輯名為《我等就來唱山歌》，就真得寫一首客家山歌體歌詞，向立法院前輪唱山歌的農民義舉致敬。傳統的客家山歌是七言絕句的樂府詩格式，一段四行，也通常是第一、二、四行押韻。就二十八個字，形式簡單，應該很容易的，我想。但沒料到，從起筆至定稿，足足熬了八個月，吃足苦頭。

反覆吟哦，試從聲音的角度琢磨文字，慢慢在視覺性的理解外長出聽覺；原來平仄與韻腳是基於旋律與節奏的要求。因此，不管文字堆疊出的意義為何，釀不出起碼的音樂性，作曲的人就難以為繼。平仄倒不困難，只要有足夠的農村語言生活經驗，隨便一個農民熱烈交談的場合，你便可聽到態度、語氣、意象與平仄之間的精采轉換，更何況我還經歷過幾年的農戶訪談。

對我而言，難在於押韻。首先是先天上我的音感極差，又缺乏語言學的訓練，再加上客語工具書的闕如，不得不使用試誤的淘金方法，依國語辭典的注音組合，再把發音轉為客語，逐字比對。有時自以為找到了意義佳又押韻的字句，旁人一聽，立即指出前後細微的聲母差異。文字海裡笨拙泅泳幾個月，勉強解決三段歌詞中的前兩段，但最後的押韻，真讓人腸枯思竭。最終的選擇，竟是不得不然的尷尬。

這首名為〈山歌唱來解心煩〉的山歌體臨摩中，開頭我引了傳統的客家「山歌子」調，接著第一段描寫「怨懟止於行動」、「唱山歌以自我加持」，第二段扣結眾人的團結與家鄉的地景，第三段召喚對不當政策的無所畏懼。起初還很得意；在作為總結的第三段中，我為第一、二句找到兩個押韻字——「條」、「調」，且其韻腳「iau」罕見於客家山歌，選擇非常少。

客家人把尋字押韻的工作形容為「湊句」。試了一個多月，找遍了手上所有的山歌與客語研究資料，最後僅湊上一個極不雅的字——「屌」。生祥覺得很有力道，且不違農民語境，但我擔心讓家鄉的朋友感到粗俗，甚至冒犯客家文化工作者。我偷偷地做了些民意調查，幸好皆曰無不可。這首詞先是引用「山歌子」曲牌的前兩句歌詞——「山歌毋唱心毋開，大路毋行生溜苔（青苔）」，接著唱道：

長纏故事毋再怨
邀串來到立法院
左驚右愁懊慅時
山歌唱來解心煩

一山來連一片山
山山相連美濃山
一手牽來又一手
手手相牽萬丈山

腳有千雙路一條
人生百樣心共調
眾口一聲反水庫
衙門恁惡照樣屌

# 菊花如何夜行軍

一九八〇年代中，我受三件事嚴重衝擊，跟彗星撞地球一樣，得耗上長長歲月，氣候生態方可再平衡。首先是我家南邊兩公里的山丘——獅形頂腳下出現奇景：一畦畦菊花頂著一排排日光燈管，夜夜通明。難道現在連作物都不得日落而息了嗎？我心中感到哀憐且不祥，隱約覺得某種異變正在蔓延，但又不明何以。每回傍晚經過，我不安地遠視山腳下那一片詭譎的光明，彷彿是一群藏著祕密動機的無聲軍隊在夜裡行軍，讓我聯想剛讀過的馬奎斯小說——《百年孤寂》。將來若能寫些什麼——小說、劇本、詩……都好，我想，標題一定叫作「菊花夜行軍」。

接著是在我甫被退學、當兵的一九八六年，剛考上輔仁大學的妹妹突然棄讀，跑去鹿港參加反杜邦運動。更奇怪的是父親不僅沒反對，居然還給她五千元盤纏。她從小跟我打鬧，高中時跟著我讀三〇年代大陸文學、俄國文學，為何一上大學就激進？思想到底發生了什麼變化？我無法理解。父親當時是怎麼想的？為何不氣秀梅退學搞運動？我沒來得及當面問他。一九八七年夏秋之際，我退伍前半年，父親因長期吸入農藥，體內重金屬殘餘過量，爆病身故，得年五十又六。

杜邦事件同時，新一波的全球化風潮席捲國際，國民黨政府一步步踏入深水區。在烏拉圭展開的GATT第八回合談判，牽涉貨品貿易、服務貿易、智慧財產權與爭端解決等等，臺灣的農產品市場將被迫開放、農業將被犧牲的輿論甚囂塵上。反杜邦運動結束後，秀梅與她的社會主義同志全島串聯，辦農村講習，培訓青年，組織抗議行動等等，如火燎原。一九八八年初我退伍，驚覺秀梅已非兩年前的妹妹。

GATT扣關，菸酒市場首當其衝，而美濃是臺灣最大的菸草生產地，菸農驚惶，如風動竹梢。秀梅他們在美濃辦了幾場演講會，向農民解析GATT、全球化過程、國內外局勢發展，以及——最重要的，對美濃農業的影響。秀梅積極動員父親那一輩的農民，我不好意思不去。站著旁聽幾位講者的政治經濟與歷史分析，我逐漸抓到線索，理解危機是如何像烏雲層層加疊。但在現場，我內心更大的焦慮，實來自於巨大的疏離。那幾位中年講者之運使概念是如此精熟、語言形象是如此鮮活、眼神是如此放射意志，秀梅及她的幹部朋友與農民交談是如此暢達，在在提醒了我的歪㚔（長不大）與頹廢。無論是運動者或農民，我皆離距遙遠。環顧茫然，直如常在搖滾樂出現的一句歌詞：in the middle of nowhere。

左右兩派農民運動競逐於一九八八年春夏的臺北街頭，先發的反全球化戰線被福利改良主義路線迅速趕超。接著，社會運動急轉直下，難逃政黨化、民族主義化的洪流。那年冬天，秀梅幫忙組織「還我母語客家大遊行」，漸興回鄉念頭，我則插班淡江大學，繼續未竟的土木工程孽緣。隔年，出身屏東內埔、為運動貢獻論述與主張的中研院民族所所長徐正光欲以「小商品的政治經濟學」研究計畫，學術返鄉，正好聘任運動中認識的秀梅為助理，負責六堆地區的農戶訪談，蒐集基本資料。聽到秀梅要進行大量農民訪談，我興奮南下，自願幫忙，號稱「研究助理的研究助理」。

九〇年初我們回到出生地，父親遠行後的美濃在全球化中寂寞掙扎。為換取世界貿易組織的門票，一九八七年臺灣向美國開放菸酒市場，短短三年，在美濃種了半個多世紀的菸草，面積大幅萎縮，農民與農會不得不嘗試其他經濟作物。首先是菊花：花商透過農會找農民契作，丘陵周圍頓成花海。為延長光合作用，使花枝俊俏，夜晚燈火通明，星圖隱逝。收成時花商壓低價格，農民收多賠多，乾脆野放。一眼望去，敗花的農田上頹坐著一個個失歡的小丑。

菊花失敗未久，另一批農民又被苗商拐騙，花大錢買了號稱從巴西坐飛機來臺的咖啡樹苗，咖啡結果後苗商閃人，沒照約定收購，導致帶頭的農民走投無路，羞憤自殺。新自由主義當道，過去被政府看管、組織並保證價格收購的菸農，這下得獨力而弱勢地面對市場的殘酷。以前作物與農民一同作息，現在農民被打散，趕入自由市場，作物也不得自然，果如菊花挑燈，夜夜行軍。

太想知道不同世代、專業、性別、區域、條件的農民對農業前景的看法，我們的訪談數量，遠遠超出計畫要求。同時我們與留鄉的知識青年合作，開辦調查營隊，組織大學社團學生下鄉探究三農（農民、農村、農業）問題，討論行動的可能。自國中畢業、離鄉以來我心內形成的現代主義式虛無開始縮小；仍可聽搖滾、讀現代文學，但多了勞動者觀點。訪談農民的收穫是多面向的：既是政治經濟學，又是人類學。總而言之，是對語言的社會文化整體性，多了想像的能力。耳朵也發生了變化，山歌八音聽成當代音樂。眼睛彷彿長出立體透視能力；從魅於農民語言的魔力，到領略箇中節奏、情緒、隱喻等技法構造，才是父親教我駕牛車以來，真正地向農民學習。

一九九八年秋，我與剛回鄉的生祥籌組八音班，請出年輕一輩的八音頭手[2]林作長當指導老師。作長哥五專時期學國樂，在高雄工作之餘主持電臺、介紹傳統音樂，後來敵不過長子的責任感，十年前決定回來照顧老人家。回鄉後他轉了兩個大彎，一是改行養雞，二是組八音團。他的雞舍在美濃南邊的溪埔寮，地處偏僻，近靠荖濃溪。雞舍旁搭了間鐵皮屋，貯放工具、飼料、藥品，兼作客廳及八音練團室；作長哥戲稱「雞寮工作室」。我們常去向他請教從嗩吶吹嘴到八音曲式的疑難雜症，免不了吹打一番。八音聲響尖刺，我好奇地問他，不會害雞隻不敢下蛋、進食嗎？他說只有我們這種新手上陣，他的雞才會覺得吵，又說現在人如能有牠們的品味，八音早有救了。

他的八音團可是有本事賺食的，作長哥朗聲笑道，不像我們這些後生仔淨搞趣妙。他的笑聲混和著嘲諷與肯認，常見於家鄉長輩對後輩表達疼惜之意。回鄉不到十年，作長哥即得以傳統音樂嵌入鄉民社會的儀式文化，且把自己浸透，令我嘆服。雞寮工作室的書架上有幾本客家俗諺、童謠與文獻資料，我猜想他仍保有些許研究者的抽離，自覺身處田野。其中我看到馮輝岳先生的《客家童謠大家唸》（武陵出版社，一九九一），發現其中蒐羅的童謠類型非常豐富。作長哥瞧我看得專注，叫我拿回去，從此開啟了我對客家謠諺的研究與再創作。

馮輝岳收錄的童謠中，以「月光華華」開頭者最多，廣泛分布於南北客家地區，足資證明他在序言所指出的，童謠會「翻山過嶺」的現象。我小時玩耍也唱過月光華華；美濃流傳的版本是這樣：

月光華華，點火餵豬嬤；

豬嫲毋食汁，臂銃打禾鴨；
禾鴨尾噹噹，臂銃打先生；
先生跳過河，臂銃打鷂婆；
鷂婆尾吊吊，臂銃打烏鶺……

隔了幾十年如今再看，訝異於為便利兒童記憶及跳動需要，竟能演展出巧妙的頭尾相咬及短韻構造，想以後定要用在創作上。

打完立法院的水庫預算表決大戰，一九九九年底我離開美濃，受邀於高雄縣政府擔任縣長室幕僚，負責治水工程及水資源政策。同時間，我開始鋪寫《菊花夜行軍》專輯。世紀之交，在高雄市以東的縣城鳳山早已越過繁榮期，絕大多數衛星城鎮特有的雜亂與邊緣感，此時像是水退陸化的沼澤，對異鄉的凝視者發出強烈的質問。八〇年代末的泡沫經濟所激催的資本外移，幾乎搬空鳳山的製造業。傍晚散步縣府周邊的老社區，看到電線桿上的三十幾坪一百萬的急售廣告，不禁納悶：這是兒時年初二回鄉如王子公主般抵臨的表弟妹們居住的城市嗎？在沒落的衛星城市書寫被全球化煎熬的菸草美濃，我感到一種詭異的「恰恰好」。但我抗拒宿命論調；無論是我訪問過的李秀豐，或生祥後來介紹認識的菊花農同窗，他們從未放棄掙扎出路，儘管深刻領教時代的敵意、市場的殘酷。

設想標題曲〈菊花夜行軍〉的主人翁時，記憶裡竄出王童導演的代表作《香蕉天堂》：張世飾演的外省老兵李得勝在一條農路上醉酒踉蹌，以濃重的鄉音唱著打共匪的軍歌。對！我心裡大叫，菊花夜行軍正是要這種踉蹌。劇中，被栽贓為匪諜的得勝亡命南臺灣，被一戶蕉農收留。電影場景搭在我家東邊，一個叫竹仔門的小庄。那年夏天，我與堂弟騎摩托車三貼去六龜的荖濃溪游泳，爬上竹仔門著名的伯公坡，望向左下邊的山坳，劇組用竹子與甘蔗葉搭建的茅寮，就坐落在香蕉園中。張世拿下一九八九年的金馬獎最佳男配角，演技靈現不在話下。但得勝唱軍歌那幕之咬我勾我，還在於那條農路正是我小學放學時最常走岔去採野果、游泳的小徑。一九七二年，華視閩南語連續劇《西螺七劍》稱霸三臺收視率，我跟隔壁夥房的陣黨（夥伴）每天下午，就在那條路上引吭齊唱主題曲，從頭崁雙龍取水，唱到七崁關公拖刀。

如今，張世在地化為阿成，中年轉業，孤注一擲。有天晚上他不勝酒力，又不肯上床就範，執意月夜巡田。迷濛中阿成恍惚領軍夜行；月光華華，他踉蹌田埂，自封為總司令。想起農業前世今生，阿成悲憤獨白，而對眾菊花宣讀檄文：

〈菊花夜行車〉

月光華華，點火程菊花
菊花緊綻芽，累死我自家
自家三十八，老矣學吹笛
吹笛天毋搭，僬屎照自家

月光華華，心肝濃膠膠
WTO，菸仔豬仔全屌到
起債二十萬，種花五分半
夜半思量起，緊起雞母皮

日光燈暈暈，菊花夜行軍
嚙製市場路，嚙牙踢正步

口白：
晚點名！
大黃！（有！）
舞風車！（有！）
金風車！（有！）
乒乓！（有！）
木瓜黃！（有！）
英國紅！（有！）
德國紅！（有！）
大黃汝最有價，你來做將軍
阿姆喲，是，長官！

今我山寮下伯公背人阿成
統帶菊花六萬六千零支
請命天神

望雨水少日頭足
花枝　相花型燒斗
以利市場
望本錢撿得歸
大黃一打五十
小菊一打二十就好
萬萬不可賤到當豬菜剁
等一下夜行軍
姊妹兄弟㨂勢要趣分佢出來[3]
這下聽我總司令阿成口令
全部都有！跑步走！

菊花夜行軍
答數：1234
奏樂！

廣播：

同胞們，以農業培養工業

以工業發展農業

是我中華民國現階段

經濟建設的基本策略

注釋

1 異想天開之意。

2 頭手，職司嗩吶，既是八音團團長，音樂上亦扮演領導性樂器的角色。

3 打起精神。

# 李秀豐勞動編年

初識秀豐是在一個合作農場。

農場創辦人進賢兄與秀豐同年，對臺灣農政體系有所批判，整個一九八〇年代四處串聯、支援農民運動，八八年的三一六及五二〇抗議行動結束後，回到家鄉，在村外的縣道一八四邊上成立具有合作與共享性質的農場。主人交遊慷慨、好義善論，農場遂成為在地中青輩農民的聚會所，對於企圖建立或延伸組織關係的各路反對政治與社會運動工作者而言，亦是必訪之地。我們幾個年輕人剛回美濃，當然也要去拜會前輩。

那是尋常的一夜，座中有四、五位關心農業的外地朋友，以及兩、三位前來關心政治局勢，順便交換農技知識的青壯農民。談話內容從農業出發，很快便扯上政經、農運。秀豐看來木訥，靜坐一角，菸不斷，偶爾請吃檳榔。他的神色凝重，像有千斤石板壓心頭。通過進賢兄介紹，我知道秀豐種短期作物，主要收入來自代耕。他對農業的看法，我想，應該很不同於以兩稻一菸為主的父親那輩吧。散會前，我跟他聊了幾句，問他可否讓我專訪，他爽快給了電話。

## 爺娘苦底，日做到兩頭烏

我，秀豐，民國三十八年次，爺娘健在，阿哥大我十五歲，中間三個阿姊，下面老弟兩個。

我家原本在龍肚庄河壩寮李屋夥房，是個單家園屋，附近沒有人家，對外交通靠一條細細田埂路，路兩旁還植種檳榔樹，真窄得連一袋穀都難運出。

一直到民國五十二年，阿姊接連出嫁，阿哥尋到頭路，經濟略略鬆緩，爺才決定建房徙屋。

新屋地點遠遠越過老屋南邊的大圳，選在自家田裡。那時我十四歲，力氣剛剛長出來。在東邊山腳下大圳轉彎處，爺築田埂將自家田一塊劃作兩半，一邊放水進田讓泥土軟爛；另一邊放燥，用作夯造土磚、堆疊並且乾燥的所在。日頭烈時全家出動，娘斬禾稈，老弟撒礱糠，我負責牽牛踩混，阿姊捧土，爺呢，他就操作板模。

準備就緒後不久，天時轉秋，大圳兩岸都結滿了芒花，圳水流起來都像是傷了風似的，懶懶軟軟。就在那時我們起工築屋，日時我駕牛車運磚載水，天色斷暗後還得透夜挑磚。苦是苦，但姊丈們都會過來幫忙，阿舅路過也會進來參考意見，一件事有大家關心，做起來就爽快。

民國五十三年春天完工進屋，攬共（總共）使了六、七萬元，其中大部分是標穀會借錢。好死不死，那年堵到颱風起惡，屋頂掀了半塊。

要講家裡的情形是不？好！

我爺是單丁，阿公傳給他大宗田一甲四分，分布在大圳南北。河壩寮一帶的田地大約是以大圳分界，以北是水田，一年種得兩期禾穀；以南係旱田，勉強能在五月蒔種一期，堵到天公不落水，作物硬會旱死。

我家的田只有兩分是水田，南邊的田在五十五年灌溉大井打好之前真是難種。爺娘蒔禾，兼種番藷、芋、豆，天未白就下田，直做到暮茫才歸屋，人講是「日日做到兩頭烏」。傾命做，全家相同食不飽，煮飯三升米，摻番薯簽一臉盆。一禮拜頂多買一次豬肉，人又恁多，分半塊都難。只望阿舅來，他看得起他阿姊我娘，每次總會賞錢給家裡，甚至發孩子一點糖果錢。

有不動產，沒橫財，唉，苦底人家。

## 字不識我，我不識字

五、六歲的時節，我爺會攬我到禾埕前的泥土地上，放一支棍子在我的巴掌中，握住我的手，在抹平的地上帶我寫「李」、「一二三四……」、花草、人像等等。那時我還很幼稚，力氣瘦，田裡事不用搭，盡量玩耍。現下回想起來，那段光景真正是我一生中唯一清閒、無憂無愁的時期。

再來就要上國民學校了。學校規定上學要排路隊，我們河壩寮的子弟在張屋夥房集合，然後由路隊長帶去學校。若是一個人單獨上學，給糾察隊捉到了就麻煩。

夏天放學後經常堵上午後雷陣雨，我爺沒錢給我買水衣（雨衣）。我就把書包頂在頭上，一會兒是大戶人家的門樓，一會兒又是雜貨店的門廊，避一陣看一陣，一處串過一處。測不準的話，全身常常沒一處乾。

看到沒？這就像農業的前途，做一陣看一陣。

上課時我很認真，也很聽老師的教，爺娘也時時督我念書。不過很奇怪：字不識我，我不識字，考很差。話講回來，讀通了又怎麼樣，還不是沒才情（本事）供我讀書。後來出外做工才知道，耕田人家的子弟要是識字不深，命定是要給社會看衰。

小老弟的時代比較進步，毋使考試就可以進國民中學。民國六十五年他國中畢業，鎮裡剛好開了一間職業學校，有錢就讀得。我想到自己已經過去了，沒讀到書就沒讀到書，但老弟還沒過去，我秀豐識一個字，老弟就要多認一個字。就是這樣的思想，我標會外加借錢，湊了一萬元，硬拉老弟去註冊。

## 一給泥沾到，洗也洗不掉

新屋築好後，十六歲，我進入庄頭一家製材所做運磚工，日金十六元。一年後改做鋸木工。

鋸樹需要兩個人，師傅是頭手，負責量尺寸、掌方向；我是尾手，出力氣就對了。

阿嫂有兩個孩子之後，人就開始番番了，經常跟老人家吵事。為了什麼呢？講白了就是苦啊，做死沒好食，她不願意一輩子苦底。阿哥沒有男人氣魄，拿不出樣勢，硬是讓婦人家布擺。人講「男人無志毋成家」，阿哥毛毛縮縮（畏畏縮縮），家裡自然不必指望有什麼好氣氛可以過日子。

我心肚底有股企望，想揮絕家裡的牽扯。十八歲一滿，我就到鎮公所兵役課申請入伍，那年四月調兵單就寄來了。

進軍隊那時是越戰爆發第二年，有謠傳說是老蔣準備送臺灣兵到越南支援作戰，所以才提早調三十八年次的役男入伍，部隊裡每個單位都說得有來有去，搞得人心肝錯亂。哈！就這樣被嚇到退伍。後來又有風聲走漏，說好在是小蔣反對才沒送部隊過越南打戰，因為臺灣兵墊人家的田埂都不夠。[1]

五十八年五月退伍後我歸家幫忙收割雙冬禾（一期稻），接著又打田（翻土）施肥，將大冬禾（二期稻）播下田。田事鬆緩後，我同朋友上北，入松山染布廠做工，月金七百五，吃住工廠。

臺北不比鄉下，話系不通，我很少出工廠，每個月省了近六百塊歸家裡。總會習慣的，我緬想，人就是這樣。

四個月後，阿哥喚識字的姊丈寫信來，講家裡沒人打田，催我趕緊歸去。我想回去是暫時，田地打理好我就回轉工廠。歸到家裡才知道，阿哥阿嫂早就揮絕家裡了。把我拐回家，原來是打算把料理家庭的責任丟給我。

我也想走啊，但爺娘老矣，兩個老弟翅膀還未長齊，我哪裡硬得下心腸。

想我這一生是注定要做農了；阿嫂他們看準了我心腸軟。

## 拆債要比借錢熱心

我相了三次親，前兩次對方爺娘嫌我苦相。第三次相到一個山寮——殺狗坑，對方家庭靠山吃飯，跟我家一般苦底。為了能有一塊平地種禾稻，女方爺買了兩分地，債金全由女兒替人家做長工拆債（還債）。他們的條件很分明，只要付得起未清完的債，女兒隨時可以帶走。

六十一年我向土銀貸了兩萬三，親戚一萬。聘金是三萬二，將近一萬斤穀。那條債我熬了四年才拆清，險扛死！

不管怎樣，我哺娘（妻子）真正好，肯做，又苦做。她不嫌棄我秀豊，我當然要拚命惜她。她也是疼我的，進門後不久她就把身上的金飾取下，連同她家娘賞她的金項鍊，拿到鎮上的銀樓翻一條一兩重的大金鍊，要我掛上，說是我常做苦事，這樣可以保身體。

有了哺娘，我開始想遠了。淨是播禾稻、種番薯，一年五、六萬元頂多，扣掉農藥錢、肥料款，剩下的還得除開一大半作為下一期作物的本錢。幾時會翻身？作物這東西又最現實，不餵它吃飽，它也不會讓你吃飽。

六十四年，連本錢帶借款我湊了四萬，買一輛十五馬力的中古鐵牛，按算幫人打田賺一點額外收入。當時打田一分收錢兩百，在拖拉式耕耘機進來之前，我的生意一年至少十甲，但好景總是不長。

六十五年大老弟要討親。女方也是來自山寮家庭，比我家還淒慘，無橫財不打緊，連半塊田地也沒有。她祖父的後生時代浪蕩，連後代子孫的基礎都潦空了。生活全靠做工，偏偏家裡又沒有蓄錢的決心，領幾多花幾多。

我爺反對結這門親戚，但老弟硬性堅持，不給討，家裡毋得平靜。於是我又向土銀貸了六萬五，婚後一年未過，夫妻倆又出走臺北，債務又掉落到我的肩頭上，呵，重塌塌。

緬想阿哥離家，大老弟出走，債全由我扛、拆，半夜著醒，硬起雞母皮。

## 有腳行無路，無錢好揮發

民國六十七年，農會推廣菊花，同年老友把消息報給我，邀我一起種。我想也好，有一項謀一項，或許利存更好。當年大冬禾割完就開始種，是為秋菊，四個月後開始剪花。一分地本錢五萬，我試種一半，借錢一萬五。

花苗種下去才知樂觀過頭。農會的指導人員不僅不足額，連栽花技術是圓是扁都模糊。好不容易等到他們來，卻又搖頭苦笑，說菊花這作物對他們也是新鮮，反正你們種田有年，自己打理不會差太遠。

不等花開，事情就爆開了。跟農會簽約的花商看到場面不對，寧願違約，讓農會吃掉保證金。很多花農聽到消息心都冷掉了，大都半途廢種。可我就是不甘願，心血都播下去了，撐也要撐到花開。

這時花卉市場大地動，菊花的產地價從一蕊兩塊跌到兩角，再沒有任何花商敢跟農會接頭。農會只好自己出面收場，一蕊菊花補貼一塊錢，然後就任滿田的菊花潰爛。很多小女生聽到消息都拿著鐮刀下田採花，花多得插不完，連便所也擺上了。

本錢勉強撿些回來，自家工白白潦淨。有別的路好走嗎？沒有。況且設備又治齊全了，只好一條心肝種下去。過後一直維持五、六分的栽培面積，漸漸能把自家下的工搶回來。

採花的小女生好心問我，秀豐哥，怎麼不自己載出去賣？我跟她講說，農會水準高，買花大家插。

## 起債拆債過一生，新事記多變舊事

民國七十二年我爺起意分家。老人家疼惜我耕田做家（顧家）的艱辛，將圳北兩分水田以及屋舍右緣的一分多地登給我。過去，他的兒子賺食不足兼又被婦人家牽出走，他之遲遲不肯分田，是怕他們把祖公財產拿去浪蕩。人講「公平不成家」，像我家這般苦底，總要有人犧牲出外的機會，維持家庭。

農地重劃後，七十三年，我又借了七萬多作花本。大概是重劃時推土機、怪手攪亂了田地的胎氣，那年菊花大潦錢。愈滾愈大條，隔年我又借了十三萬。告訴你，泥土變來變去定班（不再有變化）了，這輩子注定起債拆債過一生。到現在（民國八十年），土銀還有十萬元的債未拆，真希望它們能把我忘掉。

四十多歲了，我一生快要沒救了，許多機會都過去了。只巴望孩子，他們若能有高進的日子，做生做死我都值得了。朋友招我出去玩，我都會想到隔天一大早要起床工作。且不得亂使錢，畢竟有四個小孩要吃穿、讀書。

注釋

1 農民駕駛耕耘機若要從一塊田移到另一塊，通常得用東西墊在田埂兩側以克服高差。

# 歌手林生祥

## 一

一九九四年，初秋的鉛灰色午後，一輛喉嚨沙啞的野狼一二五溜進夥房，停在東廂，我的書房外。一個年輕的男子聲音叫著秀梅，我妹妹的名字。我自榻榻米床翻起，走出土磚書房。

大學生模樣，髮長及肩，但看來健康氣息多於頹廢。鼻梁上架著一副金絲鏡框，眼神透出淡淡的才傲，臉上猶有稚氣。

「秀梅不在，有什麼事嗎？」

「你是阿豐？」

「我是。」

他自我介紹：林生祥，美濃竹頭背人，就讀淡江大學。他說他的樂團將在學校辦一場演唱會，門票收入打算捐作反水庫運動基金。臨走前，他給了我幾份演唱會簡介，及一卷作品錄音帶。

那年春，我們結束運動的游擊隊階段，成立「美濃愛鄉協進會」（以下簡稱協會），更有步驟地推進組織工作，企圖在鄉民生活中注入現代性的環境意識。協會初期的運作得力於地方仕紳及退休老師的捐助；秀梅擔任總幹事，理事長是文學家鍾鐵民老師。

回書房聽那卷錄音帶。大抵是關懷環境的抒情作品，主題圍繞著淡江大學所在的淡水鎮地景，及其絲連、投射的情愫。音樂風格是後期校園民歌，加上一些Pink Floyd式的器樂氤氳。編曲及配器有點繁複，歌詞中有不錯的文學架式；作品溢出大學生水平多多，從中展露了生涯企圖。

我聽到一半，就被一種「太遲了」的情緒干擾。關懷環境？不錯啊！但觀察位置距離事發現場太遠。校園民歌？算了吧！它們生對了時代，但長錯了地方。還在Pink Floyd？什麼時候了！龐克音樂都快散場了。拿出帶子，連同演唱會簡介，交給秀梅，提醒她有這麼一回事。

兩個月後我出國念社會學，期間雖也同美濃的運動保持連繫，但幾乎忘了生祥及他的音樂，只隱約知道秀梅及協會的幹部常去生祥家打逗嬉（開心聊天），但左翼社會學理論上身，容易絕對化自己的判斷，覺得這年輕人不會有大轉變，就也沒再過問生祥的後續，直至九六年秋畢業，回來接替疲憊的秀梅。

九七年初，協會受邀參加宜蘭的社區營造博覽會。宜蘭在東北，美濃在南，路途遙遠。主辦方提供的經費不多，我們既想參加又欲省錢，便租一部九人座，塞進三個工作人員及五坪展間需要的看板、印刷品及特產，我當司機。去程先往南，走至屏東楓港，向東橫過南迴公路，再向北穿過臺東、花蓮以及驚險刺激的蘇花公路到宜蘭，回程走西部，剛好臺灣一圈。同行幹部怕行車無聊，隨身帶了一些錄音帶。

「要聽生祥的音樂嗎？」

「兩年多前就聽過了，不怎麼樣。」

「可是我覺得不錯呢！他最新的作品你要聽嗎？」

我聳肩，不置可否；同事把帶子塞進卡座。

果是新作！第一首是〈美濃山下〉，老山歌調，頌揚先民蓽路藍縷的艱辛，期勉後世子孫的珍惜與承傳。民粹主義式的情緒，缺乏歷史理解。同事問我覺得怎麼樣，我笑說美濃鎮長可以考慮將這首定為鎮歌。第二首是〈伯公〉。

「伯公」是親屬稱謂，客家人用以稱呼土地公，反映了人與信仰的親切。歌中，行將入伍的生祥拜請土地公保佑家鄉與女友。是首好聽的情歌，有幾句寫景的詞下得很好。我猜他寫曲時參考了小調山歌，並讓它轉了幾個彎。痕跡不見了，延伸出既傳統又現代的味道。這首很不錯，我告訴同事。她有點振奮，說了一些從生祥那兒聽來的生平故事。

真正令我改觀的，是這一首，叫〈耕田人〉：

我的阿公今年七十幾
每天下田做事，還像一個老後生
兒子女兒大多走光了
只剩阿爸跟這阿公繼續做農家
我的阿公有田一甲多
種禾種菸種芎蕉，好土好地，長得漂亮
種成作物沒一個賺得好
出汗流血全都白費了

我的阿爸，認命的耕田人
每日忙上忙下，一年到頭難得閒
沒日沒夜，永遠的勞碌命
再衝再拚，相同不會贏

耕田人，可憐沒人知啊
耕田人，苦拚沒人來惜啊
耕田人，官爺管你去死啊
耕田人，沾到泥的悲哀呀

我的阿母，鄉下的婦人家
伊說你們啊，不要再來耕田啊
好好讀書，還有一點希望啊
書讀不贏，乾脆把你們打死光光

現代的臺灣歌謠並不缺乏以農家為主題的創作，但通常落入兩種類型。一種是如中國水墨畫中的勞動者，淪為去脈絡化的景致，用以幫襯文人雅士的出世哲理或山林情懷。七〇年代以降的校園民歌中，以「老農夫」、「老樵夫」或「老漁夫」為題的，多為此類。另一種是民族主義式的書寫，以農民的勞動及勞動成果連繫地域想像，召喚新的政治認同，典型作品如〈美麗島〉。不管是哪一種，共通處有二：一是缺乏社會性，二是作者採取局外人的觀察角色。

生祥的〈耕田人〉跳離上述窠臼，以清晰的農民意識、鮮活的農民語言，點出了農家的被剝削處境，更以當事人的角度寫出現代化過程中，客家農村的耕讀拉扯。音樂上是簡單的搖滾樂，但情緒擺盪在「瀕臨憤怒的絕望」與「瀕臨絕望的憤怒」之間。在我認為，這是上乘的抗議美學。

「登真（厲害）！」我向同事點頭。

從以前那種飄渺虛浮的半校園半前衛式音樂，到現在這首青筋暴露的農民之歌，我不禁好奇，他這兩年間的創作取向轉變，到底是起於什麼樣的原由與動力。我當時已是組織幹部，自不會只單純評賞一位在地青年的作品，而不從運動發展的角度，預想未來種種的可能。

歌還沒完，我迫不及待地問同事，現在生祥人在哪兒？

「在當兵，七月退伍。」

## 二

生祥家在美濃竹頭背庄，離我大姑家幾百公尺。

大姑轉妹家（回娘家），是我兒時的重要記憶。一說起那邊的勞苦，她整個臉皺成一幅崎嶇的心情地勢圖，歷歷迤邐：麻竹山徑、番薯旱田、礫石溪崁，還有——你知道的，貧窮家庭百事哀呀！

在我鎮開發史上，竹頭背是最艱困的庄頭之一。其在美濃山下，地勢高又缺乏水利設施，大多只能種植旱作。番薯為大宗，除賣錢，也供應家裡養豬之用。好以嘴巴造業者遂興起一句謠諺，名為提醒，實為挖苦：「有妹莫嫁竹頭背，毋係刷番薯就係砧豬菜。」

我家在龍肚庄大崎下，竹頭背南邊八公里處，近荖濃溪，從清乾隆初年至日據明治末年，水利事業均為我鎮先趨，水源終年不斷。加上我庄土壤屬於細砂質，宜植黃色種菸草，故庄內以菸戶為主，算是我鎮經濟情況不差的庄頭。菸草是農作中，勞動力消耗量最高者，所以好事者又造謠了：「有妹莫嫁大崎下，一出柵門就係菸頭下，暗時尿桶撞上毋撞下。」[1]

貧困或有餘，客家婦女操持田事、家務，均是兩頭燒。

九〇年代初，我回鄉參與妹妹秀梅組織的農村調查工作，不識字的母親成了重要的報導人、補充者與佐證者。從學術研究的眼光，我看到了另一位母親。原來她強記、幽默、口才便給，對各庄的串仔（客語對俚俗諺語的通稱）如數家珍，經常畫龍點睛地穿插在她的敘事中。譬如講她娘家附近的村落雞婆寮——美濃最晚開發的河川地聚落，她便嘆說：「雞婆寮好是好，沒電，暗時蝦蟆蠘怪當作啦嘰歐。」客語「蝦蟆蠘怪」指大大小小的青蛙；「啦嘰歐」是日語中的外來語 radio。

外婆家在五隻寮，與雞婆寮等七、八個以「寮」為名的大小村庄一樣，坐落美濃南邊，屬日據明治時期屯墾的移民村。墾民多來自北部的客家無地農民，間有少數從美濃周邊地區移入的平埔族與閩南人。母親出生於閩南家族，自小又在混雜的族群環境中長大，除了自身的閩南語及美濃主流的四縣系客語外，她尚會講北部的海陸系客語及一點平埔族語。更有趣的是，她還讓我們見識到，美濃附近的閩南人是怎麼觀看客家人。

她說早年，美濃婦女會在元宵節時，結群至閩客共同信仰的觀音廟禮佛。美濃婦女穿著連身的藍衫絡繹於途，路旁閩南人看了這幅景象，直笑說：「客人真有心，掛網搭來燒金。」閩南人稱蚊帳為「網模」；我們自豪的傳統服飾在他們眼中竟是蚊帳！

我們對於地方史的研究常不自覺地被「地域中心主義」的意識形態拖著走，亦即以鎮內幾個開發早、政治經濟資源集中的大聚落為主軸，架構自以為是的歷史書寫。母親豐富生動的口述生活史所反映的，不只是她的語言天分，更提醒我們，中心／邊緣二分的歷史觀極可能使我們丟失更完整的社會視野。

除了串仔，母親還記下不少山歌歌詞。家裡耕作大，常要請人工，補充家族勞動力的不足。她負責帶工，招待點心，聽來自各庄工人的即興唱作，長年下來，腦中積存了一些精粹。但印象中，從沒聽她唱過。為什麼？

她的回答令我訝異。明明是對山歌有品味，她卻說：「我怎麼可以唱，會被人笑哇！」再追問，原來是男女對唱時的打情罵俏讓她嫌惡。但不唱時，那些情色暗喻躺在歌詞裡，又令她品評再三。想她大概受制於祖父堅持的儒教門風，必得與那些「不搭不契」（不入流）的山歌保持道德距離。

生祥與我都從母親那裡沾濡美濃的山歌傳統：他媽媽用唱的，我媽則只是用說的。在他，山歌是聲音與微妙的情緒；於我，山歌更多是口傳的農民文學與地方誌。同是美濃鎮內的農村，為什麼會這種差別呢？或許是因為生祥的竹頭背庄較晚進入商品農業。

當美濃平原上的農村瘋狂追逐菸草經濟的時期，他們村子仍處在自然經濟的社會文化狀態，加上山林環繞，更適宜山歌的保存。

無論如何，九七年初的公路聆聽之後，一種超越認同時髦的創作潛能呼之欲出。或許生祥已意識到，山歌不僅是工具性元素，更是他的文化基因與社會語系；由此，新的有機體正蓄勢綻放。我聯想六〇年代美國搖滾樂、新民謠的發展過程之中，根植於黑人藍調及白人草根民謠的方法論連帶。隱隱然，一些創作及運動上的念頭也開始發作。

## 三

一九九七年七月，生祥退伍，我們在美濃愛鄉協進會的辦公室重逢，他劈頭就說想辦巡迴演唱，好像我們已經很熟。我猜是踏出校園後，欲連繫社會的企圖。「是以前那些校園音樂嗎？」我有點擔心地問。他說不想再唱那些，主要是發表新創作的客家歌曲。「那好！我們就來辦客家庄的巡迴如何？」他點頭，問我可以怎麼做。我說我們不僅要去客家庄巡迴，還要與各地的村落組織及文化工作室合作，扣結當地的社區發展議題，連演唱會地點的選擇都要呼應在地運動的需要。我興奮過度地連訴直說。

「扣結運動的需要？好像沒有人這樣辦巡迴，」生祥笑笑地說。「那要怎麼弄？」他正經地問。

譬如在美濃，協會正在做老街區的保存工作，那就可以去拜訪在老街上年代最久遠、面積最大，建築上又最有代表性的陳屋夥房，說服他們借場地。又譬如在桃園中壢，我們的朋友曾年有正在推動老樹的保存運動，我們若提議在老樹下的伯公壇辦音樂會，他們一定會積極動員當地的居民來參加，如此我們連宣傳都不用傷腦筋。我劈里啪啦地說。

生祥點頭，想他也理解了其中的連動作用。「那你覺得巡迴演唱會的標題應該怎麼定？」他冷靜地問。

「這個演唱會很像是一個庄接一個庄地探訪朋友，談新敘舊，那麼就叫作過庄尋聊，你感覺如何？」

「嗯，不錯，就這麼定！」

夏末的一個傍晚，首場巡迴就在美濃老街上的陳屋夥房開動。演唱會之前，我們請族長帶領樂手祭告陳家祖先，祈求他們的支持與保佑，再去庄頭祭拜土地公，請祂幫忙穩住天氣，讓演唱會順緒（順利）。陳屋同意讓我們使用，除了得力於協會的工作累積，更直接的媒介是陳屋有位長輩是我父親的摯友，我國小的導師。他幫我引見族長，並做了人格擔保。在地方上做事，如何運用地緣與血緣關係以產生積極作用，始終是至為重要的功課。

我們印傳單夾報紙、貼電線桿，又自製廣告錄音帶，開著發財車，沿街放送。到了演唱會前三天，沒聽到什麼風聲回響，心裡發毛，我翻出協會的會員名錄，挨家挨戶打電話，說明這場音樂會對美濃新文化及年輕人的重要性，並請他們發揮動員能量。

會不會有人來？真的不知道。我想起早前發生在鎮上的一件大事。

一九八〇年，雲門舞集描寫漢人渡海來臺的舞作《薪傳》下鄉巡迴公演，第一站就選在美濃，我的母校——美濃國中。林懷民的創作靈感得自鍾理和的自傳體小說《原鄉人》，及其遺孀鍾台妹的客家婦女形象。雲門舞集的檔案資料上這麼記載當天的情況：

「下午的彩排，雲門邀請鎮上幼稚園、小學、中學的學生先到場欣賞。他們興高采烈坐在體育館的地板上，先聽林懷民介紹舞蹈動作和演出內容，再看舞者演出，隨舞蹈劇情，孩子們不時拍手叫好，回應坦率直接。到了晚上正式演出，體育館外停放了鄉鎮民眾所能動用的交通工具，鐵牛車、腳踏車、摩托車、小貨車等等，有人是下田就直接趕來，有人是從另一個鄉鎮旗山奔來，把可以容納兩千人的體育館擠得水洩不通。這座體育館不是個適合演出的舞臺，但雲門工作人員硬是用鋼架、木板拼出一座舞臺，再用楊楊米鋪成觀眾的座位，如此克難，反而造就一個臺上不再居高臨下，臺下也幾乎沒有距離的觀賞環境。」

雲門舞集沒有記錄到的是，當身著客家藍衫的舞者詩意地跳出艱困墾拓的歷史景況時，現場不知有多少辛勤的美濃婦女淚溼衣襟！她們看到了自己的身影、聽見了自己的心酸，長年的苦悶遂流洩而出。但生祥這位在地青年的創作能吸引鄉親，並連通他們的情感嗎？

下午彩排時，揚聲器傳出的聲響便已召喚眾多鄰人、過路人駐足了，他們有些停在路邊，側首觀望，有些直接走進陳屋夥房的曬穀場，好奇地打量舞臺上的各種設備，現場變成試聽會或試看會。比較好玩，但有時也挺累人的，是在工作中得不斷以足夠的能量回應各種人際關係的指認；多年未見的同學朋友啦，或近或疏的親戚啦，總會在這種不尋常的相遇場合中發散熱情。這也是在家鄉工作，必須當一回事的功課。

演出的樂人除生祥外，都是他在大學時期所組樂團——觀子音樂坑的成員，包括電吉他手鍾成虎、貝斯手陳冠宇及打擊樂手鍾成達。阿達與小虎是兄弟，出身北投那卡西世家，自小在酒家的音樂環境中長大，能玩的音樂類型相當廣泛；冠宇除了彈貝斯外，還是專業的錄音師。生祥向我介紹小虎時，很肯定地說他是臺灣七〇後最厲害的電吉他手。幾年後，他成為臺灣流行音樂界相當成功的製作人，陸續造就陳綺貞及盧廣仲等當紅歌手。

樂團演唱了生祥的新民謠作品，現場觀眾的反應相當熱烈，而且他們對於在老夥房裡聽這種音樂會感到新鮮。多年後回顧這場音樂會的意義，套句老掉牙的成語，可謂承先啟後。最重要的，演唱會證明，以搖滾樂為基底的新山歌是可以與傳統說上話的。但問題是，樂手們願意持續陪同生祥的客家新民謠回鄉嗎？

## 四

我與生祥都在乎音樂能不能回鄉的問題。多年後追想，這好像是我們能長期合作的重要基礎。生祥小我七歲，但我們同樣是在大學時代末期，開始被這個問題折騰，陷入掙扎，乃至企圖做出回應。

大學那時期，在虔誠的自我啟蒙狂熱中，我囫圇吞棗地讀翻譯文學、聽盜版音樂，逐漸感到一種被貫穿與被吸附的虛空。警醒後，發現身陷漩渦，便極力搜尋第三世界及臺灣的文學、音樂，想藉之泅游上岸。岸是愈來愈遠了；但第三世界的眾多進步作家讓我理解到後殖民處境的複雜，與尋找出路的不易。

在我們這個從政治經濟到社會文化全面受美式資本主義、現代主義與個人主義強勢貫穿的半邊陲國度，聽搖滾樂、迷搖滾樂、追蹤搖滾樂而能不變成形式主義買辦或孤絕自封的菁英主義者，或能不亢地迎接外來文化、不卑地看待在地的文化生態，並非是喊喊口號的事。即使我們矢志超脫被殖民的局勢，在認識上我們往往陷入傳統／現代、非西方／西方等二分法的魔障，在實踐上我們又很難不落入眼高手低的窘境。

巡迴音樂會之前，我一直沒問生祥，為什麼在大學時期後半段，他的創作會突然轉向山歌？我感覺他也經歷了與我類似的掙扎與思辨，而既然走過來了，為何走上這條路已經不重要，如何繼續往前走才是重點。當時我反倒佩服他那些流行音樂潛力極佳的團員，且納悶他們竟然願意陪著生祥搞這些山歌搖滾。他們應該明白，這種音樂再怎麼厲害，也不太可能進城，遑論成為主流。

音樂會之後，我們逐漸熟絡。彼時他仍住在臺北淡水山區的一棟閩式三合院裡。他向房東租了側廂，入伍前他們的大學樂團便在此創作、排練、瞎混、談戀愛。第一次造訪他的住所時我非常吃驚，想不到在城市化如此嚴重的淡水鎮，竟然可以租到如此鄉野的住處。夜裡，山的靜幂撲瀉而下，整個合院被蟲吱蛙鳴層層包攏。我們提酒至屋簷下，聊及他的音樂故事及樂團內的人際關係，才知道原來真有路線之爭。

一九九二年，生祥以此為基地，成立跨校性的學生樂團「觀子音樂坑」，不久便在第十屆大專創作比賽上得到歌謠總冠軍，生祥並拿到最佳作詞獎。之後又在全國青春之星音樂創作大賽上獲得優勝，迅速在校園內外竄紅。當時他們在校園內辦的創作發表會，年年造成轟動，但內部關係的張力也隱然成形。一開始是創作主體的問題；團員中會寫歌的不只一人，他們得小心處理創作比例，人際關係才不致失衡。但外界的評價並不會平均分配，當愈來愈多的注目落在生祥身上時，關係也逐漸緊張。

另一方面，淡水是臺灣左翼民歌運動的發源地，七〇年代末，在淡水念書的大學生李雙澤、梁景峰、胡德夫及後來的楊祖珺等人捲起了「唱自己的歌」運動，主張創作回應生活現實、回歸民謠傳統。九〇年代初生祥來這裡讀大學時，民歌運動幾近煙消雲散，仍間接影響了他的創作觀。生祥參考客家山歌所寫的幾首創作大受肯定，引起臺北一些年輕樂評的注意，甚至有人開始以客家新民謠標記這個學生樂團，此時內部的路線之爭益發難以收拾。

表面上是唱國語與唱客語的差別，更核心是音樂創作到底為了回應根源，還是躋身主流？這根本不是二擇一的問題，搖滾樂的演進便是對應傳統，形成流行音樂創作方法的歷史。但在臺灣的脈絡中，很遺憾的，兩者通常互斥。

樂團勢必解散，生祥早有心理準備，但難掩困頓。我安慰他，跟他提醒西方搖滾樂團的基本矛盾：成團通常基於公社式的人際關係，卻得在高度資本主義的流行音樂市場裡運作。不成氣候還好，一旦功成名就，資源與光環的分配差異便殘酷地挑撥離間，除非他們重新接受金字塔型的關係結構，像 The Rolling Stones 那樣。他安靜地聽我講一堆搖滾樂團的歷史，末了我很慎重地向他建議，若他真要在新民謠創作上耕耘，得回到長著這些傳統的土地上。

一九九八年上半，幾件事帶著惡兆，踵繼而至，像是一具具從上游未知處漂來的水流屍。首先是一月底的地方選舉，當選的鎮長、縣議員清一色是支持興建水庫的國民黨人。接著，二月初，新成立的「美濃發展協會」舉行車隊遊街，宣傳「興建水庫發展美濃」。

再來，四月十八日。

那天我睡淺起早，剛過七點便到辦公室，在門口拾起報紙，頭版頭條寫著「行政院長蕭萬長宣布美濃水庫一年內動工興建」。我癱坐門檻，腦中一片慘白，嘴裡喃喃碎唸：「他們真要幹了！」之後是一陣慌亂，各種會議、村里說明會、社團串聯、記者會、抗議行動，無日無之。倥傯之際，我沒忘記生祥。

我抽空去淡水看他，向他分析目前的危急情勢。生祥也跟著緊張，焦慮地問我可以做些什麼，但他除了唱歌又什麼都不會。我跟他說：生祥，運動的事我們自會處理，現在我們需要你來為運動造一顆文化原子彈。

「文化原子彈！什麼意思？」

我向他坦白，窮盡氣力，光靠寫文章、說道理、動員群眾，除了團結美濃人外，頂多只能爭取到南臺灣環保團體及臺北進步學界的道義支持。但這是一場小鎮對抗政府機器的運動，除非我們能在全臺灣的輿論上取得優勢，否則幾無勝算的可能。若能創造出傳達運動意念與情感的藝術作品，則我們能觸及的社會層面將可十倍、百倍於論述及動員的效果。生祥聽著，氣氛下沉，他的接話頻率愈來愈低。我覺得不好意思，好像整個成敗都上了他的肩。

「生祥，如果這個藝術作品是音樂，我所想像的，不是只為運動服務的工具性音樂。它本身不僅要有夠強的藝術性，還要能在音樂方法上挑戰既有的思維。這些歌不僅要能在運動現場鼓舞精神，還能跟群眾回家一同起居，變成他們生活的一部分。也就是說，生祥，我想跟你合作的，不只是運動的音樂，還希望造成音樂的運動。」

前不久他才接收到「唱自己的歌」的民歌運動主張，現在我屁這麼一大堆音樂與運動互為主體的方法論，會不會跳太遠？

「那要怎麼做？」生祥冷靜、認真地問。

「我先寫些詞，傳給你看看。」我熱切但不敢抱太大希望地回答。對我來說，所謂社會運動，總歸是偶然性與必然性的對話：必要的基本功課做足了，其他的，就交給生命中無時不在的偶然之神吧。

夜深了，酒正好，菸正順，我講了一些在串聯中遇到的趣人、趣事、趣話，末了仍避不掉好總結的毛病：「在運動的過程裡，你可以見識到人與社會的立體性。」

「什麼叫立體性？」他問。

「譬如說早上你可能與立委、學者、記者、大學生社團等說明南臺灣產業政策的主張，中午可能與各種人民團體討論合作方案，到了晚上你可能參加里民大會，向農民分析水資源政策對他們耕作的影響；譬如說你可能看到一位平常溫儒自制的中學老師，在抗議行動中爆發不為人知的深沉憤怒。這是立體感最豐富的工作了！」

生祥點頭，眼神有點凝重，又顯露些微羨慕的表情。我忍住任何與運動及音樂有關的話架，轉而聊他的生活。給他些時間吧！我想，這不是簡單的決定。說了那麼多，真希望他不只是覺得我想吸引他回鄉，更重要的是他進而思考，南返與他創作生命的關聯。

## 五

一九九八年九月二十五日，生祥搬回美濃。

彼一時節，美濃東南，茬濃溪的高灘地上，五節芒花已醉茫一片；黃熟的稻田邊，在菸農疊起的育床上，紅花菸草的尼古丁青苗正天真著鮮綠。午後漸漸安靜了，農人不必再憂惱於急性子的雷陣雨。空氣中躁鬱的水分子退了駕，現在駐滿其中的，是專屬秋天的聲音——鎮日打著乾土田的鐵牛及入境覓食的伯勞鳥。

自九〇年秀梅回到美濃，組織田野調查隊以來，陸續返鄉的夥伴們，幾乎都在夏後離開都市。秋返，令我敏感。生祥在夏後回鄉，又是首位音樂人。預感會有新的運動，我特別記下他回來的日子。

我沒有細探他決定歸鄉的心理過程。他看來一派輕鬆，難說沒度過某些掙扎。我那時迷信秋天，總以為人生若有疑慮，秋天是一道關卡；該勇往直前或痛下轉彎，秋天一到，就得了斷。但如果是錯誤的決定呢？也沒關係！秋天會讓那些錯誤變成生命中僅見的偉大。

近兩年後，當我們進入第二張專輯的詞曲磨合階段，我才知道，從九八年六月我傳第一首詞〈夜行巴士〉，到他決定撤出臺北，中間發生了一些事。有一晚我們酒喝到脫俗之際，他回顧往事，說收到〈夜行巴士〉時，感到疑惑，不知如何評價這種強烈批判的敘事性歌詞。他隨手讓他的文學院女友看看，女友讀出新意，興奮地跟他提點，他才從歌詞的節奏下手，寫出迥異以往的曲式。他們是相剋相生的性格組合，創作上能相互激發，卻受累於個性扞格，齟齬不斷。

那年秋天，回鄉與分手，二而為一。

我們碰面討論詞曲，生祥彈唱〈夜行巴士〉初稿，問我的看法。我覺得他的吉他刷弦方式呼應了我原先設想的公路顛簸感。他拆解和弦及節奏，說明正、反拍及切分的組成如何造成行進感。雖是初稿，然風格及力道均大步跳離之前的作品，兩相比較，簡直可用分道揚鑣來形容。「這傢伙的領悟力真驚人！」我心裡暗暗稱奇，「只是一些新的文字元素，產出卻是結構上的天翻地覆！」

曲式形成共識後，生祥開始對詞提出修改建議。這些建議，有時從音樂性及情緒詮釋的角度出發，有時從農民語氣的精確與特殊性出發，有時基於多個第三者的接收與解讀可能。這樣的討論不僅使我更敏於文字的音樂性，最重要的是讓我面對寫作時，得以意識到「複數的他者」。這與我早年寫詩大不同。寫詩，尤其是現代詩，想像的讀者通常只有作者本人。也難怪現代詩愈寫愈疏離，變成孤單單的自我。

那時我相信，音樂要能在大眾之中產生進步的對話，必須在創作上抓到社會性與文化性。寫詞者若對社會脈絡與集體情緒缺乏理解，產出的文句不易有生動的詮釋性；作曲者亦然。我讓生祥貼近我的工作；一些有趣的場合，譬如拜會口才流利的農民、傳奇性的地方人物及代表性的地方團體，或重要的活動現場，我盡量邀他同往，甚至分派一些工作給他。一則藉以讓他體驗社會語言的豐富有趣，再則讓他見識，如何經由各種層次的地方工作，以產生人際關係的變化。終究是為他提供養分，冀望未來他的音樂能醞釀犀利的現實感與運動性。有時邀他來書房聽唱片，與他分享我對搖滾樂如何產生自傳統地方音樂的看法，以及Bob Dylan與六〇年代美國社會、文化運動的關聯。三不五時他邀我去他家吃飯，接著在他的書房喝酒聊天至深夜。

美濃有著豐富的傳統音樂，數個業餘的山歌班與職業的八音班活躍於地方上的民俗生活與信仰活動。雖與之友好，但我們缺乏基本的專業，好為這些定義美濃文化的傳統做些什麼。生祥回來，藉口也消失了。我們開辦「客家八音研習班」，除了辦公室裡的幹部，我們還邀了十幾位中年朋友。我們幾位年輕男性學嗩吶，其餘拉胡弦。

我們請到的八音老師林作長先生，家住美濃南邊閩客混居的村子雞婆寮，不算是美濃樂界的傳統人物。當時他五十出頭，剛從高雄回來，轉業養雞。他的雞舍近荖濃溪畔，遠離家戶，只有他的嗩吶能刺破幽靜。雞舍旁，他搭建一個鐵皮工寮，寮內堆滿飼料、農具，近門處擺了一張傳統四方桌，四條長板凳侍候，桌上滿是嗩吶、二弦、打擊樂器及各種零件。養雞農吹嗩吶、組八音團，雖是異象，但作長哥可是專業出發。

學校念的是農業專科，養雞當然不難；在學期間他加入國樂社，出了社會他做過一些阿里不搭（亂七八糟）的工作。為解悶，他跑去電臺義務主持客家音樂節目，從而鑽研八音。這時父母也年邁了；身為長子，他捨不得老人家孤單，乾脆回鄉養雞。他的專業、興趣、家庭責任與生活，從此收攏。

「多完整的一個人！」聽他說自己的故事，我心裡好生羨慕。他與他的夥伴們一奏起八音，轟天蓋地，死人也能吵活，我才明瞭他為什麼要選在偏遠處。可是，我疑惑地問，那些雞受得了嗎？作長哥笑笑地說，養牛聽莫扎特有什麼了不起，聽八音長大才厲害！這種雞不只是真正的土雞，牠們的文化程度還遠超過街上的患瘴大細。「患瘴大細」在客語中指不學無術的年輕人。我們大笑，他話鋒一轉，指著他身旁的老師傳說，看哪！跟你們認真學八音，結果變成我們這種土傢伙！

學員、師資齊備後，我與生祥按作長哥的指引，開車去鳳山市的一間樂器店為大家買樂器。我們很驚訝地發現，傳統樂器的價格跟農具差不多，用料與音準當然也不太嚴謹。牆上掛著幾把月琴，我想起已故閩南語說唱音樂大師陳達。試問老闆價格，一把不到兩千元臺幣。我問生祥要不要買一把試試？他說他不懂那種音樂，我說我家裡有陳達的恆春民謠唱片，你聽聽就會。生祥不僅買了月琴，臨摹了陳達的彈唱，後來還跑去恆春拜訪正致力復甦傳統的朱丁順老師，以及他所帶領的恆春民謠班。

這都是好玩的事，但回鄉搞運動並非那麼浪漫，光家裡的疑問就難以應付。有很長一陣子，我給家裡的理由是當記者。這個理由的解釋力不錯，可以充分說明為什麼我沒有固定的上班地點與時間。族中較有見識的上班族真去買了我所指稱的報紙，回來問為什麼連著幾天都看不到我撰寫的新聞？我很鎮定地應說，凡是地方版上有關環境與農民的新聞，文章頭掛著「本報訊」的，就是我負責的。

我們這一群夥伴，有各種回鄉的緣由。最早的，像秀梅，痛心於八〇年代末社會運動的民族主義化與民粹主義化傾向，回鄉尋找新的出路。接著回來的，有些是響應運動號召的熱血青年，有些則厭倦泡沫化的都市生活，返鄉務農。不管是什麼理由與目的，一旦回來，就得面對農村社會裡，層層糾結的人際關係與自我否定的農民價值觀。我們帶著各式各樣的問題回來，面對更多的問題。疑問處處；除了行動，永遠不會有更好的答案。

生祥回來，又是在秋天，我感覺該寫一首歌。我取了一個中性的集體名稱「秀仔」，說說大家的回鄉故事：

〈秀仔歸來〉

（記一群歸鄉的後生）

秀仔決定歸來，
回到愛恨交雜，
感情落根的所在。

這個決定真難講清楚；
同事問他，
你按呐打算，撖好？（閩南語）
朋友跟他警告，

你轉去鄉下，
頭殼是壞去呀乎？（閩南語）
祖母的問題更棘手；
她問秀仔，
什麼時候回都市呀？

但是秀仔決定回來，
回到愛恨交雜，
感情落根的所在。

他沒辦法再像他的朋友，
把不滿交給選票代理。
他沒辦法再像他的同事，
把寂寞交給市場打理。
他不想再像上一代人，

認做認命認分，
兒子女兒趕出去食頭路，
日子好壞全全任由政府。

故所以，
菅芒結花，
栽菸苗的時候，
秀仔回來，
回到尷尬拉扯，
感情落根的所在。

跟著他回來的問題，
庄頭蔓延到庄尾。
但是秀仔歸來，
就是答案。

注釋

1 婦女急著將房裡的尿桶挑至菜園澆水肥。

# 第五部　人生臨暗

# 種樹

一九九九年孟秋，是我回鄉工作三年來最安適的一小段時日。最要緊的立法院預算表決戰，檯面上我們小輸，但表決前，主管美濃水庫計畫的經濟部在我們多次陳情下，同意撤掉主體工程項目，只餘附屬工程預算。高強度、多方位，三年的組織工作讓幹部快速成熟，想我也該騰出位置，好培養年輕一輩的總幹事。是這般愜意，所以那年唯一到訪的颱風瑞琪兒掃過美濃，並把辦公室後面的縣道一八四甲兩旁的路樹吹得斯文掃地，就也絲毫不影響我拜謝各方運動夥伴的興致。何況道路拓寬時縣政府亂種一通，那兩排臘腸樹在原鄉非洲一定沒見識過狂風暴雨，當然要嚇得東倒西歪。

颱風離開後的第二天臨暗，我回到辦公室，發現後院堆了不少草繩與粗壯的竹子。知情的同事說有位義工古先生正在縣道上扶正路樹，那些東西是他借放。就他一個人嗎？是的，他卸下東西，就單人帶傢伙上路了。我心裡一陣抽緊，暗暗羞愧於路過時心裡閃出的那些僥倖心思，馬上打電話給資深夥伴劉孝伸——熱中生態保育的國中教員，同時也是美濃救難大隊的隊員。孝伸受到強烈感染，隨即啟動緊急通報機制，半小時不到，一群壯漢馳赴現場。隔天早上，嘩！兩排路樹，一百多公尺長，都給義肢撐住了。

颱風季結束後我離開美濃，受邀至高雄縣政府擔任幕僚。非常純粹的辦公室工作，說好聽是協調幾個單位的政策落實工作，實際上是幫縣長盯進度、看公文，並替承辦人搞清楚上面的想法。我之前的工作與水資源、文化保存相關，水利局及文化中心的業務劃歸給我。縣城在鳳山，美濃西南，一小時車程，閒時每日通勤，忙則週末返鄉。每月總會故意一、兩次，繞經縣道一八四甲，與有榮焉地左顧右盼，看著那些被扶起的樹向風、向太陽、向身後的田野與美濃山傳送節奏，向中間穿過的離鄉、返鄉的人打招呼。

地方政府本無水利局。可本縣在沿海有地層下陷問題，在城鄉交界處有排水系統紊亂的問題，在工業區有泛濫的私設水井問題，再加上氣候暖化造成的暴雨強度猛增，使原有的排洪設計顯得柔弱不堪，治絲益棼，非專責機構無以奏治水之功，高雄縣政府遂在一九九九年成立了臺灣第一個地方政府層級的水利局。二〇〇〇年三月，民進黨取得執政權後實現承諾，停建美濃水庫，更使得南臺灣的水源供需問題溢出政策層次，染上敏感的政治性。

好日子不長才叫愜意。

水利局成立，但遲遲沒派局長。美濃水庫計畫受挫後，中央水利署把腦筋動到更上游，更恐怖的取水計畫一件又一件端出。我分析水資源供需現況，為縣長寫了幾份反駁的聲明稿，並聯合隔壁縣市長的幕僚，提出需求總量管制及流域統一治理的主張。四月下旬，我焦急地向縣長報告說，情勢丕變，我們需要一位既能治水又懂水資源政策的專家來當水利局長。縣長不耐煩地點頭，說人事室呈上來的幾位人選均不合他意。縣長是公子哥出身，願意向我解釋，已經是天大的體貼。我瞭解，知難而退。幾天後的一個下午，他把我叫進他的超大辦公室。

「鍾永豐，那個水利局，你去！」

「可是，縣長，那要擺平很多黑道的砂石問題。」

「你們不是搞社會運動的嗎？」

「還有，縣長，我缺乏工程行政的經驗。」

「不難吧？你不笨，學就會。」

話一落，他旋即低頭修剪指甲。他耐心特短，跟他講事，三十秒內切不到重點，談話氣候馬上陰掉。想我不該跟他辯論能力問題，他看過的公務人員，數百倍於我，適不適合，他應有評量。況且，「那會是什麼樣的人生旅程啊？」我胸中莫名地分泌出致命的豪情。大概是五秒的考慮，我應答說：「好，我去。」接下來的一個月我在悔恨中起床，每日拖著焦慮的腳步進縣府。

水利局乃從原來的建設局水利科擴編，同事個個老江湖。我桌上的公文寥寥可數，對比於局裡繁忙的業務，滲出複雜的訊息。我去隔壁的副局長室，那裡高朋滿座；跑公文的包商、建商圍著茶桌，把十幾個座位占滿。他們抽菸品茗，喧嚷笑鬧，間雜著高爾夫球經，分明是副局長的球友、酒友、玩伴。副局長年近五十，衣著講究，配上翻公文、架眼鏡時帶有頓點的姿勢，他的自我應是充滿著明星意識。他非常忙碌，一邊應和他們，一邊批公文，時不時把課長叫進來追問簽辦進度，指示公文細節。他丟根菸給我，使了個忙不更迭的無辜眼神。

跳過副局長與課長，我請業務承辦人帶我去看他們負責的工地，理解各流域的水患與治理方針。一條河縱橫幾個鄉鎮，中游看到下游，一天就過去了。到了傍晚，我邀他們喝酒，聽他們吐苦水，聊局裡的八卦，慢慢知悉箇中奧妙。三個月後，徵得縣長同意，我撤換工程課長，升上一位有理想性、中氣壯直的年輕工程師。我桌上的公文數量從此符合比例，副局長室也安靜了許多。被撤換的課長非等閒之輩，他年輕時教過職校，五、六位議員正好是他的學生。為了替老師出氣，他們聯合提案，凍結小型治水工程預算，疏浚、築堤工程因而無法發包。

我去幾個村子察看停擺的工區，評估影響範圍。耳邊，承辦人及在地民意代表憂心忡忡，幹聲連連，不斷強調淹水的危險。淹水，與淹水的恐懼，經常以不成比例的關係揉成難分難解的一團，構成水利局的社會基礎。

夏日遠颺，村落外熱鬧著秋收。幾種留鳥群興奮忙碌，往返於坵田與待整治的野溪、小河灘間，棲止於一叢叢灌木與蘆葦間。我心裡一陣慶幸，暗暗感謝老課長及他的議員學生，並在心裡告訴那些灌木，那些草，那些蟲、魚及鳥兒：「今年治水預算沒過，怪手不會來，請放心築巢，安心繁殖。」

從野溪望向村子周圍的農地，田已不野，早被整得方方正正。田既規矩，田埂與農路也就沒得彎了。野溪沿岸茂密著灌木叢，間或冒出幾棵先驅樹種，應是這一帶平原上唯一的動植物棲地了。若是水利局的治水預算沒被擋掉，這條僅有的野溪行將不保。

我身旁幾位地方頭人指著溪流轉彎處，活靈活現地描述去年夏颱的泛濫，痛罵議會裡杯葛預算的議員，說他們是「詛咒別人的孩子死不完」。我問承辦的同仁阿德，有沒有其他的辦法？他把我拉到一邊，說下游的整治工程即將完工，結算後應該有一些發包剩餘款。我點頭，走向頭人，跟他們說下游工程還有一些錢，但等著要用的地方還很多，不是我能決定。他們拍拍我的肩膀說，局長你這樣講我們就知道了。

縣長並不管這些小工程的優先順序，更何況他已是第二任，懶得再經營這些小票數的政治交換。我把事情往上推是出於懦弱。我無法斬釘截鐵地跟他們說，這條野溪不值得整治。幾年才淹一次，只波及幾公頃農地，就算淹了，也補充大量有機質，增加肥力。幾百萬的工程款拿來補貼受災農戶，不僅綽綽有餘，還可上溯流域，一路種樹到上游山坡地，減少雨水逕流量。

我上任後的第一個雨季，心裡滴咕的想法露出話頭，曾引來承辦人懶散的反駁：「局長，下次淹水時請你去那裡站，如果他們的口水淹不死你，我隨便你怎樣。」水患的政治學是一種恐懼數學，從選民，他們的鄉民代表、里長及鄉鎮長，到議員，一層一層往上堆。中間若有媒體插入，往往誘發其他媒體狂追，那麼恐懼的加總就從簡單算式，跳至等比級數。淹水當然是真實的災難，嚴重干擾生產、交通及居住，但在民粹主義政治的作用下，水利局的專業淪為腳痛醫腳的反射式治水。

處理完野溪工程的經費問題，我們沿著田埂走回停車的重劃道路。正是最恐怖的秋老虎時節！上午十點不到，路旁等待收割的稻穗紋風不動，我們個個大汗披身。不遠處一位老農民在稻田邊角整理苗床，準備冬天的小作。村子的頭人瞧見，很緊張地大喊：

「阿伯，別再做了，快回去，這款天氣，會出事情啦！」老伯挺起身軀，笑容像乾硬的土裂開，舉手揮了揮，仍彎身在他的農具上。

老伯身後，幾百公頃的重劃地上，沒有一棵能遮蔭的樹。難怪每年夏秋之交，老農民在田間中暑身亡的新聞屢屢不絕。兩條交叉的重劃路上是有一些零星的樹木，但都枝體殘障：偏南北向的不是斷頭，便是枯死；靠東西向的好一些，但也幾乎被截枝。「實在拿他們沒辦法，你看，鄉公所種的樹被弄成這樣！說會蔭到作物。熱出人命來，我們還不敢罵他們活該，自作自受。」頭人似乎看穿我腦中盤旋的念頭。

這幅景象我親身經歷過，但頭人只說了後半部。前半部的劇情是八〇年代前後施行的農地重劃政策。按官方定義，所謂農地重劃「係將一定區域內不合經濟利用的農地加以重新整理……，以改善生產環境，擴大農場規模，增進農地利用的一種綜合性土地改良事業」。

散落於鄉間的溼地、高灘地、林地，地目是官地，傳統上是農村公共使用。放牛、撿薪材、釣魚打獵、小孩野放，盡在其中，唯屬「不合經濟利用的農地」，通概剷除。重劃後，它們被視為新增加的農地，標售給農民。連原本鄉民社會通過嘗會或捐獻，在田間設立給農民休憩用的涼亭也難以倖免，被強制分割，落實單一私有。直白地說，農地重劃消滅了田野中屬於「野」及「公用」的部分。

徹底私有化，「地盡其用」，只是近景。遠景是提高耕作機械化，降低地均人力需求，同時壓抑糧價，迫使剩餘勞動力輸往新興工業部門；所以農地重劃是工業化政策的基礎環節。而農業在為工業化服務的同時，本身也全面工業化。

政府賺錢，農民省力，這不是大家都高興的「多贏」局面嗎？以工業化為內外目的的農地重劃，乘上農業高度工業化，歸結到前面那位老農民身上，後果就是生態棲地銳減，鈍化農村的氣溫調節作用。而他原本可以乘涼、稍事休息的地方，也消失於私有化狂潮中。過度依賴農藥化肥——請容我嘮叨，反而助長病蟲的抗藥性、酸化土壤，總而推高生產成本、降低利潤。農業後繼乏利，致使他年過七十，仍得親力為之。

而我也被注定了。

農村野地失滅，土地吸水與滯水的功能大打折扣，加上不分官農，皆崇拜柏油水泥，遠比全球氣候變遷，更加劇流域中下游的水患頻率與強度。到了新世紀，各縣市政府紛紛成立水利局，或築堤疏浚，或擴增區域排水，不過是在各種鋸箭法上打轉。看那條野溪的土堤，可以斷定在上一次農地重劃中，它被奪走了大部分高灘地。剩下幾成的通水斷面，要應付多出幾倍的洪水；它怎能不造反？

而一九九九那年秋，古先生在颱風瑞琪兒之後經過縣道一八四甲，望見兩旁被甩倒一地的路樹，或許看穿的不僅是這一切的徒然，還有長期徘徊在他心靈上空的犬儒怨懟。他可能逡巡了好幾趟，內心的對話愈演愈烈，理智剛統一，自己理解且討厭但又無可奈何的孤僻性格又跳進來攪和，讓他回頭再回頭。最後他深吸一口氣，踩煞車、停路旁，估量樹徑、樹枝以及樹根離土的狀況。每天早上在自營的早餐店負責結帳的腦筋，現在面對不幸的樹木，臉上仍一貫微笑與靜柔。他統計扶樹需要的材料與數量，隨即騎去鎮上的竹材行與五金店。

縣道一八四甲，樹影重又搖曳如風的搖籃曲。彆扭許久的，今通暢了，古先生感受到雲一般的自由。扶樹後他沒有停止，緊接著一個人的種樹行動。中午收攤，他小睡一番就出發。他去園藝店找人討論，選他認為適合的樹苗，自己挖樹穴、挑水，種在他覺得需要的地方。生態作用強的本土樹種優先；在太單調的地點，他會選種季節性花樹，期待它們長出宜景怡人的風光。

何等興奮！他終於找到了。十年前厭倦漂泊，決然回鄉，蒙大家相惜，早餐店得以運轉，讓他及妻小樂業安居。銘感內心，他總覺要做些什麼，回報受扶之恩。去隔壁小學做義工吧！他想，那是最大宗的顧客。短短數週，他的勤勞細緻潤澤了全校師生。第二年，校長欲提報他為好人好事代表，嚇得他不敢再踏入校門。唉！他只是想安安靜靜地回報。

先前呼應扶樹的朋友受到感召，招兵募馬，組成種樹隊。古先生歡迎他們的行動，但他總是走岔。到頭來，他丟不掉孤僻。也許午後獨行，巡視新種的樹苗，或勘察路、田、水、山及太陽的相對方位，考量樹的種類、季節的變化，最後挖穴、植下，他的心情才能放行，享受那些或內或外、時上時下的自言自語吧！

種了多少樹？他沒統計。我在水利局兩年不到的時間裡執行了多少公里長的治水工作？我也沒算。這兩件事始終在我腦中交纏；我想寫一首歌向他致敬，並悼念在農地重劃及後來的排水工程受害的生態眾相。他安靜地種樹，其中的對話豐富且熱鬧，我想這首歌應該不敘事也不批判，就像田野上的風，一陣又一陣：

〈種樹〉

種給離鄉的人
種給太闊的路面

種給歸不得的心情

種給留鄉的人
種給落難的童年
種給出不去的心情

種給蟲兒逃命
種給鳥兒宿夜
種給日頭長影子跳舞

種給河灞聊涼
種給雨水歇腳
種給南風吹來唱山歌

# 大水柴

誠奇是哪裡人？我好像從沒問過他。

二〇〇〇年，民進黨取得執政權，前後那幾年堪稱該黨壯盛期。從社會運動領域，從學界，從地方派系，各路人馬紛紛湧入公部門，既有趨炎附勢者，也不乏摩拳擦掌、欲藉之實現宿願的理想主義者；不管如何，都已在政治江湖中混到大尾。他們被委任中央或地方政務官後，一般會從跟隨的小弟或學生中挑一、兩位學歷不差、年紀在二十五至三十之間而又機伶者，安插在辦公室當貼身祕書。他們一批又一批出現，兵馬倥傯，有些因為老闆在激烈的政治駁火中遇伏身亡，瞬時猢散，有些則隨老大轉攻其他戰場。總之，小將們異動頻繁；想這是二〇〇三年仲夏在嘉義太保初認識時，我懶得打探誠奇政治身世的原因。

他的老大是縣長最倚重的幕僚，與聞重要的政治布署及決策，也是他找我來當縣政府的文化局長。我以為他們一定有什麼深遠的文化企圖，不然不會找我這種在政治上跟他們不同路數的人。後來聊到此事，誠奇笑我想太多了，他老大只用一點說服縣長。

「哪一點？」

「你得過金曲獎。」

「就這麼簡單？」

「是的，就這麼簡單。」

我的腦筋打結；誠奇欺身，給寂寥的夜添紅酒。

當然不是這麼一回事。未久他老大帶我去民雄鄉一處幾成廢墟的工地，說是前縣長留下來的文化工程，我搖頭，哇了幾聲。他莊重神色，說前任縣長遵照文化界大老的理想，欲興建臺灣第一個縣級的專業表演藝術場館，可惜工程超支、縣府公務員專業不足，遂蓋到當機，跟包商告來告去。他說我們不以人廢事，雖是拚得死去活來的敵對派系，只要是進步事業，我們就努力接續；我聽得正氣凜然。上週我跟縣長去找行政院長，他繼續說，不足的經費都要到了，你有工程背景，剩下的就交給你了。

我跟誠奇住宿舍樓的同一層，他被我的唱片吸引，好奇竟有人用黑膠聽音樂，身邊帶著上千張唱片走闖南北。我則被他的紅酒留住；誠奇樂好此道，每週逛大賣場，按圖索驥，找好喝的便宜紅酒。猜是幾個紅酒出產國在全球化市場上低價車拚，兩、三百塊臺幣一瓶的佳釀比比皆是，再加上《神之雫》這類日本紅酒漫畫催波助瀾，品評紅酒遂在初入職場的年輕人之間蔚成風潮。誠奇一臉陽光，身高一八三公分，政治研究所畢業，喜歡攀岩，還沒見識夠多的無情與庸俗。原本就燦爛的鄰家男孩式笑容，在每天的妙人鮮事刺激下，洋溢著新鮮的期待。

他出酒，我出土產與唱片，兩個異鄉人，身家背景隱沒在淒淒野夜中，漸漸忘了來處。我們的宿舍連著縣政府特區，立在一望無際的甘蔗田之間，最近的市囂遠在幾十公里外，晚上的瞎攪和經常是一天的工作結束之後，唯一值得期待者。這種情況下湊在一起，人跟人之間不是快熟，就是散開，沒有慢熟這回事。每天生產與再生產的政事，是晚上談聊的入口；他從政治哲學切入，我從社會科學下手，三兩下就分析完了，外加笑料、戲仿與抱怨，打發不了多少時間。長夜漫漫，前途茫茫，女人以及因女人而起的心事，恆是最好的下酒菜。

誠奇不愁沒有女朋友，在他房裡輪流出現的四、五名女孩中，有一、兩位還是有著模特兒身材的富家女。誠奇愁的是如何在性慾與成家間，做出「正確」的抉擇。不知道是這兩者在本質上就會打架，抑或縣政府的宿舍氣場差，不適於人生決策，總之誠奇的苦惱綿綿不絕，一、兩瓶紅酒鐵撐不住無聊的長夜，啤酒及劣質威士忌也無妨了。結果是，我們的酒品迅速倒退至有酒就好。

誠奇為此翻了幾本佛洛伊德派的心理學分析，結論是他的自我仍擺脫不了本我的糾纏。在我看來，這根本是明星才會有的困擾——幾個美女週週搶著掛號進房是怎麼回事？凡人的理論是不濟事的。

「那你說怎麼辦？」他無辜又無奈地張著一雙茫然的大眼睛。

「不要再區分什麼本我、自我！性慾就是你身體裡的另一個我，你現在這個年紀就是他當家，他想冒險，你擋不住的，就讓他領著你去探索人生吧。慢慢的，他會累，會長智慧，會從你下半身往上爬，爬過你的肚臍、你的胃，先是跟你的心團聚，最後會蹲在你的額頭上回顧你的青春。這時在你身體裡割據山頭的各種我，就會統一了。」

「你是說你自己現在嗎？」

兩人轟笑。

按世俗眼光取捨，誠奇的女人當中，喬依是成家首選。喬依國小畢業就隨全家投資移民至紐西蘭。才讀到高中，嚴謹又有事業野心的父親開設的超商已成功連鎖成中小企業。喬依是長女，父親期待她成為家族事業的執行長，所以上大學她非念商學院不可。畢業後她想冒出水面吸點自由空氣，自告奮勇跑回臺灣，管理父親新開的超商。她樂不可支，四處瞎玩，甚至參加攀岩夏令營，誠奇正好是駐營訓練師。喬依從誠奇身上看到父親的完美反面，孺慕之情一發不可收拾，營隊結束後癡心地追著他跑。

我說我無法想像被一位身高一七六的美豔富家女倒追的景境，誠奇苦笑，搖搖頭。有一晚，近十一點，我聽到誠奇門口有敲門聲及壓抑的呼喊聲，斷斷續續約莫十分鐘，我意識到不妙，出門招呼喬依，問她要不要進來坐。我奉上一杯茶，她忍住委曲與氣憤，幽幽地講她的心路歷程，以及誠奇對她的意義，我邊聽邊發簡訊，要誠奇別為難大小姐。半小時後誠奇敲門，跟我說了聲謝謝，雙手輕輕扶住她的肩膀。喬依乖乖起身，一點也不扭捏。我心想果然不是本產的，情緒模式不太一樣！

誠奇認真考慮過她，為此我張羅了一件首飾，好讓誠奇決定告白、投降時，有個定情物。但誠奇始終猶豫；他覺得喬依追尋的是她父親的反向投影，而他排拒演進那角色。我說愛情一開始總是那樣的，我們都帶著版模找人。誠奇說他瞭解，但更大的模子來自於她父親以及他們家的事業；真正讓他不自在的，是那個。我心有所悟地看著他：嘿，這小子真有意思！

「我有時對喬依感到心疼。」

「她生氣離開的時候嗎？」

「不不，是她緊緊抱著我的時候。」

「怎麼說？」

「她的不安定感我明白，她想穩定下來我也清楚。但你知道嗎？她抱著我的時候，我感覺自己像一根漂流木，要漂到哪裡，我自己都茫然。」

我心頭一陣酸緊，吸菸吐煙，腦裡湧現暴雨泛濫的荖濃溪，水面上漂流木載浮載沉，我們當地人稱之為大水柴。洪水消退後躺在礫石灘上的大水柴，多是細枝殘幹。國中時家裡增建菸樓下舍——菸葉熏乾後的處置空間，我曾隨父親去荖濃溪畔採砂石，順便撿幾根回家當柴火，也沒留下深刻印象。

高中時我瘋狂打排球，一路從助練員混到隊員、主力攻擊手，甚至高三時被拱為隊長兼教練。隊上跟我站對角的傢伙，身型高壯，好掰瞎事，擅幹架，是我隊的笑果器兼保護神，人稱秋明仔，來自美濃的對岸——高樹鄉。除了主力攻擊手，他還是游泳校隊，專攻自由式，拿過市中運冠軍。有一回我們倆被球友找去隔壁縣運動會當槍手，他騎改裝的偉士霸機車來載我，車無牌人無照，整路乒乒乓乓。換場休息時那些中年球友沒在喝水，啤酒與菸丟來丟去。我接過一瓶，問猛抽菸的秋明仔游泳是怎麼練的，這麼厲害！他說幹嘛練，他從小專門在荖濃溪湍流裡搶拉大水柴，一跳進沒浪的大窖死水，隨便也贏過那些白斬雞！

喬依緊攬一截終究無法生根發枝的大水柴，我想，許是反映她想湊成圓的急切吧。在情慾濡沫中總有那麼幾個瞬間，誠奇眼神鬆暖，她抱著稍縱即逝的幸福，心裡或就像索忍尼辛的集中營小說《第一層地獄》中把帥男科學家拖進置物間做愛的女主角在高潮之際吶喊：時間停下來，停下來！某些成長的缺憾被補實了，苦澀終而發酵，轉甜。我憶起九〇年代初農村調查時，對母親做過的一段訪談。我問她怎麼回顧自己的婚姻，她說一個人是半圓，結了婚才合成完整的圓。當時我以為她是哄我結婚，但話裡的形象一直令我著迷。

第二年春末某夜，誠奇跟我說他申請到英國的大學讀博士班，辭呈遞出去了，過幾天搬離宿舍。我既捨不得又為他高興，問他何來勇氣跳出政治江湖，他說厭了漂流，想上岸，還準備帶未婚妻一起出國。

是喬依嗎？我驚喜地問。

是另一個，最平凡的那位。

他神色篤定，不再露出那種做小壞事被抓包的鄰家男孩笑容。幾天後我把〈大水柴〉的歌詞手稿送給誠奇，紀念他那段漂泊的愛情，和我們的相逢：

妹呀，妳抱我抱得這麼緊
妳抱我抱得這麼緊
我喜歡我的手我的嘴
它們握妳吻把煩憂斷根
妳貼緊我的身我的心
我們湊成一個著急的圓

妹呀，妳抱我抱得這麼緊
妳抱我抱得這麼緊
我知道妳想穩定想固定
想我是妳可以繫船的樁
但是我呀就像大水柴
根土分離水帶水漂
沒底的愛情

就像大水柴
撿得上岸
難得生根

妹呀，妳抱我抱得這麼緊
妳抱我抱得這麼緊
我們合成一圈密密的圓
世界拜託停下來停下來
我們滾成一團滿滿的圓
時間拜託停下來停下來

沒底的愛情
靜靜抱著妳
永永遠遠
不要天亮

# 都市開基祖的臨暗

## 一

我鎮客家人對其遷徙歷程的認識與紀錄中，甚少有年代的指引。他們瀏覽祖先牌位或翻閱族譜，時間是缺席的。他們目光的起跑點在每一座系譜支架頂端，我們稱之為「來臺祖」或「開基祖」的那些先人。所以兒時，祖父一遍又一遍講述家族移動史時，我永遠搞不清楚他凜然尊為「來臺祖」的某位廣東蕉嶺鍾姓男子過海來臺闖蕩，到底是哪個年代的事？他的某位子嗣又何時跑來我村自立門戶，成為我們這一脈的「開基祖」？

就像所有的民族主義論述，祖父的歷史記憶及講述方式，使「開基祖」從人昇華成某一種精神狀態。直到我離鄉多年，漂移在不同的城市、工作與身分間，焦慮於未知與不確定，腦中赫然浮現祖父在祖堂裡伸長手臂，為我解讀牆上、梁下那些不好斷句的長串文字。以祖父認知的，歷代開基祖的規格，想我難以成為都市開基祖了。結了婚，但成不了家；拚命工作，絕立不了業。道理也很簡單：一九九〇年經濟泡沫破碎之後，房價像孫悟空翻筋斗，生活費陡升，實質薪資向後跌，不信邪的人頻繁變換工作，認真的則常被工作轉換；均無以為基。

都市的傍晚，是一天中最折騰的時段。下班前大約半小時心情急轉直下，右半邊的胸側肌肉抽痛。同事散光，辦公室一空，整個人便像是被擲入深淵，靈魂飄蕩，舌下根甚至產生苦味。晚餐變得困難重重；經常，遊走幾個街區還找不到胃口。有時不自覺地走進住宅區，尋著煎魚的焦香及婦女的招呼聲在小巷弄裡聞呀聞、鑽啊鑽。回到宿舍繼續糾纏，得靠大量菸酒，方得定神。好不容易進入寫作狀態，已近子夜。

一位朋友知道我的狀況後熱心安排各種攤子，陪我晚飯。他的口才媲美說書人，二代外省子弟，黑白兩道混得融洽，喜歡做菜，剛離婚，現孤家寡人。我喜歡他半醉時攪和自身的經歷與幻想，無邊無際地掰他的江湖演義。共事過的朋友知道他喝愈多，妄想成分愈離譜，都趁他醉酒前閃人。我沒差，落拓又無聊，樂得當他聽客。

他斷定我得黃昏憂鬱症。我本就喜歡「黃昏」這個帶有色澤的時間名詞，現在卻與一種精神性症頭連在一起，頗令我訝異。我張眼看著他，久久才能問出一句為什麼。我期待他會煉出一串又炫又瞎的分析，熟料他冷冷地說，小時候他父親每到傍晚就一副陰森森的出神樣，沒人敢在這時惹他。

我心裡糾緊，從他的悵然神情想像他父親的黃昏憂鬱症。他拿起酒杯，碰了碰我的杯子，一飲而盡後拍拍我肩膀說，老弟啊，你想家，隨時可以回去，我父親十六歲被抓伕，跟家鄉可是隔著臺灣海峽，還有你死我活的國共對峙啊！

我警醒，稍稍可以客觀化自己的存在狀態，始得重新琢磨「臨暗」，這個客家人的時間語彙。國中時，我在國文課本讀到兩個指涉白天向夜晚過渡的字詞——「傍晚」及「黃昏」。為了方便理解，老師直接把它們等同於客家話中的「臨暗」。但我從未被說服，總覺得「臨暗」遠比「傍晚」或「黃昏」細緻、深刻，牽涉更多的心理層次。

日落前後至夜晚降抵的這段時間，客家人細分成三段。太陽即將接地至落日後餘燼染天，稱為「臨暗」；暉滅後天空呈現白茫的彌留狀態，稱為「暮麻」；最後微光消失，稱為「斷暗」。之後我們心甘情願稱之為「暗晡」的，就真的是晚上了。客家人對時光行移的敏感也表現在白天：天亮前是「臨天光」，然後是「天光」，「朝晨」即清晨。中文所謂上午至正午的這段時間，我們細分為「上晝」、「半當晝」及「當晝」。

原來，在漫長的自然經濟勞動史中，對客家農民而言，要緊是每日的氣象變化與每年的節氣輪迴，且他們在政治地理中歷來邊緣，似乎也沒必要太在乎年代或朝代的座標價值。他們腦子裡裝的是天體論的時間觀，對於每日的光影遞嬗極為敏感。就像漁獵維生的極地愛斯基摩人善於分辨雪態，客家人之眷戀白日也呼應自身的農耕型態。他們的移墾地大多為丘陵谷地，在耕地不足又不良的劣勢下，他們必須依靠長時間的家庭勞動力投入，以確保基本產出。

一九七〇年代是臺灣農業生產的巔峰。蒔禾、割稻、植菸及採菸是一年中最緊張的耕作時節。標準的作息是，「天光」前起身，父親去牛舍與倉庫款妥下田的農具與肥料，母親則在廚房邊煮早飯，邊準備「半當晝」的工人點心。「臨暗」，一家人陸續歸巢。放學的孩子最早到家，小的負責生火煮洗澡水，大一點的幫忙帶更小的孩子，上了中學的則幫祖母餵豬飼雞，或替祖父打理牛舍。等到母親下工，移駕廚房，全家人隨即繞著晚飯打轉，就像是一首搖滾樂曲子進了鼓與貝斯後，所有的樂器自動與之合拍。廚房是所有空間的重心，母親則使廚房發出節奏，指揮全家心神飽滿地度過白天至黑夜的轉換時刻。臨暗是甜的，是協和的，是各種心情的收攏，所有事情的依歸。

我想起一首臺灣家喻戶曉的閩南語流行歌〈黃昏的故鄉〉；這是旅外同鄉聚會時的必唱曲，眾人引吭，每至涕泗縱橫：

叫著我　叫著我
黃昏的故鄉不時在叫我
含著悲哀也有帶目屎
盼我轉去的聲叫無停
白雲啊　你若欲去
請你帶著我心情
送去乎伊我的阿母
毋湯來忘記的

這首歌早被視為臺灣的代表性歌謠，其特點是深沉、顫動的高音，類似美國的黑人靈歌。在社會運動風起雲湧的八〇年代，它最常被用來鼓動群眾長期被壓抑的心靈與認同，幾乎享有「社會運動聖歌」的地位。後來無意中聽到原唱，方知是翻唱自東洋，好不失望。

但我鈍遲的腦筋逐漸明白：農村遊子所舔舐的鄉愁，絕不會是清晨或午夜的故鄉，而黃昏的故鄉所連繫著的，也必定是母親。在異鄉的都城，少了母親作為組織者，疲憊的臨暗不再能產生重力場，心神耗弱的人兒不管自轉或公轉，均失卻軸心，又焉能不飄蕩於茫茫太虛？

「臨暗」這個古老的客語詞彙，在都市產生了新的詩意，指引我理解處境。我得先從臺灣現代農業史的觀點，說說自身的家族史，進而串聯新一代的〈都市開基祖〉：

阿公的當晝
他最愛小姑丈回娘家
聽他講一段開基史
哎喲，配一塊五花肉

上聯是祖上本無地
做長工、租旱地、開石灘
穀租六成
結果還欠頭家帳
下聯是好在三七五減租

討老婆、償舊債、買公牛
禾、菸、豆、芋
屋起堂開振鴻圖

阿爸的暗晡
他不時一吃飽就揮席
不是找同黨怨政治
就是騎機車巡心事

年輕時阿爸願出庄
開卡車當學徒他全想過
奈何長子
老弟老妹還稚幼
十五、六未轉大人身
扛穀包、駛牛犁、攬硬活

一給泥土沾到
他講是，哀喲喂
洗都洗不掉

阿公他是硬頸的國民黨
阿爸偏偏是死忠的民進黨
一句起二句止三句咬牙切齒
父子倆無緣三句多

都市的臨暗
我經常左泡麵右罐頭
叩首再叩首三叩首
敬自己，阿公講的
開基祖

都市開基祖
租房是鳥籠般大小
薪水是薄薄的幾張
開銷樣樣會咬人

都市開基祖
省省儉儉存無三七五
左泡麵右鑵頭
叩首再叩首三叩首

## 二

八〇年代末，臺灣逐步走上政治自由主義及經濟放任主義，表現在前者是解除黨禁、報禁與直接選舉，在後者則是解除資本管制與加入世界貿易組織。所謂全球化，於焉開始。九〇年代後，這兩大趨勢互為表裡，解構、再結構臺灣。歷史並不抽象；從基層受薪者愈見促狹的生存空間向外望，看似對立的兩大黨實聯手解除行政柵欄，放任地產商、銀行與地方派系狼狽肆虐，年輕的都市開基祖從此難以生根。九〇年代末，走頭無路的失業者、失敗者悲壯地了斷自身困境，像是競相飆尖的撕裂高音，每每令人驚心動魄。

一九九六年，桃園一家製衣公司惡性關廠，數百名失業女工循合法途徑，南北奔波，皆得不到善待，最後集體臥軌。那陣子，失業工人或失敗的小生意者鋌而走險，搶劫、偷竊、綁架勒索，此起彼落，躍為社會新聞主流。當然，主政者不會一葉知秋，結構性地回應中下階層的艱難，只是頭痛醫頭，只專注於防範犯罪。不出幾年，監視器布滿街口，社區裡人人自危，巡守隊紛紛成立。

自殺的型態也出現變化。首先是單數轉複數；個人為主的，翻過二十一世紀，變成攜家帶眷。常見的情況是做父母的不忍稚子受苦，一起帶走，或是夫妻、情侶相偕，共赴無憂。許多類似案件的報導中，真正刺痛人心之處，是他們用紅繩繫住彼此的手，相約來生。而那一根根紅繩之於現世，既是深情亦為切恨。同時，從他們遺留的信文及臨走前的準備來看，人在自我了結中，主體性升高，哀怨降低，有時近乎某種行為藝術或祭儀。許多案發現場滲出的平靜氛圍，似乎暗示：這是關於人生前途的一種選擇。

我留了一份新聞簡報（二〇〇五年四月五日，中國時報），關於一位生意人的不幸，標題聳動：「崩潰的女強人狂歡一週吞藥自盡」，過程直如公路電影。這名三十二歲女子從小為養女，曾經營珠寶生意，經濟情況頗佳，唯六年前離異，女兒由前夫監護，恢復單身生活。長期的工作壓力困擾她的精神狀態，導致心律不整、失眠、頭痛，久治無效。復以邇來事業不順，遂萌生死念。死前她似乎有意安排一趟旅程。她先是在酒吧結識一名年輕的檳榔商，邀其同遊，費用由她負擔。他們旅遊、訪友，一星期後回返臺北，投宿汽車旅館。第二天下午，男子外出處理生意，至深夜多次去電無人接聽，火速趕回，赫然發現女子倒在沙發旁，送醫宣告不治。記者最後寫說，警方在梳妝檯上找到三張便條紙；女子在遺言中交代身後事，最後感謝男子的陪伴與幫忙。

從都市裡不安的黃昏憂鬱症，我回溯了母親的農村臨暗，現在它們又連繫了全球化下處境艱險的弱勢者。「臨暗」這個客家的時間名詞，像是延長的黃昏餘暉，向四方暈開。我加入了那些在異鄉的黃昏中失心的魂魄行列，迴旋盤繞於都市街巷。而如果我收留他們的靈魂，讓他們通過我的心緒說故事，第一個場景應該就是〈臨暗〉：

臨暗，收工

一個人行，在都市

我目珠吊吊頭顱空蕩
好像自家已經
灰飛腦散

三不時我失神走志
浪浪蕩蕩穿弄過巷
直想聽一聲
阿母籲孩子洗身
真想，聞一下
廚房裡煎魚炒菜的味息

臨暗，恤起
阿公講的家族史
我們這房歷代犁耙碌碡
今我都市打拚

要學開基祖

暮麻，一個人
行中山路
轉中正路
論萬盞燈照不亮
腳下的路
人來人去算不盡
無人好問
吃飽了沒

「犁、耙、碌、碡」是農具，也是種水稻前的四個整田工序，發起音來是二平二入。客家人連綴這四個單詞，表明自身的農民認同。「中正路」及「中山路」是一九四九年之後臺灣最普遍的路名，每鄉每鎮的主要道路都逃不掉。

但是，臺灣在進入全球化之後，新一代的中下受薪階層到底面臨什麼樣的工作條件？他們的人生態度與愛情觀又經歷什麼樣的變動？

我透過同事介紹，訪問了一位資深的服務業員工。他姓盧，二十六歲，臺南市郊區一家臺法合資賣場「大潤發」的經理。盧剛升上經理，訝異竟然有人要採訪他們的工作。他很愉快地帶我參觀賣場的倉儲管理與作業流程，一一解說。我也感到新鮮，自九〇年代初在大賣場購物以來，還第一次見識賣場內部。我笑著問他，你進職場也不過五年多，怎麼人家介紹你，都強調你「很資深」？

盧的笑容帶著淺淺酒窩，他答說是這一行的高流動性使然，能在一個地方撐過三年，算厲害了。但為什麼流動性會那麼高呢？他用眼神引我環顧這個用一排排白熾燈管二十四小時照明的工作場所，不帶情緒地跟我說，這真的不是一個太愉快的工作環境，而且非常講究紀律與精確，年輕人不容易耐得住。

盧說臺灣的大賣場崛起於一九八九年的荷商萬客隆，開始時設在工業用地，靠著大量進貨降低成本的模式披荊斬棘，並迅速引來其他投資者的跟進。到了二〇〇〇年，大賣場之間的競爭主軸已不再是成本與價格，而是便利與服務。我請教他怎麼看新的主軸。

盧非常SOP（標準作業程序）地唸出要訣。所謂便利，交通、停車便利，購物方便，還有必須讓人感受得到價格便宜。所謂服務，第一看相要好，亦即商品不僅要有特色，還得講究精品感及國際性。第二要精準地滿足客人需求，讓客人感覺自然、不做作，像在家一樣。第三要講究禮貌。我問他怎麼講究？

盧叫我正眼看他，他換上工作表情，先是微笑、點頭，再來用很合宜的音量與節奏說：您好、謝謝、再見。我知道這裡面有細節，問他練了多久？他很高興我沒看輕，說剛進公司那三個月，每天上班前一定對著鏡子練幾十次，到了公司隨時接受主管抽考、糾正。

我除了說「哇——」以外，別無其他表達敬意的方式。

他拿起桌上的衛生紙盒，對我說：拿著，你退後六、七步，假裝不滿我們公司的商品，要找客服人員理論。我照辦，距離三步前，他從椅子上站起，恭敬又自然地伸出雙手，準備接客人的東西。我還是哇的一聲，笑說你們這樣幹，天大的不是來到你們面前，殺氣都軟了大半。

## 三

一九八〇年代末，藉著重新檢討都市計畫的時機，臺灣各地興起新市鎮計畫。政治與資本結盟，動力源源不絕；掌握地方政府與議會的派系經由土地開發，既擴張地盤，也擴大資本，再相互加乘。舊市鎮的外圍先是拉起粗胖的外環路，同時一塊塊農地被徵收，停耕，變更，組併為大面積「都市計畫用」土地，最後升起一排排面目癡呆的「透天厝」。都說寄望雙贏，但通常新舊市鎮間形成虹吸作用，老街區很快撤空，只剩帶不走的老人，與走不了的貧戶。雞犬相聞的村落雜貨店也就在那時讓位於資本密集的連鎖大賣場；後者矗立外環道，重新定位我們的生活座標。

處處壓低成本，又強調規格化的服務方式，大賣場的工作條件會好嗎？盧經理從基層講起，員工人數最多的是PT(parttime，計時工)與業務員。九十五%的PT為男性，一般又以學生工讀為多，時薪為臺幣七十元（按：這是二〇〇一年的水準，二〇二二年調至一六八元），無年終獎金，純工時，每日工作最多七小時，不包含中間吃飯休息的一小時，而且本時段也不支薪。強調標準化的大賣場，當然定有嚴格的紀律要求。上班時不得吃檳榔、抽菸、買東西，偷東西一律法辦，不可進行與工作無關的交談。PT的剝削性高，流動性也高。新進業務員一年有兩次升遷機會，升上課長後月薪可達三萬五千元（二〇一四年也還是這個薪水），年終獎金兩個月。再上一級，科長享有宿舍津貼的福利。

盧不到三十，就認定這種賣場工作，我很好奇他怎麼想。盧坦白這一行挫折多，對體力與業績的要求高，工作時間長，同業競爭激烈，景氣敏感度高。但是——盧露出堅忍的微笑，這一行挑戰性強、可塑性高，每熬過一個關卡，人生的視野立刻改觀。這很刺激，盧承認它跟上癮的差別不大。

我在筆記本上速寫大賣場的職場特徵，後來成為歌詞〈三班制〉中的場景：

連排連楨的燈管
密不透風的場所
管人趕人的時鐘
長年不變的顏色

自己的影看不到
風起雨落聞不到
天時地節無從知
嚷嚷大聲講不得

無影無跡的人生
無日無夜的底層
無風無雨的工時
無話無絮的同事

我們愈聊愈自在，最後聊上了海產攤。我問盧是哪年生的？他說是越戰結束那年。這讓我感到新鮮；臺灣年輕人一般不大搭理國際歷史事件。盧苦笑說他確無胸懷世界之志，但那年他父親事業失敗，跑去當計程車司機，母親開一間雜貨店，全家命運急轉直下。他有記憶以來，家裡所有的紛擾都源自那一年。他自小就被送去遠地依親，內內外外一大堆挫敗、糾結與隔閡，從沒有人可投訴。他念了很多小說、散文、傳記，慢慢學會跟自己告解，然後才能跟家人和解。「不然我早爆掉了！」盧啜飲一小口啤酒，別開眼神，不讓人看見眼中的淚。

談談你的戀愛吧？

許是自小離散，渴望完整家庭，盧十九歲初嘗戀情，就急著投射彩虹。他滿心當真，設計了一份拾級而上的未來藍圖，內含職位爬梯與財務規畫。盧說他要的幸福不大，下了班跟老婆手牽手逛街聊天吃小東西，這就夠了。不久發現兩人的生活圖像套不攏，她的冀望要絢爛得多。更糟的是，她作廣告AE（Account Executive，業務經理），是行銷的最上端，盧當時在麥當勞，是行銷的最前端。在職場上她看的是未來半年或一年的趨勢，可是盧每天處理當下的狀況。他日夜顛倒，沒假日這回事，她則是朝九晚五；兩人的朋友圈也沒交集。最後趁著他入伍服役，女孩瞞著他「兵變」。

退伍那年母親尋短，報復父親外遇，他趕回去，女友抱怨沒陪她看牙醫，他大吼：每個人都要負擔妳的事情，那誰來負擔我的？一個禮拜後，她提分手。工作漂泊，感情難安定，他有自知之明，也沒太為難，但心裡的苦痛從此像口深井，常常爬不出來。他的心從此硬化，其後交的女友進不到內心，很深很深的一種傷痛，覺得對愛情不再信任。有一段時間連衣服都不知道怎麼穿，手腳都不知擺哪裡。每天就是工作工作，弄到精疲力盡就回家睡覺。

「你能瞭解那種感覺嗎？」盧抬頭問我。我知道那不是問題，是呻吟。

## 四

有天傍晚盧帶了一位女孩來找我吃飯。他們互動親切，我自然認作是男女朋友。盧止住我的誤解，說明他們是要好的同事關係，女孩點頭，深表同意，眼睛眨著燦爛的微笑，煞是迷人。我稱讚女孩開朗，一時間眼睛失了焦點。還好餐廳吵，出菜快，方便我盡快結束，帶他們去附近一家我常去的咖啡館。大概為了舒通氣氛，兼讓他的同事覺得值得，盧裝出好奇的表情，問我的工作。

其時我是當地縣長的機要祕書，這個工作很難說得清楚，且因人、因黨而異。但不管藍綠，會被選用為機要祕書的人有幾個共通之處。最基本，他們長年跟在政治人物身邊，圍繞著老闆與選民的政治關係再生產，處理的事情從雞毛蒜皮的選民服務、狗屁倒灶的政治資源分配，到影響公眾生活的各種政策，層層疊疊，不一而足。仕紳背景的地方人士，退休的教師、公務人員，或有過選區經營經驗的政治人物，是理想的機要祕書人選。他們熟稔地方脈絡，通達人情世故，懂得拿捏方寸、內外與層次，手腕圓融，情緒穩定。

「但以上條件我無一俱備！」我向盧坦白，「我缺乏在地的淵源，上任前只與縣長打過幾次照面，性情又孤僻。」這種落差激起盧的興趣，他搬出實戰商管專業，試圖連繫管理學與政治經理，要我相信「方法」——他特別加了重音與嘴部表情，才是局外人的領航員。

其實七、八個月前接此職務時，我也真自豪於局外人的身分，有一陣子還喜歡就著朋友的好奇，煞有介事地理論化我的生存之道，並加贈連篇江湖奇遇。「但是……」我聳肩、苦笑，幾乎要向盧招供我最大的問題，是終究無法跨越內心的空洞與孤寂。這時看見他的女同事雙瞳圓睜，似乎聽得迷離，我那些等著出口的字詞顯得太知識分子氣。

盧是敏感、細緻的人，經歷過撞牆期，知曉某些要命的東西，使工作不能兌換成就感，讓白天的外在與夜晚的內在對不上話。一、兩秒的靜默後，他用手肘輕碰旁邊的女同事：「喂，妳不是說要來說故事的嗎？」接著半戲謔地對著我說：「這個人聽說有音樂人採訪我的故事，便一直吐嘈說我的生活風平浪靜，她的才精采。」

被這樣配對讓人尷尬，更糟的是，我竟尚未請教她的大名。

「她姓江，喜歡朋友叫她Apple。很上進，白天上班，晚上讀大學夜間部。」盧代她回答，Apple嘟了嘟嘴，轉身在盧肩上搥了幾拳。真羨慕他們這樣打打鬧鬧，想我從國中到大學，不是男班就是男校，女生與性總是黏在一起，挺煩人的。

「妳為什麼叫Apple？」我只好接過話柄，禮貌地提出第一個問題。從長相到表情，她仍留有嬰兒肥時期的天真可愛，家庭的幸福指數應該不低。她是湊熱鬧來的吧？我猜。

「小時候我雙頰圓圓紅紅的，家裡人就這樣叫我。」她邊說邊解開右手的袖扣，翻露出手腕內面，上有兩道割痕，一粗一淺。

「妹子，我不知道妳也幹過這種事！」盧來自破敗的邊緣，見識、經驗過各式各樣的家庭悲劇、鬧劇，他故作驚訝地嬉逗，倒也自然。

「這種事成功了叫割腕自殺，失敗了叫放血。」Apple點燃一根菸，原本的嬰兒肥遺跡不見了，表情變得近乎冷冽。知道她要講故事了，我看了牆上的時間：晚上九時三十分，二〇〇三年十月二十六日。

「我一九七九年出生。小時候爸爸從事營建業，事業順暢，閩南語的說法，賺錢若賺水，我要什麼有什麼，很受寵，連我是左撇子也沒在管。我爸多金不打緊，偏偏又英俊、好色，外遇不斷，女人像糖漬上的蒼蠅，趕一批來一批，父母吵架像沒完沒了的八點檔連續劇。我記得我爸最後一次被抓包，他們兩人相互咆哮。拉扯一陣後，他突然停下來，安靜地對我媽說，二十出頭認識妳不久我們就結婚，從此我拚死拚活、沒日沒夜，現在事業成功了，妳就不能讓我享受一下戀愛的滋味嗎？」

「聽起來妳爸說得很誠懇啊！」盧不改毒舌風格。

「不僅誠懇，還委曲呢！」Apple也不遑多讓。

「那樣妳媽才痛吧？」我心裡暗暗佩服，離三十歲還一大段，他們不僅歷經滄桑，還能像讀劇本那般，不帶情緒地品評人生。

「我媽起先是愣住，接著臉上的肌肉垮下來，我想是覺悟吧，接著她緊拉著我，轉身離開。我媽走得很急，剛開始我也很安靜，不久她的眼淚飛濺到我臉頰上，溫溫的，我這才放聲大哭。」

盧點了一根菸，遞給Apple。

「我經常回想、咀嚼那一幕，現在我比較能理解，什麼叫作悲從中來。那不是心疼我媽，也不是憤恨我爸，更不是害怕何去何從，而是感到一種人世的悲涼，很純粹，很深的一種悲。」

「後來呢？」我想到兒時電視布袋戲年代一首家喻戶曉的主題曲〈苦海女神龍〉，歌詞最後一句是「美人無美命」。

「我媽在夜市擺攤做小生意，不跟她老公拿錢，也不再當他的接線生、客服、助理、會計，連我在學校的註冊費、生活費也是她全包，倔得很。當然我爸還是會偷偷塞錢給我。」

「所以妳媽就接受了？妳還是幸福快樂的小公主？」盧大概聽多了這類故事，臉上略微露出不耐煩的神色。

「有五、六年我真的以為可以這樣，就冷戰嘛，總會有人撐不住，然後我們回到從前。有一天家裡的紅龍魚缸突然爆掉，那是一九九二年，股市崩盤，房市接著倒，銀行收緊銀根。我爸為人作保，三、四千萬家產一夕賠光，還吃上違反《票據法》官司，倉皇跑路。討債的上門，咄咄逼人，我媽苦苦哀求，他們眼睛邪邪地說，妳女兒生作這般漂亮，叫她出去賺回來還啊！」

Apple的聲線微顫，盧偷偷拭淚，我心想，泡沫經濟的時代故事多。

「我爸終究擔心連累家裡，半年後回來投案。我跟我媽去探監，我大聲對他說，爸，你看，在鐵窗外看你的是你妻子，不是外頭那些阿姨。」為了還債，母親從鞋廠批貨回來加工。我問她怨不怨，她很淡，說男人倦鳥會歸巢，精力用完自然會回來。

「Apple，妳還沒交待為什麼放血？」盧又一副挑剔的戲迷樣了。

「哦，這個。」她臉上稍稍回復蘋果般的甜美。「被逼債那陣子，先是我心愛的鋼琴被搬走，接著全家被銀行趕出來。那房子是我爸親自設計的，小時候它就像公主的城堡。我很任性，根本不想理解。有一晚我帶著水果刀進浴室，我媽久沒聽到洗澡聲，衝進來。我記得在急診室裡，我媽抱著我哭，一直說對不起。但她哪有錯？我發誓再也不要讓她難過。」

「痛嗎？」盧的語氣糾結，聽得出不捨。

「孩子，乖，不會痛的。」輪到Apple要弄了，說完，她仰頭大笑。

我們不敢跟著笑，不動聲色地等她駕返。

「第一刀劃下去，我看到血湧出來，心裡變得好安靜，於是又再一刀。當你心裡有巨大的痛時，身體的感覺會不太一樣。父親跑路那一陣子，我的世界變得歪歪曲曲，產生一股報復父親的念頭，也為了舒緩母親的壓力，我跑去酒店上班。上班前我跟帶班的媽媽桑講明，我只坐檯，不跟客人出場。前兩晚有人想框我出場，媽媽桑照約束，幫我擋掉。第三晚碰到一位很紳士的中年客人，氣質好、人體貼，他帶我跳倫巴，兩三下就讓我神魂顛倒。媽媽桑拉我到旁邊咬耳朵，要我相信她的眼光，放心出場。她保證這個客人絕不會讓我噁心、吃虧。」Apple停頓，要盧把菸傳過來。

盧把菸推過去，眼神顯出焦慮。

「那晚我答應了，媽媽桑所言不假，那客人真是好得沒話說，我當他是初戀情人重逢，我猜他對我的感覺也差不多是這樣。有那麼一瞬間，我全然理解我爸對我媽說的那些傷人的話。那晚是我自家裡發生變故以來，第一次被疼惜，第一次可以痛快地哭。天亮後我坐計程車回家，心情很複雜。一方面發現自己意志竟然這麼薄，二方面知道每天不可能有這麼好的運氣，三方面，答應了這一次，以後拿什麼理由拒絕媽媽桑？就沒回去了。」

Apple吐一口長煙，「上班命要有上班底，我自己沒有。」

# 尾聲　轉妹家

祖父說過一個故事。

有一天臨暗，他牽牛走回夥房，正要左轉進門樓時，看見一位老婦人神色凝重，匆匆走過。咦，這不是嫁到村子裡的陳屋某某嫂嗎？他心想，哪有人這麼晚轉妹家的？第二天早上他到村子裡的肉鋪買他嗜吃的五花肉，順便過家聊。他問及那位回娘家的婦人，村人神色下沉，搖頭，說她真是一位勤奮的婦人家，可惜昨晚過世了。祖父倒抽一口氣，心裡有底，追問是不是傍晚進入彌留狀態？村人點頭。

「過家聊」即串門子。大白天，晴光朗朗，不與農務，出門找人聊天；這是當祖父才有的特權。往上看，歷代農民的理想正是如此：五十出頭，農事漸漸交下，含飴弄孫、奉祠祖先、祭拜神明，只管未來與天上事，頂多再加些放牛之類的輕便活。但這種晚年的優閒待遇僅止於祖父這輩，之後承命的父、母親那輩，二十左右扛起擔頭，接著進入以農養工的現代化階段。過了六十，他們發現根本脫不了身。由於公共衛生的改善，上一輩大幅延壽，但下一代幾乎被都市吸光。他們卡在中間，年過七十尚務農者比比皆是，成了歷來最孤苦的高齡在職農民。

「轉妹家」即回娘家，自由度則低得多。老一輩婦女即使退出生產前列，回娘家之前仍得斟酌再三。時節對嗎？會不會太頻繁？最重要的，娘家歡迎嗎？掐錯時機，往往揚起閒言閒語，如牛蠅之惱人。

祖父過家聊的範圍很廣，大致與生活半徑重疊：從下庄的雜貨店到上庄的中、西藥房，都有他的身影。他不講八卦、傳是非，喜歡究哲論理；從今天的眼光來看，簡直是公共知識分子了。在祖父的年代能離鄉者幾稀，除非是地主仕紳之後。在現代教育把人分門別類，並抽往都市及工業部門之前，巧手者與善思者構成農村完整的知識傳承體系。沒有光做不思或只想不動的農民，農事不僅是勞累的體力勞動，亦是煩雜的組織工作。祖父的巧活主要表現在他對水牛的賞識與馴教能力上，因此別家買賣牛隻，常延請他為顧問。顧問的酬勞是一個小紅包，外加一頓禮貌的午飯，但更讓祖父滿足的，是飯桌上主人家充滿敬意地，或至少是裝作尊重地，聽他講一頓儒家哲理，並據以評論世道。

祖父出門若溢出生活圈，那一定是到南邊的南邊，一個叫石橋仔的地方，拜訪大姑婆家。大姑婆是祖父的大妹，在艱困的童年時期，兩人相互扶持，感情特好。大姑婆小時染上病毒，延及右目，祖父隨侍呵護，好不心疼。體況穩定後，祖父怕病人悶，領著半瞎的大姑婆踏青散心。

祖父過世後的第一個年初二，幾位姑媽圍著飯桌，像是自己記憶的考古人類學家，東湊西拼地還原祖父年幼時的人際場景。我這才發現，祖父在儒家父權的形象之下，對待女性，有其細緻之處。而且，愈是艱苦卓絕的女性，他愈禮遇。相反的，對於家族裡的懶散男性，他就不會有好臉色。

石橋仔是散村，近茏濃溪，原是鎮內生產力較弱的地方。以姑婆的條件，能嫁的人家，狀況不會太好。她也沒抱怨，認命認做，一心一意把夫家往上拉。同時期，日本殖民公司築堤防、建水渠，強力將石橋仔編入現代農業行列。不久，太平洋戰爭進入末期，石橋仔的諸多計畫性工事引來美軍偵察機的鎖定。轟炸期間，姑婆帶全家逃回娘家，在禾埕上打地鋪。祖父沒有怠慢，讓祖母及大姑媽打點一家吃食。戰後，姑婆好不容易修復炸毀的屋舍，丈夫卻早逝。

祖父知道姑婆的處境；妯娌間那些嫌棄怨懟的話系比窮困、比轟炸機更傷人。他能做的不多，一有空就買個幾斤豬肉往石橋仔跑，憑他自認為的儒道正氣，或能幫心疼的大妹驅走些邪穢之氣。但經常，那些心機無限的眼神仍讓她想逃離。還好有娘家這個合法、臨時的避難所，讓她能暫時不局促地呼吸。

所幸長子阿春叔承接了母方的堅韌自持，終於榮耀了姑婆陳年的辛酸。而姑婆晚年最幸福的時刻之一，應該就是帶著白淨端正的長孫回娘家，讓他禮貌、宏亮地喊她兄長一聲舅公，再跑過去讓祖父摸頭、拍肩，稱讚兩句乖。

祖父過世時我在外島當兵，無緣見識姑婆在祖父耳邊最後的絮語。五年後姑婆病危，我正好在家，被派作家族代表，前往探視。我與永榮哥抵達時，約是午後三點，她即將進入彌留狀態。家人在房間與祖堂之間忙進忙出，準備移身。

在祖堂斷氣、升天，加入祖先行列，是客家長者一生的執願。我們兄弟恭敬地立在房門外，等待這一時刻的經過。前來致意的親友久諳習俗，此時皆放緩呼吸，目送姑婆移往祖堂。姑婆換上新衣，裝扮得像是古代的孺人。以祖先牌位為原點，姑婆頭部朝外，躺在祖堂的右側。「看，就這規矩！」堂哥低聲提醒，要我認真看。我知道他的意思，以後輪得到我們打點這一切。

親友跟著進祖堂，各自從他們的親戚關係出發，呼喚姑婆，要她安心、好走。姑婆還剩一點意識，轉動左眼，微微致意。不久旋即閉上，這時一、兩位在家修行的女居士口誦阿彌陀佛，眾人紛紛附應，為姑婆送行。在阿彌陀佛聲的間縫，我似乎聽見一陣微弱的呼聲。起先我以為是媳婦或女兒們的啜泣聲。等我的身體安靜，清楚聽見，是姑婆的聲音。她在呢喃：「阿雲仔，來載我，轉妹家哇。」

阿雲不正是祖父的名嗎？多年前他講的，臨暗轉妹家的故事，那一瞬間，我連通了。祖堂裡的一切：低緩的聲音、銅黃的光線、女性的導引、充滿諒解與祝福的眼神，不知為何讓我聯想《詩經》。我於是用偶數的節奏，寫了這首〈轉妹家〉：

娣仔姑婆，狀況不好；消息傳透，親朋趕到
娣仔姑哦，有丁嫂喔：我呀我呀！認得出嗎
娣仔姊呀，阿丁伯母；我呀我呀！來巡汝了

姑婆長壽，八十有九；徙到堂下，大家唸渡
阿彌陀佛，阿彌陀佛；阿彌陀佛，阿彌陀佛
看到暗暗，莫要走近；看到有光，佛祖來攬

來娣姑婆，一生苦做；大正出世，時代登波

夥房開基，人工自備；挑泥打磚，幫兄帶弟
十八行嫁，開荒石灞；美國轟炸，屋不成家

姑婆生多，丈公去早；妹家行前，幫少幫多
問過姑婆，艱耐到老；歡喜快樂，何時有過
姑婆笑笑，轉妹家呀！兄弟相惜，食晝聊夜

姑婆有福，新衫新褲；子孫滿堂，唸經送渡
阿彌陀佛，阿彌陀佛；阿彌陀佛，阿彌陀佛
看到暗暗，莫要走近；看到有光，佛祖來攬

姑婆昏迷，愈呼愈輕；聽到她喊，阿公的名
阿雲仔——，阿雲仔——；來載我呀，轉妹家哇
阿雲仔——，阿雲仔——；來載我呀，轉妹家哇

# 附錄　永遠的菊花田：交工樂隊、臺灣民謠搖滾與黑膠形式

Andrew F. Jones[1] 作／鍾永豐 譯

在鍾永豐的散文〈我的後殖民童年〉中，這位寫歌且參與環境運動的臺灣人，細想一九七三年一段奇異的時空錯置（asynchronous moment of synchrony）。著迷於The Doors的〈Light My Fire〉，他在田野放牛時會哼著歌裡迴盪的電風琴旋律，當「水牛的踩步變鼓點，天空不再寂寞」。一九六〇年代的美國暢銷排行榜音樂，以盜版唱片的形式，經由在工業北方念書的叔叔，抵達他的臺灣農村家園。老合院裡的書房開始裝滿唱片：Otis Redding的〈(Sittin' On) The Dock of the Bay〉，The Beatles，最後是Bob Dylan。鍾永豐的「耳朵生出美國舌頭」他反而不習慣了種植菸草稻米的美濃家鄉音樂。嗩吶、八音、北管、客家山歌，這些放在其他時代本可能成為第二天性的聲音，在冷戰與美國保護傘之後、在美援與農業現代化之後，多少變得疏遠且奇怪了。

多年後，成長於鄰村、此後一直是鍾永豐創作夥伴的一位名叫林生祥的年輕搖滾樂

手，從臺北附近的淡江大學回鄉。在一九七〇年代中期出現的臺灣校園民歌運動中，林生祥的母校名震四方，是運動的中心。林生祥就讀時，當年的反殖民與民主化信念「唱自己的歌」，猶在耳邊。[2]然而，民歌運動中蔚為風潮的木吉他演奏音樂——以及林生祥偏好的進口前衛搖滾風格——多少與上述信念不合拍。它的和聲結構仿照英美流行音樂的形式；而它用以唱出歌詞的標準國語，乃是執政的國民黨幾十年來強加於以閩南語（後稱臺語）與客語為第一語言的臺灣主要人口。回到家鄉，這種音樂同樣格格不入。林生祥在美濃的前幾場演出之一是幫地方最受崇敬的神明伯公（土地公）祝壽。除了一小撮湊熱鬧的人，刺耳的電吉他與爵士鼓趕跑了廟前的信眾，逼得他面對如何為家鄉神祇唱母語的問題。

這個問題在歷史危急關頭的嚴酷考驗中得到解答。到了一九九九年，在歷經七年、最終勝出的美濃反水庫運動中，鍾永豐與林生祥業已成為戰友。這個水壩預計建在他們家鄉上頭的山麓，不僅將淹沒十八世紀以來即有人耕種的農地，且將危害區域的水位穩定，並毀滅在地黃蝶的重要生育棲地；所有這些危害，均是為了給計劃興建於下游臺南的重汙染工業園區，供應更多的水電。為免「伯公」及祂的家園毀於國民黨所主導的發展計畫，林生祥開始與鍾永豐協力，以方言製作了一系列頌歌，不僅是以「運動的音樂」

動員廣泛的支持者——包括在地農民、熱心學生、公務員與都市知識分子等等——同時也是一場「音樂的運動」。

那場音樂運動的核心——如他們早期在交工樂隊的作品——是自覺地「回歸」他們的農村根源、地方語言與土地。回歸，當然，恆是迂迴繞行的過程——它預示著出走，而且已被決定了距離。在他們後來的個人創作路徑上，林生祥與鍾永豐探索了各種各樣的地方音樂素材，諸如客家山歌、八音、迎神賽會上的北管，以及臺語民謠。然而，他們的音樂力量有部分則致力在融合諸多廣泛的風格，比如凱爾特（Celtic）民謠搖滾、琉球新民謠、龐克搖滾，以及非洲馬里藍調（Malian Blues）。「有機」的概念融入了他們的音樂、永續農業與社區運動，乃至於他們作為農村藝術家與積極知識分子，面對自身社區時的立場。「有機」向來是他們的音樂與政治行動中的關鍵字與核心主題（甚至成為他們二〇〇六年專輯《種樹》的代表歌曲）。正如有機農業與此前的工業化耕作與汙染存在著一種辯證關係，製作「有機」的聲音，不可能是未經介入（unmediated）的，也不可能單向回返至一個純淨或未受汙染的源頭。你不可能再回原鄉，且不插電已不再是個選項。但經由介入地方資源與全球性流通形式的複雜過程，你能嘗試在你久被離異的家鄉，為自己造個安身立命之地。

對林生祥與鍾永豐而言，打造場所（place-making）的過程圍繞著黑膠唱片（Long-Playing record，LP）。如同文章開始時我們在鍾永豐的軼事中所見，黑膠唱片——在鍾永豐與林生祥的音樂與政治成年之路上隱然有重要地位，並開啟從鄉土臺灣通往遠方原聲世界的入口。兩個音樂人深知某些LP對他們的人生與作品有改造性的影響，從Van Morrison的《Astral Weeks》，到臺灣音樂學家許常惠錄製的半盲民謠歌手陳達的即興臺語敘事詩。兩人長年蒐集黑膠唱片。他們堅持出版精心設計的十二吋黑膠版本作品，即便數位串流業已讓CD過時。

然而，這裡我所想的，不是特定的唱片，亦非作為被購買或收藏的物件，而是黑膠唱片作為音樂的、敘事的與社會的形式（social form），作為組織以及傳達個人與集體經驗的特定模式。自從他們早期獨立製作與發行的客家民謠搖滾傑作——《我等就來唱山歌》（一九九九）與《菊花夜行軍》（二〇〇一）以來，林生祥與鍾永豐充分利用LP，以及特別能表徵一九六〇年代反文化音樂精神的「概念專輯」，並以此為手段，呈顯與表達在地的主體性與政治抗爭。在他們的錄音室工藝與錄音實踐中，林生祥與鍾永豐為民謠音樂，創建了一種徹底開放及參與性的模式，植基於其對鄉土聲景所進行的自我民族誌（auto-ethnographic）建構。他們尤其關注可延伸批判的設置（paracritical apparatus），諸如內文、歌詞，乃至於封套、封面藝術及附件的視覺與觸覺表現，且向來堅持專輯是一種整體的藝術作品，有機地融匯音樂與詩、視覺藝術與政治論戰，以及故事敘說與社會科學分析及倡議。對林生祥與鍾永豐而言，專輯的形式喚起他們自己的「後殖民」記憶：一九七〇、八〇年代本地音樂不發達，搖滾樂被同化為臺灣的主流音樂；同時這提供了一種空間，把那些外來影響在地化，繼而發動開創性的社會行動。以物質形式，這兩張LP把一種在地的、眾聲的，關於殖民、全球化、農業工業化、環境劣化與社區振興的深刻歷史經驗，變得具體明朗。在此意義上，LP促使林生祥與鍾永豐能以一種史詩的、經由技術介入（mediation）的形式，回應了一九七〇年代臺灣民歌運動的時代呼籲——「唱自己的歌」。

也就難怪，他們樂團的首張唱片標題，《我等就來唱山歌》用精準無誤的在地與戰鬥性聲調，重現了這個令人振奮但又隱含普同價值的煽動性口號。這一口號可更直接地譯為「像我們這種人應該開始來唱客家歌」。這一集體行動感更體現於林生祥、鍾永豐及他們的樂手、合作夥伴（包括貝斯手及錄音師陳冠宇）為初生團體取的名字——交工樂隊。團名乃參考收穫旺季當地家族為分配勞動力資源所發展出的一種獨特互助體系。唱片以一種自覺的史詩形式組織一系列歌曲，記述族群並追溯其英勇團結奮戰的事蹟。

專輯的第一首歌〈下淡水河寫著我等的族譜〉始於林生祥吟喚美濃的祖先歷史，伴以月琴慢彈，引入讓人聯想民謠樂手陳達關於臺灣早期拓殖的敘事曲〈思想起〉。歌曲接著突然進入較傳統的民謠風味行進方式，在傳統大鼓的伴奏下以大調和弦刷著木吉他。

這原本有快速掉進民粹主義通俗劇之虞，卻好在作者對LP這一形式的可能性有所自覺。如同小說，LP在原音空間內編排各種不同的聲音。接下來的歌曲，圍繞著一段持續切分（syncopated）並揉合藍調的短旋律，以熱切的個人與意象主義語彙，呈現一位老農的疏離心境。他搭乘「夜行巴士」離開家鄉前往臺北，當「烏雲食月一次又一次，他想起從前的從前」。即便是這種粗聲的抒情表達，也被打斷與挖苦。唱完副歌，林生祥突然轉換為口語，搭著憂傷的小調吉他琶音，他的聲音變調、拉高兩個八度音，這時他以口技模仿這位被勞苦農務困住的老人，在想像中跟久居都市、在工廠工作的胞弟爭辯。與親近土地卻見證農業破產的老人不同，務實而又遠離家鄉的弟弟支持水庫及它所承諾的由上而下「發展」。

《我等就來唱山歌》一而再地上演不同主張、立場與態度之間的衝突、對話與和解時刻，因之展開了一連串問題：誰住這個村子、它屬於誰，以及如何在一個更大的社會群相中理解反水庫運動？這種策略最驚人的例證也許是激動人心且形式創新的抗議歌曲

〈水庫若築得屎也食得〉。以呼喚與響應的吟唱方式在林生祥與一群抗議者之間傳遞的這句副歌，重演了美濃居民在臺北立法院前發動的多次反水庫抗議集會。為暗示音樂與運動之間的相互滲透，在長達五分二十秒的歌曲中，這句嗆聲的口號輪番上陣，間以各種利益關係人的田野錄音——有普通農民，也有美濃愛鄉協進會的堅定積極分子、記者、政府水文專家與社會學家——講述水庫對個人及生態造成的後果，話語涵蓋不同的腔調與方言，從客家話到臺語到國語。時不時，村落生活的環境聲——會議室裡的嗡嗡背景聲、交通或風的呼嘯、嬰兒的哭叫——滲進錄音，為這首歌注入三度的生活空間感與社會體驗。然而，這些聲景拒絕被現實主義地閱讀為中性化的民族誌物件或紀錄片橋段。每一段不同的說話聲都被襯以快速的擊鼓操演，令人聯想歌仔戲、布袋戲與京劇等傳統的戲曲鑼鼓，逼使我們急切地把這場運動認知為集體的史詩劇場，要求尋常人等在這歷史舞臺上擔任行動者的角色。

封套內文進一步促使這些聲音各就各位，不僅是在鉅細靡遺的、對抗國民黨發展主義的地方抗爭大事記中，更在全球的舞臺上。在唱片隨附的小冊子中間，在美濃的環境運動大事記之後，我們發現中譯的《庫里替巴宣言》（*Curitiba Declaration*）。一九九七年，來自二十國五十個組織的反水庫運動者，代表因水庫興建而被迫離家且喪失生活所依與傳統的人民，組成的國際河流組織（International Rivers）（包括美濃愛鄉協進會），並召開研討會。會中頒布了這份行動宣言。[3] 一處又一處的流離失所，使家的所在變得清晰。下淡水河不僅是工業高雄的上游、臺灣環保運動的源頭，同時也成為一條支流，匯流入更大的全球反迫遷人民。

波利爾（Richard Poirier）在一九六八年一篇〈向披頭四學習〉（Learning from the Beatles）的論文中，這麼寫到第一張也是最著名的概念專輯：「聆聽《Sgt. Pepper》專輯，吾人所思及的，不單是流行音樂的歷史，還有這個世紀的歷史。」[4] 對波利爾而言，《Sgt. Pepper》的連貫性並非來自它的故事情節，而是它「萬花筒般」的特質，它指向過往音樂片段的傾向：〈A Day in the Life〉曲中逐漸高張的華格納交響曲收尾，〈Within You, Without You〉曲中的印度西塔琴與手鼓，散發著大英帝國冒險氛圍但又導向內在探索，還有零零碎碎的英國一九三〇年代舞廳調子，散落於整張專輯，引人緬懷大戰前的世界。這些碎片從扁平的當代場景中掘出一縷歷史的深度與嘲諷的距離。對波利爾而言，《Sgt. Pepper》之所以是偉大的藝術，乃因這種「風格與調子的混合提醒聽者，一個感覺對應一個主題是不夠的，被喚起的任何一種感覺通常必須存在於貌似矛盾的選擇中」。

表面上看來，《Sgt. Pepper》與交工樂隊二〇〇三年的傑作《菊花夜行軍》存在一些相似處。兩者皆為概念專輯，都採用一種仿軍事的意象作為它們的核心母題，且封面皆以花飾為特徵。然而，在某個程度上《菊花》向搖滾樂致敬並與之維持一種對話關係，它讓我們看到的恰恰是大都會與殖民地之間的距離，恰恰是一九六〇年代熱情洋溢的青年文化與一九九〇年代面臨新一輪全球化掙扎的臺灣農村青年之間的距離。一九六〇年代末的巴西熱帶主義運動（Tropicalia）融合在地民謠、前衛美學與搖滾樂，運動的旗手Caetano Veloso意有所指地把一首解裂搖滾樂與非裔巴西民謠的聲音拼貼取名為〈永遠的甘蔗田〉（Sugar Cane Fields Forever）[5]。Veloso這麼做，不僅示意他對於披頭四〈永遠的草莓園〉（Strawberry Fields Forever）及其創新錄音工作的感激之情，也堅持巴西與倫敦這樣的大都會之間，隔著後殖民的差異：巴西的甘蔗種植園與蓄奴的憂傷歷史，以及相對於西方的持續財政依賴與文化邊緣。在Veloso看來，對披頭四的音樂形式進行拼配，後殖民音樂家可藉以反思歷史的困境，同時把這種都會流行語彙據為己有，成為在地音樂創作眾多媒介形式的一種。

《菊花夜行軍》的農業母題同樣犀利。這張專輯有一個強烈的敘事軸線，追溯一位土生土長的美濃之子阿成的奧德賽返鄉旅程。在泡沫經濟中他結束無利可圖的悲哀工作生涯，難堪地從北方城市返回家鄉，卻投身於一個資本與技術密集的不穩定作物：種植外銷菊花。同時，由於在都市混得不好，阿成在本地的婚姻市場被下架，被迫至東南亞找媳婦。在十首歌的歷程中，阿成及其外籍新娘阿芬的奮鬥呈現一種史詩感染力與大歷史的衝擊。我們逐漸明瞭他的故事乃由更深的歷史地層交織而成：從二十世紀初日本殖民對木材及其他在地資源的抽取，戰後國民黨政府推動「以農養工」移除了農村資源並在一九六〇、七〇與八〇年代將年輕人成堆送至高雄及臺北的工廠找工作，到二〇〇二年臺灣加入WTO後農產品價格崩潰，以及在全球化時代裡人類關係逐漸具備可交易性。然而阿成的故事也頌讚歸鄉的概念，及其不顧一切耕種自己故土的熱忱。

考慮到這種敘事容易淪落為廉價的傷感或了無新意的政治傾向，這張專輯自始至終神奇地保持著一種混合的表述方式，拼貼多種聲音、音樂與詩的樣式、人工聲響、照片影像等等，因而提醒我們波利爾所說的，「一個感覺對應一個主題是不夠的。」

《菊花夜行軍》在一座閒置菸樓中錄音、混音，內有特殊的共鳴迴響，外則向四周的田野敞開，我們因而可以想像一種聲音的寓言，因為過去數十年支撐美濃的經濟作物，現已空洞。那空間也允許專輯能獲致一種自然音的滲透性，感覺到外面的鄉間環境業已被調入唱片本身的空間裡。從第一首歌〈縣道一八四〉開始，我們聽到柔和如夜曲般的蟋蟀與樹蛙唧唧聲，被激動奇異的喋喋號筒聲打斷——這種客家號筒通常用來召喚村民參加祭儀。接著是林生祥用木吉他彈撥一個簡單的四和弦序列。此歌的核心是鍾永豐所唸的一首詩，敘說這條從「話系不通」的地方「鑽進」村裡的數字公路，緊密地連結它的命運，多年來像蚯蚓般發胖，抽取愈多地方資源，變得愈寬、愈平滑。也是沿著這條公路，年輕人離鄉，追逐都市裡的石化廠大夢。隨著歌曲的推進，美濃的歷史展開為一系列的離鄉。然而這首歌圍繞著這條公路所構建的音景卻與鄉間殘留的聲音交錯：祭祀伯公的頌唱禱告，村裡仙人的粗喊與低吟，嗩吶嘶喊的參差不齊的旋律音形。到尾聲，我們突然發現，規律性的蟲鳴聲與一部曳引機的二行程內燃引擎發出的節奏性振動聲同步，甚至被後者取代。當地稱這種曳引機為鐵牛，國民黨及其美國顧問用來現代化鄉村，並啟動臺灣的經濟奇蹟。而在同樣的引擎聲後頭，阿成跨著一部一二五CC老摩托車，在下一首歌的開頭，騎回村子，沿路拜託伯公滅掉路燈，這樣才不會有人看到他丟臉，兩手空空地回來。

這張唱片因而提供了一種徹頭徹尾辯證的牧歌版本。沒有理想化的過去可回，如同這條公路本身所證，村子永遠是緊懸在此地與別處之間的一座中途站，一條在農業生活及其寄生糾纏的工業文明之間被繃緊的繩索。在標題曲〈菊花夜行軍〉的詩意比擬中，此一悖論呈現強大的生命。為了極大化收成與利潤，阿成的菊花田上空架設電線，垂掛一行行照明燈，如無數刺眼的太陽。這些照明燈由可攜式發電機提供電源，把夜晚轉為白天，把田園轉成現代廠房。

面對如此夜景，阿成憶起一首客家老搖籃曲——〈月光華華〉。但阿成並不為這些由他照管的植物唱安眠曲，而是突發奇想，激勵他面前機械化種植的菊花大隊採取行動。他是一員「總司令」，依植物品名校閱他的部隊（「大黃！舞風車！金風車！乒乓！木瓜黃！英國紅！德國紅！」），與他的「軍隊」一致性地應和著二拍子的答數——1－2！1－2！1－2－3－4！1－2－3－4！——齊步走向全球市場。我們很快會明白，這個節奏不只與先前我們聽到的二行程「鐵牛」曳引機聲紋相應和，也是為阿成田園充電的可攜式發電機的某種殘留音像。機械的與有機的事物在阿成勇往直前的大聲吆喝下融為一體，這個魔幻寫實主義時刻散發一種迷人的魅力。而如同唱片的包裝所點明，這種農業生產方式不僅僅是奇幻：內含歌詞與介紹文的小冊子中間摺頁特別顯眼地放了一幅攝影家劉振祥所拍的驚人廣角影像——燈火通明的花田。

燈火通明的菊花田（攝影／劉振祥）

不滿於魔幻寫實或記錄見證，這首歌嘲弄地轉了個彎：當仿軍事的昂揚踏步被一段模擬政治宣傳的廣播雜訊取代之際，嗩吶與小鼓組合演繹反共的中華民國所厭惡的〈國際歌〉（the Internationale），肆無忌憚地誤植時代與架接歷史。廣播員提出的不是集體主義，而是阿成的工業化菊花田所呈現的國民黨發展主義正統：「同胞們，以農業培養工業，以工業發展農業，是我中華民國現階段經濟建設的基本策略。」因此插曲，之後我們帶著這個劇中劇所撬開的布萊希特式批判距離與對阿成的農業浪漫所進行的歷史反思，快速重返阿成的故事。

整張專輯也打開了某種自我反身性（self-reflexivity），做法是邀請美濃社區成員參與一系列錄音，類似希臘戲劇歌隊，合力創作一件以他們為主角的藝術品。當地學校合唱團的孩童充當「菊花」，報以熱情與決心，呼應阿成的點名。一位村裡的媽媽令人信服扮演了阿成的母親，通情達理的她抱怨兒子回鄉的選擇，苦惱他的未來。一位農民在開頭的歌曲像樂器般「演奏」他的二行程鐵牛，並用放牛時的傳統吆喝聲，為結尾的八音風格器樂終曲下頓點：「嗷」是開步走，「好」是停下腳步。村民的形象也被納進封套內文，與他們擔綱演出的歌詞放在一起。這些照片出自劉振祥，其生涯始於臺北的實驗劇場，接著在一九八〇年代由《人間》雜誌所引發、強調政治參與的攝影寫實主義運動中，扮演舉足輕重的角色。他的肖像攝影得以使主角與鏡頭及周圍的社會、建築空間相互動，而非把他們呈現為孤立的社會邊緣樣品。在林生祥母親一張愉悅的照片中，本身是農民的她在日常作息中，微笑著把頭偏向一側，她的錐形工作帽輪廓與身後模糊的村門剪影互相應和著。

專輯有個次要故事線是關於阿成的東南亞新娘，其中的聲音與肖像更顯溫柔與生動。她的移民故事代表臺灣持續發生的重要人口趨勢，以及這一趨勢對美濃那樣一個單一語言族群的鄉村社區所構成的重大挑戰。這裡處理移民問題極為細緻，充滿詩意。歌曲〈阿芬擐人〉脫胎自客家搖籃曲旋律與搖曳韻味，外籍新娘將這首歌唱給她尚未出世的孩子，把害喜與分娩的心理創傷比擬作她自己的思鄉與移民經驗：「我頭非常暈，像在坐飛機，暈暈雲肚中，不知落地後，命勢壞或好。」

參與是這張專輯的核心，而作為這一參與過程的一部分，中文識字班的學員被邀請協助林生祥錄一首關於這位虛構的阿芬及她們自己生命的歌；這個識字班乃地方運動者為越南及印尼的新住民新娘與新手媽媽籌組而成。襯以一群新嫁娘合音，越南新娘黎氏玉印抑揚頓挫但口音深重地演唱一首關於失落與孤獨以及尋找出路的哀歌，唱給因勞

## 【3】愁上愁下

詞—林生祥　曲—傳統山歌大埔調　主唱—曾秀梅
高音椰胡・低音椰胡—林作長

| | |
|---|---|
| 做人薪臼眞多愁 | 做人媳婦真多愁 |
| 田坵離腳灶下走 | 腳離田地走廚房 |
| 家娘細姑任在嫌 | 家娘小姑儘管嫌 |
| 委曲受盡擁被噭 | 委曲受盡擁被哭 |
| | |
| 做人爺哀眞登波 | 做人父母真波折 |
| 歸夜轉側心事多 | 整夜翻轉心事多 |
| 愁子耕田冇出息 | 愁子耕田沒出息 |
| 跍佇山寮冇妹討 | 窩在山寮無妹娶 |

【註】「被」：棉被。「翻轉」：指難以入睡。

客家婦女的生活難處，往往只能從山歌裡尋找蛛絲螞跡。過去，她們面對壓抑的婆媳關係，以及憂兒憂女的焦慮，只有等下田時來到無人之處，才得以高歌心中鬱悶。這首歌使用了傳統山歌裡的大埔調，歌詞則適時適景重新創作。爲了精準呈現母親的辛酸，特別眾裡尋來養豬山歌手加上養雞椰胡手的田野組合。

## 【4】兩代人

詞—鍾永豐　曲—傳統山歌新民庄調　空心貝斯—陳冠宇
手風琴—鍾成達　主唱・空心吉他—林生祥　板胡—彭美君

| | |
|---|---|
| 兩子阿爸兩支菸 | 父親兒子兩支菸 |
| 慕慕故故兩團煙 | 沉沉默默兩團煙 |
| 上代望子拚出庄 | 上代望子拚出庄 |
| 奈何時局硬刁難 | 奈何時局硬刁難 |
| | |
| 兩子阿姆兩雙筷 | 母親兒子兩雙筷 |
| 油油漬漬肉三塊 | 油油膩膩肉三塊 |
| 上代望子討薪臼 | 上代望子娶媳婦 |
| 奈何緣份來作怪 | 奈何緣份來作怪 |

胡琴，是「愁上愁下」與「兩代人」的音樂基調。不同的是，前者尊重山歌的即興傳統，後者則與專業胡琴手搭配，創造不同向度的激盪。這兩首歌的錄音手法空氣感十足，試圖呈現活生生的音像舞台。「兩代人」的胡琴主旋律，其實就是「縣道184」的口哨副旋律。

（鍾明光攝）

（劉振祥攝）

《菊花夜行軍》專輯內頁

動力與婚姻市場全球化而導致的漂泊離鄉。然而此曲亦是一種祝禱，召喚一群異鄉人進入社區內部，而社區從此不能再狹隘地自我定義，必須把陌異的腔調與他方納於它們當中。用來結束這張專輯的，因而是一首苦中帶甜的歌：它肯定社區運動與關懷的倫理，這種倫理跨越語言與地域界線。然而它也告訴我們，家從來不是一個穩定或不證自明的範疇，對鄉土根源選擇性的回歸（如這張專輯開始時所許諾的），必須受到質疑，或甚至被其他問題取代。這首歌的標題是〈日久他鄉是故鄉〉，但它也應該被倒過來讀，「日久故鄉是他鄉」。音樂的力量源於兩者間的距離。

注釋

1 作者現為美國加州大學柏克萊分校中文系系主任。

2 請參閱張釗維，《誰在那邊唱自己的歌——臺灣現代民歌運動史》（臺北：滾石文化，二〇〇三）。

3 《庫里替巴宣言》英文全文，參見網路：https://www.rivernet.org/general/movement/curitiba.htm。

4 Richard Poirier, "Learning from the Beatles" in Jonathan Eisen, ed. *The Age of Rock: Sounds of the American Cultural Revolution,* (New York: Vintage Books, 1969), 177.

5 〈Sugar Cane Fields Forever〉請參考 Caetano Veloso 一九七二年版 Araça Azul（Philips）。Veloso個人對熱帶主義運動的看法，請參閱以下作品：*Tropical Truth: A Story of Music and Revolution in Brazil,*（New York: Da Capo, 2003）。

Literati

春山文藝 023

# 菊花如何夜行軍

How the Night Chrysanthemums Began to March

作者　鍾永豐
總編輯　莊瑞琳
責任編輯　莊舒晴
行銷企畫　甘彩蓉
美術設計　萬向欣
內頁排版　張瑜卿

出版　春山出版有限公司
地址　116臺北市文山區羅斯福路六段297號10樓
電話　(02) 2931-8171
傳真　(02) 8663-8233

總經銷　時報文化出版企業股份有限公司
地址　桃園市龜山區萬壽路二段351號
電話　(02) 2906-6842

製版　瑞豐電腦製版印刷股份有限公司
初版一刷　2022年1月4日
初版三刷　2022年3月3日
定價　420元



國家圖書館出版品預行編目（CIP）資料

菊花如何夜行軍／鍾永豐著
一初版．一臺北市：春山出版有限公司，2022.01
一面；公分．一（春山文藝；23）
ISBN 978-626-95242-8-0（平裝）

1.農村　2.社會運動　3.音樂　4.民謠

863.55　　110020950

春山出版

填寫本書線上回函

EMAIL SpringHillPublishing@gmail.com
FACEBOOK www.facebook.com/springhillpublishing/

From Interest to Taste

以文藝入魂